HEYNE <

W0325320

Das Buch

Wir schreiben das Jahr 1500 v. Chr.: In Ägypten braut sich Unheil zusammen. Pharao Ahmose will alle Fremden aus dem Land werfen und eine Dimension höher haben die Götter Probleme – miteinander und mit den Menschen. Der Krokodilsgott Suchos verliert seinen göttlichen Hausschlüssel und Osiris ist seit seiner Ermordung durch Seth ziemlich depressiv.

In dieser zutiefst vertrackten Lage erkennt Seshmosis, ein schüchterner Schreiber aus Theben, die Zeichen der Zeit. Und so führt er seinen Stamm, die Hyksos, auf den Weg in die alte Heimat, findet unterwegs einen kleinen Gott und wird zum Propheten wider Willen.

»Gerd Scherm unterhält seine Leser intelligent, vergnüglich und kurzweilig – was will man von einem Roman mehr.«
www.phantastik.de

»Ein fantasievolles Spiel mit einer anderen, vielleicht sogar besseren Variante der altbekannten Geschichte. Gerd Scherm gelingt die hier zu Lande eher seltene Verbindung von Unterhaltung, Scherz und tieferer Bedeutung.« *Nürnberger Nachrichten*

Der Autor

Gerd Scherm wurde 1950 in Fürth geboren. Neben seiner Tätigkeit als Schriftsteller arbeitet er als Ausstellungsorganisator und Kommunikations-Designer, außerdem forscht er auf den Gebieten der Mythologie, Mythenbildung und Symbolik. Für sein literarisches und kulturelles Schaffen erhielt er zahlreiche Auszeichnungen. »Der Nomadengott« ist sein erster Roman und sorgte bereits für eine kleine Sensation – ausgezeichnet mit dem BoD Autoren Award und nominiert für den renommierten Phantastikpreis der Stadt Wetzlar avancierte er innerhalb kürzester Zeit zum Internet-Kultbuch. Gerd Scherm lebt mit seiner Frau in einem alten Fachwerkgehöft im Naturpark Frankenhöhe.

Mehr zu Autor und Werk unter:
www.nomadengott.de

Gerd Scherm

Der Nomadengott

Roman

WILHELM HEYNE VERLAG
MÜNCHEN

FSC
Mix
Produktgruppe aus vorbildlich bewirtschafteten Wäldern und anderen kontrollierten Herkünften
Zert.-Nr. SGS-COC-1940
www.fsc.org
© 1996 Forest Stewardship Council

Verlagsgruppe Random House
FSC-DEU-0100
Das für dieses Buch verwendete FSC-zertifizierte Papier *München Super* liefert Mochenwangen.

Originalausgabe 06/2006
Redaktion: Angela Kuepper
Copyright © 2003 by Gerd Scherm
Copyright © 2006 dieser Ausgabe by Wilhelm Heyne Verlag, München, in der Verlagsgruppe Random House GmbH
Printed in Germany 2006
Umschlagillustration: Dirk Schulz
Umschlaggestaltung: Animagic, Bielefeld
Satz: Greiner & Reichel, Köln
Druck und Bindung: GGP Media GmbH, Pößneck
ISBN-10: 3-453-53241-4
ISBN-13: 978-3-453-53241-0

www.heyne.de

Inhalt

Vorrede: Götter an und für sich

»Wo keine Götter sind, herrschen die Gespenster.«
Novalis

Wer schon entsprechende persönliche Erfahrungen mit Göttern sammeln konnte oder gar selbst einer ist, mag die folgenden Zeilen getrost überspringen. Allen anderen jedoch lege ich nahe, sich mit einigen Grundzügen vertraut zu machen.

Denn das Wesen und Wirken der Götter ist bei genauerer Betrachtung viel komplizierter, als man gemeinhin glauben mag.

Allein schon dieses »glauben mag« ist eminent wichtig. Wenn man zum Beispiel nicht glauben mag, tun sich Götter ungeheuer schwer, große Verbreitung und Anerkennung zu finden. Andererseits macht es einem Gott nicht viel aus, wenn man nicht an ihn glaubt. Bis man dran glauben muss.

Es ist ja auch der Hochspannungsleitung völlig egal, ob man an sie glaubt oder nicht. Für die Menschen ist es dennoch ratsam, ihre Existenz nicht in Frage zu stellen.

Hier nun eine kurze Einführung in das Götterwesen und seine Entwicklung.

Es ist allgemein bekannt, dass Götter einen Wohnsitz haben. Ob nun im Olymp oder in Asgard, auf oder in der Sonne oder in einem hohlen Baum, Götter wohnen.

Als man im Zuge der Rationalisierung den Monotheismus erfand, siedelte man diesen Ein-Gott im Himmel, im All, irgendwo in einem imaginären Oben an.

Doch von Haus aus sind Götter sehr häuslich und meist an eine geografische, keineswegs imaginäre Position gebunden. Dieser Wohnort steht auch ursächlich mit ihrer Wirkung und ihrem Wirkungsgrad in Zusammenhang. Wenn mehrere Götter an einem Ort leben, erhöht dies ihre Außenwirkung erheblich.

Die ganz natürlichen Konflikte einer Wohngemeinschaft bilden ein starkes Potenzial für Göttersagen, Tragödien und Paradoxa. Weltweit gibt es wohl keinen einzigen Götterhort, an dem nicht beschummelt, betrogen, gestohlen und gemeuchelt wird. Und weil Götter an sich sehr schwer zu meucheln sind, nimmt man dafür ersatzweise am liebsten Menschen. Das sind dann die von den Göttern Auserwählten, die nie eine Gelegenheit bekommen, ein normales Leben mit Rentenanspruch zu Ende zu bringen.

Während im Altertum die Götter ihre Konflikte noch weitestgehend unter sich austrugen – man denke nur an Isis, Osiris und Seth –, gingen die Götter der Antike mehr und mehr dazu über, menschliche Figuren in die göttliche Komödie einzubeziehen. Wobei die Lacher fast ausschließlich auf der Götterseite saßen. Die anderen empfanden das

Spiel wohl mehr als Tragödie und fingen an, das Ganze in einem Akt kreativer Notwehr aufzuschreiben.

Sehr früh erkannten kluge Geister, dass beim ständigen Streit der Götter untereinander immer nur die Menschen den Kürzeren zogen, und sie erfanden den Monotheismus.

Dabei unterlagen sie einem gewaltigen Trugschluss, weil sie dachten, dass damit das Problem aus der Welt sei. Zugegeben, der Ansatz war nicht ungeschickt, der Sache den Boden zu entziehen, indem man sagte: Es gibt nur einen von der Sorte, auf den wollen wir uns konzentrieren. Aber es funktionierte nicht!

Der Eine konnte doch nicht für alles verantwortlich sein, für Gut und Böse, Glück und Unglück, Aktienhoch und Börsencrash, Gehaltserhöhung und Mahnbescheid, Impotenz und Viagra, die Liebe und die Lottozahlen.

Auch wenn mancher göttliche Monolith schizophrene bis multiphrene Züge zeigt, einerseits befiehlt, »Du sollst nicht töten« und andererseits den Totschlag aller Andersgläubigen fordert oder An-ihn-Gläubige einem haarsträubenden Testprogramm à la Hiob unterwirft, führt dieses Konzept zu erheblichem Erklärungsnotstand. Also musste ein Gegenspieler gefunden werden. Zwar kein anderer Gott, weil das ja nicht ins Konzept passt, aber doch auch kein Mensch, weil so ein Würmlein ja keine Chance hätte. Also erfand man den Teufel, und der sorgte dafür, dass Gott bei der breiten Masse das Image des Guten bekam.

Dazu wurden verschiedene Spezialaufgaben an diverse Engel und Heilige delegiert, sodass man, ohne es zu merken, eine größere himmlische Wohngemeinschaft denn je aufbaute. Ebenso stattete man den Widerpart mit einer umfangreichen Gefolgschaft aus, und das Feld für weitere Tragödien war bereitet. Eine neue Inszenierung mit den gleichen Verlierern.

Wo begegnet ein Mensch einem Gott?

Beim Gottesdienst oder beim Beischlaf.

Letzterer ist ein sehr heikles Kapitel in der Geschichte der Gott-Mensch-Beziehungen. Götter an und für sich sind Entitäten, sprich Daseinsformen, von unbestimmter Gestalt. Manchmal jedoch, um die Menschen zu erschrecken oder um ihren Spaß zu haben, materialisieren sie sich; in einem brennenden Dornbusch zum Beispiel oder in einem Schwan.

Während ein brennender Dornbusch sehr wenig beischlaftauglich ist, haben sich Tierformen in der Antike überaus bewährt. In manchen Fällen sollen Götter sogar menschliche Gestalt angenommen haben, um diese Spielart der Sexualität zu genießen. Egal, ob Schwan, Stier oder Mensch, das Ergebnis war immer ein Halbgott. Wobei auffällt, dass es in der Überlieferung erstaunlich wenige Halbgöttinnen gibt.

Beim Monotheismus jedoch entspringt dieser Gott-Mensch-Beziehung kein Halbgott, sondern ein neuer Gott, der jedoch der alte ist. Auf die moraltheologischen Widersprüchlichkeiten einer solchen göttlichen Selbstreproduktion mittels externer Befruchtung möchte ich an dieser Stelle nicht eingehen.

Erwähnenswert ist in diesem Zusammenhang jedoch,

dass vor allem der monotheistische Widersacher sich häufig und in vielerlei Gestalt den Beischlaf erschleicht und so die teuflischen Heerscharen permanent durch Inkuben vermehrt. Diese sind dann verantwortlich für kopernikanische Weltbilder, Autobahnbaustellen während der Ferienzeit, den Erlass von Steuergesetzen, die Erfindung des Buchdrucks und die Entwicklung von Betriebssystemen wie Windows.

Können Götter träumen? Selbstverständlich, sie haben das Träumen sogar erfunden.

Weil sie alles erfunden haben. Auch den Kühlschrank und das Bungeeseil. Allerdings ist es die Aufgabe der Menschen, die Erfindungen für sich zu entdecken.

Ein wichtiges göttliches Instrument neuerer Zeit ist das Handy.

Es macht seinem Besitzer klar, dass er, wo immer er auch sein mag, von einer höheren Macht erfasst und angesprochen werden kann – beim Mittagessen, im Konzert oder beim Beischlaf (außer er führt ihn mit einem Gott aus, siehe oben). Dabei sprechen auch hier die Götter nie selbst, sondern sie lassen sprechen. Das führt in der Praxis dazu, dass weder der Anrufer noch der Angerufene weiß, warum das Telefonat stattfindet und welchen Zweck es hat, aber beide wissen, dass es ungeheuer wichtig ist.

Einzelne Götter verwenden neuerdings vermehrt die Handy-Methode, um ihre Schäflein direkt zu sich zu rufen, zum Beispiel durch einen Anruf bei zweihundert Stundenkilometern auf der Autobahn.

Der im Zusammenhang mit den Göttern wichtigste Begriff für die Menschen ist »Erlösung«. Wobei damit jener Zustand gemeint ist, in dem man vor den Göttern endlich seine Ruhe hat. Wie diese erlöste Form des Daseins letztendlich aussieht, hängt von der Vorstellungskraft und den verwendeten Drogen des jeweiligen Propheten ab. Das Spektrum der Visionen reicht von der völligen Auflösung des Probanden in einem namenlosen Nichts bis zur Quartiernahme in einem paradiesischen Luxushotel, in dem leicht bis unbekleidete Damen Milch und Honig reichen. Auffällig bei all diesen Erlösungen ist die Tatsache, dass sie häufig den Fantasien von Männermagazinen entsprechen. Es fällt auf, dass Frauen in den meisten Weltreligionen erlösungsmäßig kaum Berücksichtigung finden und entweder als himmlisches Servicepersonal gelten oder als Inventar der höllischen Regionen.

Beben in Theben

Wir befinden uns im Jahr 1500 vor unserer Zeitrechnung im ägyptischen Theben im dritten Jahr der Regentschaft des Pharaos Ahmose, der allenfalls davon träumt, Begründer des Neuen Reiches und der 18. Dynastie zu werden.

Zum Leidwesen aller an dieser Geschichte Beteiligten ist Theben an diesem Tag noch nicht das große Theben, das es schon bald sein wird. Fast alle prachtvollen Tempel und Paläste existieren nicht einmal in der Fantasie noch nicht geborener Pharaonen. Schade, aber die Geschichte beginnt trotzdem jetzt im Zentrum des südlichen Oberägypten, wo in erster Linie der Gott Amun das Sagen hat, gefolgt von weiteren Göttern und dem Pharao Ahmose. Wobei der Letztere sagt, was die zu tun haben, die keine Götter sind.

Eine dunkle, untersetzte Gestalt huschte durch die engen Gassen der Altstadt.

Trotz der schwülen, drückenden Augustnacht war die Gestalt von den Haarspitzen bis zu den Sandalen in Decken gehüllt. Der keuchende Schemen erreichte eine Tür und klopfte in einem komplizierten Rhythmus an. Kurze Zeit darauf wurde von innen im gleichen Rhythmus mit Klopfzeichen geantwortet, und danach erschien eine lange Nase im sich öffnenden Türspalt: »Parole?«

»Der Kopf trennt Himmel und Erde«, zischelte der Deckenberg.

»Wie viele Finger hat der Horusfalke?«, fragte die Nase.

»Keine, du Trottel, weil ein Falke keine Hände hat!«, entgegnete schon etwas lauter die dickleibige Mumie.

»Ich meine, wie viele Flügel hat der Horusfalke?«, entschuldigte sich die Nase.

»Einen im Westen und einen im Osten«, antwortete leicht ungeduldig der Ankömmling.

»Zu welcher Stunde setzt sich der Falke nieder?«, fragte die Nase ungerührt weiter.

»Zur achten? Zur neunten?«, kam zögernd die fragende Antwort.

»Falsch! Ich lass dich nicht rein«, tönte es triumphierend aus dem Türspalt.

»Zur zehnten? Zur elften? Zur zwölften? Verdammt, ich habe es vergessen! Lass mich jetzt endlich rein, Almak, du weißt genau, dass ich es bin, Raffim«, bettelte der Deckenberg.

»Ich wurde zum obersten Hüter des nilwärtigen Tores ernannt, und mir wurde geheißen, nur denen Einlass zu gewähren, die sich den vorgeschriebenen Prüfungen erfolgreich unterzogen haben. Basta, du bleibst draußen, Raffim!«, tönte die Nase.

»*Aaalmak!* Ich werde dich meinen Krokodilen zum Fraß vorwerfen, wenn du mich nicht augenblicklich einlässt. Ich muss zur Versammlung, das weißt du ganz genau!«, kreischte der vor Zorn bebende Raffim.

In diesem Augenblick erschien im Haus gegenüber ein Kopf im Fenster und brüllte: »Ruhe, ich will schlafen!«

»Das hier geht dich überhaupt nichts an«, schrie Raffim zurück. »Wir sind eine Geheimgesellschaft!«

»Dann bleibt gefälligst geheim und haltet euer Maul!«, schnauzte der Fensterkopf zurück.

»Ich würde ja, aber Almak, der Trottel, lässt mich nicht zur Versammlung«, entgegnete der immer zorniger werdende Raffim.

»Almak, lass Raffim endlich zur Versammlung, damit ich schlafen kann. Wenn nicht, zeige ich eure ganze Geheimgesellschaft morgen bei der Verwaltung wegen nächtlicher Ruhestörung an!«, polterte der Kopf und zog sich ins Haus zurück.

»Siehst du, das hast du nun davon, Almak. Eines Tages wird er uns wirklich anzeigen. Jede Nacht das gleiche Theater«, brummte Raffim, während er sich durch den nun geöffneten Türspalt zwängte. Der Raum dahinter war nur spärlich beleuchtet. Sehr spärlich.

Drei schwindsüchtige Kerzen schienen in Form eines gleichseitigen Dreiecks zu schweben. Erst wenn sich die Augen an die schummrige Beleuchtung gewöhnt hatten, erkannte man, dass die Kerzen auf dünnen Spießen standen.

Rund um die Kerzenspieße kauerten einige Gestalten. Eine davon bewegte sich und sprach: »Na endlich, Raffim, musst du immer zu spät kommen?«

»Zuerst haben die Krokodile nicht weinen wollen, und dann hat mich auch noch der Idiot an der Tür aufgehalten«, erwiderte harsch der Neuangekommene.

»Ach so, die Krokodile haben mal wieder nicht so geweint wie du wolltest. Scheinen doch schlaue Viecher zu sein«, sagte die Gestalt.

»Geschäft ist Geschäft, Seshmosis, aber davon verstehst du Schreiberling ja nichts«, wehrte Raffim ab.

Hier muss unbedingt erwähnt werden, welches Geschäft Raffim betrieb: Er war Devotionalienhändler im Dienste des Krokodilgottes Suchos.

Besser gesagt, in eigenen Diensten, auf eigene Rechnung und auf eigenen Profit handelte Raffim mit allem, was im Entferntesten mit dem Kult um Suchos zu tun hat.

Und das war bei einem Mann mit dem Geschäftssinn von Raffim sehr viel. Angefangen von Amuletten über kleine Statuen und vergilbte Krokodilzähne bis zu Gürteln, Sandalen und Taschen. Dazu betrieb er einen Imbiss-Stand mit Krokodilwurst, Krokodilmilch, Krokodilschnaps, Krokodilhackbällchen und geraspelten, mit Honig versetzten Krokodillederresten als Süßigkeiten.

Absoluter Verkaufsschlager waren jedoch seit Jahren Krokodilstränen, die Raffim unter nicht näher bekannten Umständen den Reptilien höchstpersönlich abtrotzte, trocknete und dann in Silber oder Gold fassen ließ und zu horrenden Preisen im Vorhof des Tempels verkaufte.

Wenn man den stiernackigen, pockennarbigen, untersetzten Dreizentnermann Raffim mit seinen Geieraugen sah, mochte man nicht mit den Krokodilen tauschen.

Man ahnte zumindest, wie er an die Tränen kam.

»Schon gut, lasst uns endlich anfangen. Wir sind vollzählig«, konstatierte der mit Seshmosis Angesprochene und fuhr fort: »Ich habe eine Botschaft bekommen, die nichts Gutes verheißt. Hört mir zu: Ägypten den Ägyptern! Die Hyksos und ihre Abkömmlinge beherrschen unseren Handel.«

Eine Stimme aus dem Dunkel fragte: »Wer sind die Hyksos?«

»Wir!«, sagte Seshmosis und las weiter vor. »Sie essen nicht nur unser Brot, sie verkaufen es sogar an uns. Sie dienen fremden Göttern, und sie beten auch zu unseren Göttern, sodass diese keine Zeit mehr haben, unsere Gebete zu erhören. Sie treiben Handel mit den heiligen Gegenständen, hörst du, Raffim, das gilt dir!«, unterbrach Seshmosis.

»Die sollen erst mal versuchen, ein Krokodil zum Weinen zu bringen, bevor sie mitreden!«, empörte sich Raffim.

»Gut, weiter. Hier steht noch mehr: Die Hyksos haben schnellere Webstühle, sie umwerben unsere Frauen und bringen unseren Kindern Lesen und Schreiben bei. Schluss damit! Denn in Bälde werden sie sich nicht mehr scheuen, unsere Pyramiden und Gräber zu plündern, unsere Frauen zu schwängern und ihren eigenen Kindern Lesen und Schreiben beizubringen. Kauft nicht bei Hyksos! Leiht euch kein Geld von Hyksos. Und wenn, dann zahlt es nicht zurück.«

»Das ist heftig. Ich meine, dass sie das Geld nicht zurückzahlen wollen«, schnaufte Raffim. »Wer hat das verfasst? Steht ein Name darunter?«

Nun näherte sich auch Elimas, der Ziegenhirte, mit einer der Schwebekerzen, um besser sehen zu können.

»Ja, da steht eine Hieroglyphe drunter: Sonne – Korb – Löwenkopf – zweimal Brot – Auge – Wedel – Krakel-S.«

»*Zweimal* Brot nach Löwenkopf?«, fragte eine Stimme aus dem Dunkel.

»Ja, zweimal«, sprach Elimas in die Finsternis.

»Und am Schluss Krakel-S?«

»Ja, am Schluss Krakel-S!«

»Dann ist es Ahmose persönlich, der Pharao. Ich habe sein Siegel oft genug im Bäderamt gesehen.«

»Ich weiß, dass es vom Pharao ist, und deshalb ist es ernst, sehr ernst«, sagte Seshmosis mit leicht zitternder Stimme. »Wir müssen etwas unternehmen. Unter Ahmoses Vorgänger Kamose ging es uns schon fast an den Kragen, und ich befürchte, jetzt wird es schlimmer kommen.«

»Aber warum sollten uns die Ägypter denn an den Kragen? Sie brauchen uns doch. Wir mahlen das Getreide, wir weben Stoffe, wir sorgen für Erfrischungen in den Bädern, wir schaffen den Müll weg, wir verkaufen ihnen heilige Gegenstände«, wandte Almak ein.

»So wird es auch bleiben. Bis auf das Verkaufen. Alles andere werden wir auch weiterhin tun dürfen – als Sklaven«, erwiderte Seshmosis sarkastisch.

»Geglaubt wird immer! In solchen Zeiten mehr denn je,

ich habe keine Angst um mein Gewerbe!«, tönte Raffim in unerschütterlicher Überzeugung.

Seshmosis schüttelte nachdenklich den Kopf. »Geglaubt schon, Raffim, aber du wirst das Geschäft nicht mehr machen. Sie werden dich sicher nicht töten, weil sie dich brauchen. Keiner kann die heiligen Krokodile so gut zum Weinen bringen wie du, das wissen sie. Aber du wirst diesen Job als Sklave machen und für nichts, außer, dass sie dich am Leben lassen.«

»Ich könnte ihnen eine neue Statue des Suchos stiften, eine aus purem Gold! Sie werden mir dankbar sein.«

Doch Raffim schien nicht sehr überzeugt, als er diesen Vorschlag machte. Er wusste, dass sie, wenn sie wollten, auch anders an sein Gold kämen. »Was also sollen wir tun?«, fragte er.

»Wir werden abhauen. Und das möglichst unauffällig. Lasst uns morgen Abend um die gleiche Zeit darüber reden, ich muss noch nachdenken«, entschied Seshmosis.

Als sich fast alle durch die kleine Pforte in die nicht nur wegen der Schwüle so drückende Augustnacht davonmachten, hielt Seshmosis Raffim an einer der Decken zurück. »Sag mal, Raffim, wie schaffst du es eigentlich, heilige Krokodile zu Hack zu verarbeiten und andere Scheußlichkeiten an ihnen zu begehen, ohne dass dir die Priester an den Kragen wollen?«

»Alles eine Frage der Theologie«, antwortete Raffim, und seine Geieraugen blitzten in der Dunkelheit, »alles eine Frage der Theologie.«

»Und wie drehst du es wirklich?« behaarte Seshmosis.

»Nun ja, es ist eine Frage der Auslegung. Der Krokodilgott Suchos manifestiert sich in einem Krokodil, das haben die Priester bewiesen. Dieses auserwählte Krokodil befindet sich immer im Zentrum des Tempels unter der Obhut der Priester. Ich habe mir nun gesagt, wenn Suchos in *diesem* Krokodil ist, kann er nicht gleichzeitig in all den anderen sein, die ohne priesterlichen Beistand im Nil plätschern. Ich hatte darüber einen längeren Disput mit dem Grünschillernden Großkophta und dem Goldgezähnten Hierophanten. Es war ein sehr konstruktives Gespräch. Sie wollten mir zuerst über die Bilokalisation an den Kragen, über die Potenz Suchos', gleichzeitig an mehreren Orten sein zu können. Das gab ich unumwunden zu und führte aus, dass Suchos ja wirklich in der Gestalt eines Krokodils sowohl in Theben als auch in Karnak, in Memphis, in Qurna wie auch in jedem anderen Suchos-Tempel Ägyptens gleichzeitig präsent sei. All diese erhöhten Krokodile sind Suchos, zugegeben. Aber wie sieht es mit den anderen aus? Mit denen, die gerade ohne priesterliche Gegenwart in der Sonne dösen, sich vermehren oder einen Fischer fressen? Wenn in ihnen Suchos wäre, müsste dann nicht bei jedem Krokodil von den unermesslichen Quellen des Nils bis zur Mündung ein Priester stehen? Und wenn nicht, was ist dann die Besonderheit der Krokodile in den Tempeln? Wenn in allen Krokodilen Suchos ist, was macht dann die Tempelkrokodile zu etwas Besonderem? Wenn aber nur die Tempelkrokodile etwas Besonderes sind, was spricht dann dagegen, die anderen Krokodile gottgefällig zu Hack und anderem zu verarbeiten?«, schloss Raffim mit einem Augenaufschlag, den man bei anderen Menschen als unschuldig bezeichnet hätte. Bei ihm sah es allerdings so aus, als öffneten sich zwei Falltüren im oberen Drittel seines Gesichtes.

»Und dieser Argumentation sind der Grünschillernde Großkophta und der Goldgezähnte Hierophant gefolgt?«, staunte Seshmosis.

»Ja, und meinen anderen Argumenten auch«, nickte Raffim.

»Welche anderen Argumente?«

»Kleine rechteckige und runde. Goldfarben. Durch und durch goldfarben«, grinste Raffim.

»Ich verstehe. Du warst theologisch absolut überzeugend.«

»Absolut!«, bekräftigte der Devotionalienhändler.

»Lass uns nach Hause gehen. Wir haben eine schwere Zeit vor uns«, sagte Seshmosis mit leiser Stimme und trat durch die Pforte.

Seshmosis wollte und konnte noch nicht nach Hause zurückkehren. Gleich nach Verlassen des Versammlungsortes wandte er sich nach Westen und ging zum nahen Ufer des Nils. Raffims Erwerbsquellen hatten sich längst in den Schlamm verkrochen, und der Fluss wälzte sich träge nordwärts. Die ganze Stadt schien zu schlafen.

Seshmosis setzte sich ans dunkle Wasser und hoffte, dass die stetige Bewegung auch seine eigenen Gedanken in Bewegung bringen werde.

Trotz der Abwesenheit der ihm verhassten Krokodile war es für ihn eine schreckliche Nacht. Alles war schrecklich – schrecklich schicksalsträchtig, schrecklich wichtig, schrecklich bedeutend. Und die Stechmücken, die als Einzige außer ihm noch wachten, waren auch schrecklich.

Seshmosis seufzte. Ohne es zu wollen, hatte er Verantwortung übernommen. Dabei war er, wie sein Name schon sagte, einfach der Sohn eines Schreibers, der auch Schreiber war. Manche nannten ihn auch, ob seines Wissens, Ben Milon, den Sohn eines Wörterbuchs. Na ja, es gab Schlimmeres.

Er war, wie gesagt, Schreiber und kein Politiker. Es behagte ihm überhaupt nicht, dass die anderen von ihm Ratschläge und Entscheidungen verlangten. Er war bisher immer einer gewesen, der aufgeschrieben hatte, was geschehen *war*, nicht einer, der sagte, was geschehen *solle*.

Nun aber war alles anders. Die Zeiten ändern sich und mit ihnen die Umstände.

Er wusste, dass die Zeit seines Volkes, der Hyksos, der Fremden, in Ägypten vorbei war. Dabei gab es *die* Hyksos gar nicht. Das ägyptische *Hekau Chasut*, was eigentlich »Herrscher der Fremdländer« bedeutet, war lediglich ein Sammelbegriff für alle, die vor Generationen von Osten her aus der Wüste in das Land am Nil gekommen waren, um in einem fruchtbareren Gebiet ihr Glück zu machen.

Nun, sie hatten sich dabei nicht nur auf das Glück des fruchtbaren Bodens verlassen und ein wenig nachgeholfen, indem sie die schwachen Pharaonen und Kleinkönige besiegten und unterwarfen. Jeder war seines Glückes Schmied, und manchmal wurde eben mit Schwertern geschmiedet. Das war so und wird wohl immer so bleiben.

Aber nun wurde es eng. Vor nicht einmal zehn Jahren war Theben, sein Theben, der Ausgangspunkt für die Wende gewesen. Ein junger, stolzer Pharao, Seqenenre, den der Hyksoskönig Apophis lediglich als Marionette der Landesgeschichte betrachtete, hatte aufbegehrt, war erschlagen worden, und sein Tod war ein Fanal gewesen, der schreckliche Anfang von einem schrecklichen Ende. Sein Nachfolger Kamose hatte ihn bitterlich gerächt, und der jetzige Pharao Ahmose setzte die Politik aus seiner Sicht erfolgreich fort.

Seshmosis fühlte sich nicht als Hyksos, als Fremder. Er war hier geboren und aufgewachsen. Dabei war er nie weit weg gereist, und sobald er den Geruch des Nils nicht mehr in der Nase spürte, bekam er Heimweh. Aber daran würde er sich wohl gewöhnen müssen.

Im Norden gab es starke Hyksosführer, da waren Leute, die sich als Stamm oder gar als Volk fühlten. Die Thebener Hyksos fühlten sich als Thebener, als Weber und Devotionalienhändler, als Bademeister und Müller, als Lehrer und Handwerker, als Statuenputzer und Schreiber. Keiner von ihnen beherrschte einen Ägypter. Keiner, außer Raffim, der einige Ägypter in seiner Krokodilverwertung beschäftigte.

Die Hyksos von Theben waren in Generationen längst Thebener geworden.

Aber das zählte nicht mehr. Die Zeit der Vernunft war verstrichen, die Emotionen und der Hass dominierten, die Argumente waren schon längst von den Parolen abgelöst.

Seshmosis seufzte tief.

Morgen musste er eine Entscheidung treffen, und er musste die anderen von seiner Entscheidung überzeugen.

Seshmosis irrte, als er dachte, er und eine Million Stechmücken seien die einzigen Lebewesen in Theben, die in dieser Nacht nicht schliefen.

Wenige Kilometer weiter nordöstlich herrschte rege Geschäftigkeit. In einem Palast minderer Bedeutung und Pracht, der höchstens achthundert Sklaven das Leben gekostet hatte, tagten Politiker und Priester, was im Prinzip ein und dasselbe war.

Kamoses, der regionale Statthalter des Pharaos, versammelte in dieser Nacht den Großen Rat zu einer äußerst wichtigen Besprechung.

Da saßen nun alle, die in Theben Rang und Namen hatten. Der Grünschillernde Großkophta des Suchos, der Goldgezähnte Hierophant, der Gefiederte Speer des Month, die Empfangende Tochter der Isis, der Einäugige Wächter des Horus, die Schlafende Buhlin der Nut, der Scharfrichter der Mafdet, der Höchste Hohepriester des Amun, die Silberklaue des Seth, die Dreibrüstige Dienerin der minderen Triebgötter, der Heilige Schakal des Anubis, die Löwenmähnige Priesterin der Bastet, der Dunkellord der Ammit, der Großanonymus der Namenlosen Götter, der Oberste Zwerg des Bes, das Geliebte Kind des Chons, der Bändiger der niederen Dämonen, die Tanzende Kuh der Hathor, der Schreiber des Toth, der Kommandant der Stadtwache, der Kommandant der Tempelwache, der Kommandant der Palastwache, der Oberste Steuereintreiber, der Oberste Einbalsamierer, die Großvertreterin der nichtgöttlichen Dirnen, der Sprecher der freien Händler, der Verleiher inländischer Währungen, der Verleiher ausländischer Währungen, der Vorsitzende des städtischen Sklavenamtes und der Besitzer der Badehäuser.

»Ehr-, groß- und hochwürdigste Anwesende! Ich freue mich, dass ihr alle in dieser Stunde meiner Einladung gefolgt seid. Wisset, dass unser großer Pharao Ahmose mich, Kamoses, beauftragt hat, das weitere Vorgehen gegen die Hyksos in unserer geliebten Stadt Theben zu koordinieren. Es wäre schädlich und schändlich, wenn ein jeder für sich eigennützige Ziele verfolgen würde. Bei allem berechtigten Zorn auf die Fremden dürfen wir nicht aus den Augen verlieren, dass es sich bei ihnen um eine volkswirtschaftlich eminent wichtige Gruppe handelt. Ein überstürztes Handeln würde uns mehr Schaden zufügen als Nutzen. Deshalb muss ich in aller Schärfe die Vorgänge, die mir zu Ohren gekommen sind, verurteilen.

In manchen Tempeln, namentlich solchen mit gehörnten Gottheiten, soll es zu Übergriffen gekommen sein. Glaubt mir, auch ich würde diese Bastarde lieber heute als morgen in den Steinbrüchen des Pharaos schwitzen sehen, aber die Zeit verlangt von uns Opfer. Also haltet Euch gefälligst zurück, meine liebe Tanzende Kuh der Hathor! Es ziemt sich nicht, andersgläubigen Tempelbesuchern bei lebendigem Leib die Därme zu entnehmen und damit die Altäre zu schmücken! Zumindest so lange nicht, bis ich es ausdrücklich angeordnet habe.

Höret nun gut zu! Dass es IHM, dem großen Pharao Ahmose, und MIR, seinem Statthalter Kamoses, und dem Ratschluss aller Götter Unter- und Oberägyptens nicht gefällt, dass ihr auf eigene Faust und mit eigenem Schwert handelt. Lasst das, bis ihr nicht die ausdrückliche Anweisung dazu habt! Sonst könnte es sein, dass der eine oder andere Tempel wegen Renovierung geschlossen werden muss. Verstanden?

So, das war der offizielle Teil des Abends. Ihr wollt doch nicht, dass wir hier Schwierigkeiten mit der hohen Politik bekommen, oder?

Merkt euch, Schwierigkeiten sind schlecht fürs Geschäft. Lassen wir Ahmose im Norden seinen Feldzug zur Reichssicherheit machen, und pflegen wir die Genüsse der Sicherheit in Theben.

Sag mal, meine liebe Großvertreterin der nichtgöttlichen Dirnen, hast du nicht zufällig einige deiner Expertinnen für interkonfessionelle Toleranz mitgebracht?«

Das war das Startsignal für den ausschweifenden Rest einer Nacht, von der Seshmosis glaubte, dass sie allein ihm und seinen Sorgen geweiht war.

Ungeachtet der Sorgen und Nöte der Hyksos schob der Skarabäus Chepre, der heilige Käfer, auch an diesem Morgen die Sonne über den Horizont.

Obwohl man Harachte, dem Gott der Morgensonne, keinen Tempel in Theben errichtet hatte, gefiel es ihm in seiner göttlichen Großzügigkeit, über dieses Manko in der Stadtplanung hinwegzusehen und goldene Strahlen zwischen die Gassen zu schicken, von wo aus sie sich durch die Häuser schnell bis zum Nil schlängelten, um von dort direkt in das Gesicht des Gottes zurückgeworfen zu werden.

Raffim war von seiner Konstitution her eigentlich für ein Leben in diesem Teil der Welt völlig ungeeignet. Er bekam schon bei Vollmond Schweißausbrüche und triefte ab Sonnenaufgang bis in die Abendstunden wie ein Flusspferd, das gerade aus dem Nil stapfte. Er saß in seinem Repräsentationsraum und schwitzte ungefähr einen Liter pro Minute. Dies lag aber keinesfalls an der Raumtemperatur, die man eher als angenehm kühl betrachten konnte, sondern an seinen beiden Gesprächspartnern, dem Goldgezähnten Hierophanten und dem Scharfrichter der Mafdet. Vor allem die beeindruckenden Amtsinsignien des Scharfrichters machten Raffim nervös: eine lange, oben gebogene Stange mit einem weit herausragenden Messer daran.

Es war nicht die Kraft des Symbols, die Raffim Furcht einflößte, es war vor allem das Wissen, dass dieser Stab häufig auch ganz praktisch eingesetzt wurde, als Hinrichtungsgerät.

Bei seiner Suche nach weiteren Betätigungsfeldern in seinem Geschäft besuchte Raffim immer wieder auch andere Tempel als die des Suchos und konnte sich mit eigenen Augen von den würdevollen Ritualen der Göttin Mafdet überzeugen. Allerdings war, bei aller Würde, der Ausgang des Rituals für mindestens einen Beteiligten äußerst unangenehm. Genau dieses unangenehme Gefühl beschlich Raffim, als er sich nun seinen morgendlichen Gästen gegenübersah.

Er konnte sich kaum auf das Gesagte konzentrieren und verlor immer wieder den Gesprächsfaden.

»Wie gesagt, Raffim, wir haben nichts gegen dich persönlich, überhaupt nichts. Eher im Gegenteil. Du bist ein treuer Diener Suchos', du zahlst Steuern, wobei du sicher einiges unterschlägst, aber das tut jeder. Dank deiner gibt es in Theben einen florierenden Suchos-Kult, der auch Gläubige aus anderen Städten zu uns bringt, die im Tempel opfern und Geld in der Stadt lassen.«

Wohlgefällig blickte der Goldgezähnte Hierophant auf das schwitzende Bündel Angst jenseits des großen Marmortisches. Es war die Wohlgefälligkeit, mit der eine große Spinne auf eine fette Fliege blickt.

»Du brauchst dir keine Sorgen zu machen. Erst letzte Nacht sagte ich zum Statthalter: ›Der Raffim ist in Ordnung. Das ist keiner von den üblichen Hyksos, die immer nur Ärger machen. Raffim hat Verständnis für unsere Kultur.‹«

Raffim war irritiert. Er ahnte, dass etwas Ungeheures, Schlimmes und Kostenintensives auf ihn zukommen würde. Er beschloss, vorerst abzuwarten.

Während der Scharfrichter der Mafdet weiter schwieg und nichts anderes tat, als seinen Stab zu umklammern, fuhr der Goldgezähnte Hierophant fort: »Wir verlangen nicht viel von dir, Raffim. Es ist auch kein Verrat, sondern ein Beitrag zur inneren Sicherheit. Wir wissen, dass ihr euch in Geheimgesellschaften trefft, bei Kerzenschein im Dreieck springt und dabei in eurer alten Sprache redet. Die Treffen, die Kerzen und das Springen sind uns egal, wir wollen nur wissen, was ihr *sprecht*!«

Das letzte Wort kam wie ein Peitschenhieb, den Raffim von seinen Krokodilstränen-Gewinnungsaktionen sehr gut kannte.

Warum fiel gerade in diesem Moment sein Blick auf die Hand des Scharfrichters, der seinen Stab so fest umklammerte, dass die Knöchel weiß waren wie die Linnen einer Mumie? Raffim wand sich innerlich und äußerlich.

»Hochwürdigster, Ihr wisst, dass ich ein treuer Diener von Suchos bin, ein ebenso treu ergebener Bürger der Stadt Theben und leider auch ein nichtswürdiger Hyksos. Diese Treffen sind rein folkloristischer Natur und keineswegs subversiv. Wir haben sogar aufgehört, unsere Shofarhörner zu blasen, nachdem sich Kaf'nkhter von gegenüber bei der Stadtwache wegen nächtlicher Ruhestörung beklagt hatte.«

»So, so, Folklore also? Und warum im Schutze der Nacht?«, fragte der Hierophant lauernd.

»Nun, Hochwürdigster, wir müssen tagsüber alle arbeiten«, stammelte Raffim so ehrlich, dass selbst der Priester überrascht war.

»Ihr sprecht wirklich nicht über Politik? Ihr schmiedet

keine Pläne, wie ihr die Stadt in eure Gewalt bringen könnt?«, schlug er nun einen Verhörton an.

»Politik? Gewalt über die Stadt? Hochwürdigster, wer sind wir denn, uns mit solchen Dingen zu beschäftigen? Seht, ich bin froh, wenn meine Geschäfte gut gehen, und die anderen sind auch froh, wenn sie ihr Auskommen haben. Außer Seshmosis vielleicht, weil der kein richtiges Einkommen hat«, antwortete Raffim nun mit Unschuldsmiene. Er begriff langsam, worauf seine beiden Besucher hinauswollten. Ihm fiel ein Stein vom Herzen.

»Nun gut, ich glaube dir, Raffim. Vorerst. Aber sei sicher, wir werden euch im Auge behalten. Und sollte sich an euren Heimattreffen etwas ändern, so wirst du unaufgefordert zu mir kommen und mir davon berichten. Du wirst es nicht vergessen?«

»Sicher. Auf jeden Fall. Unaufgefordert. Sofort. Umgehend. Selbstverständlich, Hochwürdigster. Sofort«, Raffim begleitete jedes Wort mit einer tiefen Verbeugung.

»Dann ist es ja gut, Krokodilmann. Wir verlassen uns auf dich!«, sprach der Goldgezähnte Hierophant und verließ ohne weiteren Blick auf Raffim den Raum. Lautlos, wie in der gesamten Begegnung, folgte ihm der Scharfrichter der Mafdet.

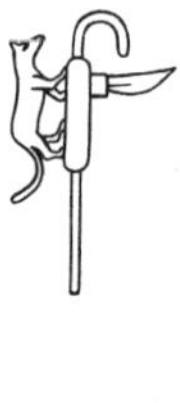

Der Tag in Theben war verlaufen wie fast alle anderen Augusttage in Theben, langsam, träge und unspektakulär. Einige Hyksos dankten den Göttern, dass es nicht zu einem Pogrom gekommen war, dass ihre Kunden weiter bei ihnen kauften, dass ihr Dienstherr sie nicht im Rausch erschlug, dass ihre Dienstherrin sie im Rausch verführte, dass ihre eigenen Dienstboten keinen Rausch hatten und dass alles in allem alles wie immer war.

Atum, der Herr der Abendsonne, kreierte an diesem Tag einen besonders stimmungsvollen Sonnenuntergang, der siebenundvierzig Liebeserklärungen und acht Heiratsanträge zur Folge hatte. Der widderköpfige Gott Chnum, ebenfalls für die Abendsonne zuständig, ließ seinem Kollegen heute den Vortritt. Er arbeitete gerade an einem Sonnenuntergangsexemplar von etwas größerer Bedeutung und Tragweite.

Sein Konzept war schon sehr ausgereift, nur die einzelnen Details des Spektakels wollten sich noch nicht recht ineinander fügen. Auf jeden Fall wusste Chnum, dass die Farbschattierungen Blutrot, Blutrot und Blutrot eine wesentliche Rolle spielen sollten.

Die Sterne zogen auf, und die Göttin Nut hob wie jede Nacht die Mondbarke in den Himmel. Es war die Stunde, in der die Schlafende Buhlin der Nut ihr Ritual im Tempel zelebrierte, derweil die göttliche Spitzmaus, m'm-Tier genannt, im Keller des Tempels wie jede Nacht die Sonne restaurierte und polierte. Morgen früh, kurz vor Sonnenaufgang, würde sie damit fertig sein, wie jede Nacht, und dann die Sonnenkugel dem heiligen Käfer Chepre übergeben, der sie auf Geheiß des Gottes der Morgensonne Harachte wie jeden Tag über den Horizont rollen würde.

Es war ein komplexes System von Zuständigkeiten, Kompetenzen und Arbeitsaufgaben, in dem jeder und jede nach seinen Fähigkeiten eingesetzt wurde.

Die Spitzmaus pflegte die Sonne, der Käfer rollte die Sonne, und die Götter sagten, wann und wohin.

Die Spitzmaus begann gerade ihr Nachtwerk, ärgerte sich wie jede Nacht ein wenig darüber, immer noch keinen göttlichen Namen zu haben, sondern nur m'm-Tier zu heißen, als Raffim durch eine wohl bekannte Gasse hastete, wissend, wieder einmal zu spät zu kommen.

Almak, der Türwächter mit der langen Nase, lauerte schon auf Raffims Ankunft.

Nach Klopfzeichen und Gegenklopfzeichen öffnete er die Tür einen Spalt und fragte hämisch: »Parole?«

»Der Kopf trennt Himmel und Erde. Und wenn du mich nicht sofort und ohne Gequatsche einlässt, trenne ich deinen Kopf von Himmel und Erde, du Zähmer von Blutegeln«, herrschte ihn Raffim an, schmiss die Tür auf und trat in den Raum.

»Aua!«, schrie Almak und hielt sich die rot anlaufende Zierde seines Gesichtes.

Seshmosis schüttelte den Kopf und sah Raffim fragend an. »Schlechte Geschäfte? Lachen dich die Krokodile aus?«

»Nein, keines von beiden. Die Geschäfte gehen gut, und die Krokodile weinen zum Steinerweichen«, schnauzte Raffim zurück. »Nur dass ich heute Besuch von zwei Gästen hatte, gegen die Krokodile Schmusetierchen sind. Der Goldgezähnte Hierophant und der Scharfrichter der Mafdet gaben mir die zweifelhafte Ehre ihres Besuchs.«

»Hast du schlechte Ware geliefert?«, fragte Aram, der Bademeister.

»Nein. *Wir* waren der Gegenstand ihres Interesses. Wir alle, du, du, du und du!« Raffim stocherte mit dem Zeigefinger in Richtung der dunklen Schemen im Raum.

»Sie wollen wissen, was wir treiben, zu welchem Zweck wir uns versammeln und vor allem, worüber wir reden.«

»Und? Hast du es ihnen gesagt?«, kam es lauernd aus einer Ecke.

»Natürlich! Ich habe ihnen alles erzählt, alles. Dass wir im Dreieck springen, dass man hier die Hand nicht vor den Augen sieht, dass wir nicht mehr die Shofarhörner blasen und in der alten Sprache sprechen. Nur nicht, worüber«, grinste Raffim. »Aber ich sage euch, es wird ernst!«

»Es ist egal. Ich habe einen Plan«, unterbrach ihn Seshmosis.

In diesem Augenblick kreisten mehr Fragezeichen im Raum als Stechmücken.

»Willst du einen Aufstand machen?«

»Wann sollen wir zuschlagen?«

»Sollen wir die Stadt anzünden?«

»Plündern wir die Tempel?«
»Schänden wir die nichtgöttlichen Dirnen?«
»Schlachten wir die heiligen Krokodile?«
»Pfählen wir die Tanzende Kuh der Hathor?«
»Bestechen wir den Statthalter?«
»Erhöhen wir die Brotpreise?«
»Vergiften wir das Badewasser?«
»Machen wir eine Rechtschreibreform?«
»Beten wir die minderen Triebgötter an?«
»Entführen wir den Obersten Zwerg des Bes?«
»Machen wir einen Bummelstreik?«
»Befreien wir die Sklaven?«
»Blasen wir wieder nachts die Shofarhörner?«
»Nein. Nein! NEIN!!!«
»Nein?«, echote es vielstimmig.

»Nein. Ihr seid Trottel! Wenn ihr einen Aufstand macht, bringt ihr euch selber um. Wenn ihr die Stadt anzündet, verbrennt ihr eure eigenen Geschäfte. Wenn ihr die Tempel plündert, seid ihr im nächsten Ritual die Hauptdarsteller. Wenn ihr die nichtgöttlichen Dirnen schändet, müsst ihr den doppelten Preis bezahlen. Wenn ihr die heiligen Krokodile schlachtet, schlachtet euch Raffim. Wenn ihr die Tanzende Kuh der Hathor pfählt, wird sie euch auf die Hörner nehmen. Wenn ihr den Statthalter besteht, werdet ihr arm, aber ihr erreicht gar nichts. Wenn ihr die Brotpreise erhöht, merkt das keiner, weil ihr das sowieso dauernd tut. Wenn ihr das Badewasser vergiftet, verliert ihr eure Arbeit. Wenn ihr eine Rechtschreibreform macht, leidet nur einer wirklich darunter, nämlich ich, ihr Analphabeten. Wenn ihr zu den minderen Triebgöttern betet, hören sie am Ende auf euch, und ihr vermehrt euch wie die Stechmücken. Wenn ihr den Obersten Zwerg des Bes entführt, wird er euch die Haare vom Kopf fressen, zumindest wenn ihr euch bückt. Wenn ihr einen Bummelstreik machen wollt, müsstet ihr euer Arbeitstempo erhöhen. Wenn ihr die Sklaven befreit, müsst ihr deren Arbeit machen. Und wenn ihr wieder nachts die Shofarhörner blast, wird euch Kaf'nkhter persönlich die Haut abziehen. Nein! Nichts von all dem bringt uns nur einen Schritt weiter. Wir müssen taktisch und klug vorgehen. Aber wie ich euch kenne, könnt ihr euch darunter nichts vorstellen.« Seshmosis lehnte sich erschöpft zurück.

»Was sollen wir tun?«, fragte Almak, der Türwächter, wobei er sich immer noch die rote, dick geschwollene Nase hielt und seine Worte wie »wöässöälläwituän« klangen.

»Wir brauchen eine neue Identität«, sagte Seshmosis triumphierend. »Wir brauchen einen neuen Namen.«

»Aber wir haben doch alle Namen?«, wandte zaghaft Aram, der Bademeister, ein.

»Oder meinst du, wir sollen uns Geheimnamen geben, so wie Krokodiltöter, Luftherr, Unterweltfeuer oder so?«, fragte Shamir, der Bäcker, der ein hoffnungsloser Romantiker war.

Seshmosis seufzte. »Behaltet eure Namen oder gebt euch neue, das ist mir völlig egal. Wir brauchen einen neuen Namen für uns alle, für uns! Statt Hyksos brauchen wir einen anderen Namen. Und ich habe auch schon einen: Tajarim!«

»Tajarim?«, echote es aus allen Ecken des Raumes.

»Ja, Tajarim. Das stammt aus unserer alten Sprache

und bedeutet so viel wie *Menschen, die von zu Hause weg sind, in ferne Länder ziehen und gerne woanders sind*«, erklärte Seshmosis.

»Du meinst, Tajarim sind Touristen?«, kam es vorsichtig von Raffim.

»So könnte man sagen, aber Tajarim klingt einfach besser«, nickte Seshmosis zustimmend.

Und dann erklärte ihnen der Schreiber seinen Plan.

Seshmosis sah sich in seinem Zimmer um. Es waren die ersten Blicke des Abschieds.

Das also war sein Lebensraum, das Zentrum seines Seins, und nun würde er es bald verlassen. Verlassen müssen, denn er wäre liebend gern geblieben.

Im Zimmer nebenan war er vor achtundzwanzig Jahren geboren worden, dort war er aufgewachsen und war dann im Alter von zwölf Jahren in diesen Raum gewechselt, um bei seinem Vater Sesh in die Lehre zu gehen. So wurde Seshmosis, der Sohn des Schreibers Sesh, auch ein Schreiber, was sonst?

Er überblickte sein kleines Reich: das Regal mit ungezählten, aber wohl bekannten Papyrusrollen, der Tisch mit den Schreibutensilien, der Stuhl, auf dem er die meisten seiner Tage und viele seiner Nächte verbracht hatte.

Es war nicht viel, was er sein Eigen nennen konnte, und kaum etwas davon besaß mehr als nur immateriellen Wert. Die kleine silberne Mondbarke der Göttin Nut vielleicht, das Pavianfigürchen des Gottes Toth aus Elfenbein und der Skarabäus aus grünem Schmelzglas waren die einzigen Gegenstände, die auf dem Markt vielleicht Interessenten gefunden hätten. Aber es würde sich nicht lohnen, sie anzubieten. Zu gering der Ertrag, zu groß der persönliche Verlust. Er beschloss, sie als Erinnerung an sein jetziges Leben, das bald sein früheres sein würde, mitzunehmen.

Seshmosis spürte, wie der Schmerz langsam in seinem Inneren hochkroch und sich in seinen Gedanken breit machte. Der Abschied ist ein lautloses Tier mit spitzen Krallen, das urplötzlich seinen gewaltigen Rachen aufreißt und einen verschlingt.

Gerade eben hatte das lautlose Tier Seshmosis verschlungen, und er begann zu weinen.

Seine Fantasie gaukelte ihm vor, was alles noch geschehen würde, wenn er bliebe.

Zum Stadtschreiber würde man ihn ernennen. Eine hübsche junge Frau würde er kennen lernen und ihr in Atums Abendsonne seine Liebe gestehen. Die Göttinnen der Nacht würden ihm die Ekstase schenken und seiner Frau Kinder. Mindestens eines davon würde ein echter Sesh sein, ein echter Schreiber, und er würde ihn ausbilden und zum besten Schreiber Oberägyptens machen. Je mehr Seshmosis sich in seine künftige Biografie in Theben hineinsteigerte, desto größer wurde der Verlust, den er empfand. Dies alles musste er aufgeben, all die wunderbaren Dinge, die er überhaupt nicht besaß.

Doch nicht nur in der kleinen Schreibstube von Seshmosis hatte der Abschiedsschmerz Einzug gehalten. Aram, der Bademeister, war ein Mensch mit einem komplexen Innenleben, das sich einem erst erschloss, wenn man ihn näher kennen lernte, das heißt, wenn man ihn kannte, wusste man, welche Komplexe er hatte.

Groß und hager stand er nun am Rand des Kaltwasserbeckens und schaute in sein eigenes Gesicht, das sich im Wasser spiegelte. Solange er denken konnte, war sein Leben mit dem Wasser verbunden. Mit sauberem, gut riechendem Wasser, nicht mit dem schlammigen, trüben, träge dahinkriechenden Wasser des Nils. In seinem Reich gab es keine gefräßigen Krokodile, nur gefräßige Menschen, die nicht minder gefährlich waren. Sie alle kamen zu ihm, ins erste Badehaus am Platz, alle, die in Theben wichtig waren. Oder sich für wichtig hielten. Während sie entspannt in den Becken plätscherten, machten die Hohen Priester und Priesterinnen, die Kommandanten und die Großgrundbesitzer Politik. Bei ihm, in seiner Hörweite. Sicher, ihm gehörte das Badehaus nicht, er war nur der oberste Angestellte von Maf'neter, dem Besitzer. Dennoch war es sein Badehaus.

Hier bewegte sich nicht einmal ein Ba, die Seele eines eben Verstorbenen, ohne dass er davon wusste. Geschweige denn ein lebendiger Mensch.

Aram kannte die kleinen und großen Geheimnisse von Theben, wusste, wer mit wem befreundet oder verfeindet war, wer wen bestohlen hatte oder wer wem nach dem Leben trachtete. Trotz der aufkommenden Feindseligkeiten gegenüber den Hyksos seit der Ermordung Seqenenres versuchte niemand, an seiner Position zu kratzen. Vielleicht deshalb, weil sie ihn gar nicht mehr wahrnahmen. Er gehörte zum Inventar, er war ein Stück Einrichtung, er war etwas absolut Selbstverständliches, so selbstverständlich, dass man ihn übersah. Wie die Götterstatuen am Beckenrand, die in Reih und Glied aufgestellt die Badenden beobachteten. Keiner der Gäste würde bemerken, wenn eine davon fehlte.

Ob sie merken würden, wenn er, Aram, fehlte? Sicher, ganz sicher. Denn er war der Regisseur im Theater namens Badehaus. Ein Wink von ihm, und den Gästen wurden parfümierte Handtücher gereicht; ein Handzeichen, und die Erfrischungen häuften sich von Sklavenhand am Beckenrand, ein gesenktes Augenlid und Masseure und Gesundbeterinnen traten ihre Dienste an. Ohne ihn stünden sie nass, triefend und ratlos im Haus herum. Sie waren ja nicht einmal in der Lage, ein Handtuch zu verlangen, geschweige denn, eines in seinen labyrinthischen Kammern zu finden. Ohne ihn würden sie im Wasser stehend verdursten und verhungern. Ohne ihn kämen Muskelkrämpfe und Schüttelfrost über sie, und sie wüssten nicht einmal, was mit ihnen geschah.

Arams Spiegelbild im Beckenwasser strahlte mehr und mehr. Er war mächtig. Er war wichtig. Er war der Magus des Badehauses, der Hohe Priester der Entspannung.

Er betrachtete sein triumphierendes Abbild, dieses Bild eines hageren Mannes, dem die Götter die Macht über die Badenden geschenkt hatten. Und dann traf ihn der Schock: Er musste alles zurücklassen. Hinausziehen in eine Welt ohne Badehäuser. Ja sogar ohne Nilwasser. Alles, was er besaß, war hier in diesem Haus.

Seine Macht, die Geheimnisse der Gäste, die wohlriechenden Wasser, die Handtücher, die Erfrischungen, die Masseure, die Gesundbeterinnen, sein Lebenszweck, seine Vergangenheit, seine Zukunft.

Langsam ließ sich Aram ins Becken gleiten.

Es gab nicht nur Einsamkeit in dieser Nacht.

Andernorts fand eine große Versammlung statt, allerdings zur Gänze ohne menschliche Beteiligung. Der Versammlungsort schien ein Palast in Theben zu sein, dem Palast des Statthalters nicht unähnlich. Das kam nicht von ungefähr, denn es war der Palast des Statthalters, aber es war eine Ausgabe des Palastes auf einer anderen Ebene, in einer anderen Dimension, wie immer man es nennen mag.

Auf jeden Fall in einer Sphäre, die Menschen in ihrer körperlichen Existenz nicht betreten können. So bestand auch keine Gefahr, dass der Statthalter oder seine Palastwache die Versammlung stören konnten.

Zugang zu dieser Betaversion des Palastes erlangte man nur mit einem bestimmten Schlüssel, dem Ankh, auch Henkelkreuz genannt.

Nun wurden in jedem besseren Devotionalienladen Thebens Henkelkreuze in unterschiedlichsten Größen und Materialien zum Kauf angeboten, und dieser Artikel war denn auch ein ausgesprochener Verkaufsschlager. Doch mit diesen Imitationen würde keiner die Türe öffnen können, hinter der diese Versammlung stattfand.

Ein echtes Ankh war wie ein elektronischer Autoschlüssel, wo eben auch nicht die äußere Form ausreicht, das Schloss aufzusperren. Ein echtes Ankh trägt die Spur eines Gottes in sich, quasi seinen energetischen Fingerabdruck.

Die Gesellschaft, die sich in der großen Halle eingefunden hatte, war, gelinde ausgedrückt, bizarr. Aus besonderem Anlass sah es Amun als notwendig an, nicht nur die lokale Neunheit der Götter zu versammeln, sondern auch auswärtige Gottheiten einzuladen. Wie jeder weiß, sind Götter stark ortsgebunden und in ihrer Macht von ihrem ganz persönlichen Platz abhängig. Das erklärt auch, warum einige der Gottheiten etwas nervös waren und sich unbehaglich fühlten. Man konnte ja nie wissen, was die Neunheit von Theben vorhatte.

Isis und Osiris ließen sich von ihrem falkenköpfigen Sohn Horus entschuldigen, sie waren anderweitig beschäftigt. Die anderen Götter und Göttinnen hatten sich längst damit abgefunden, dass die beiden immer anderweitig beschäftigt waren. Sie standen in dem Ruf, sich für etwas Besseres zu halten. Seth, auch eine der Großen Gottheiten, hielt sich nach seinem Streit mit den beiden, der ihm die Hoden und Horus ein Auge gekostet hatte, vorwiegend zurückgezogen in der Wüste auf und kümmerte sich in erster Linie um die Züchtung seiner berühmten Seth-Tiere.

Manchmal ließ er sie nachts los, um etwas Unheil über die Fellachen zu bringen. Keine große Sache in Anbetracht der anderen Dinge, zu denen er fähig war.

Amun stand mit dem Krokodilgott Suchos, auch Sobek genannt, auf dem leicht erhöhten Platz, der auf einer anderen Ebene dem Statthalter von Theben vorbehalten war.

Rechts daneben eine Dreiergruppe mit Horus, der löwenköpfigen Sachmet und dem Zwerg Bes. Die drei waren allem Anschein nach dabei, eine neue Koalition zu bilden. Überhaupt waren Koalitionen unter Göttern etwas sehr Wesentliches. Ständig wurden alte aufgelöst und neue geschlossen, und manchmal waren sie von so kurzer Dauer, dass der Käfer Chepre in dieser Zeit die Sonne nicht einmal von einem zum anderen Nilufer hätte rollen können.

Eine andere Gruppe in der entgegengesetzten Ecke des Raumes bildeten Thoëris, die aussah wie ein aufrecht gehendes Nilpferd, der schakalköpfige Anubis, der Stier Apis und seine Freundin, die kuhgehörnte Hathor. Dazwischen, in der Mitte des Raumes und anscheinend entspannt plaudernd, der widderköpfige Harsaphes, der ebenfalls widderköpfige Chnum, der immer noch von seinem großen, blutroten, finalen Sonnenuntergang träumte, der falkenköpfige Kriegsgott Month, die katzengestaltige Bastet und die Nachtgöttin Nut. Letztere fiel dadurch auf, dass sie ungeheuer exotisch-menschlich aussah.

Völlig abseits von den anderen stand im Halbschatten des Raumes ein ungewöhnliches Paar, Toth in seiner ibisköpfigen Ausformung und Toth in seiner Paviangestalt.

Toth bevorzugte es häufig, in zwei verschiedenen Formen gleichzeitig zu erscheinen. Er begründete dies gemeinhin damit, dass er sichergehen wolle, bei Versammlungen dieser Art einen vernünftigen Gesprächspartner zu finden.

Alle Gottheiten trugen auf dem Kopf ihre besonderen Insignien, dazu in einer Hand den Stab der göttlichen Macht und in der anderen ihr ganz persönliches Ankh. Alle, bis auf den Stiergott Apis, denn der stand auf vier Hufen und besaß nichts, womit er Stab und Ankh hätte halten können.

Plötzlich flimmerte die Luft zwischen Amun und Suchos, wo Mafdet materialisierte.

Sie orientierte sich kurz, fixierte den Krokodilgott mit ihren Raubkatzenaugen und blickte dann auf die versammelte Götterschar. Sie stampfte mit ihrem gefürchteten Stab auf den Boden, deutete dann damit auf Suchos und begann zu sprechen.

»Hört! Hört! Hört! Seit Göttergedenken ist nicht geschehen, was dieser Krokodilschwachkopf zustande gebracht hat: Er hat sein Ankh verloren!«

Ein Raunen ging durch die Versammlung. Sie alle hatten schon eine Menge hinter sich. Gewaltige Schlachten untereinander, das Buhlen um die Gunst der Gläubigen, das gegenseitige Austricksen um Opfergaben und dazu die täglichen Aufgaben, die ein jeder von ihnen erfüllen musste, vom Sonne- und Mondaufgehenlassen über den Schutz schwangerer Frauen und das Überschwemmen des Nils bis zur Bestrafung der Menschen. Bei all dem und trotz aller Ablenkungen: Nie seit der Schöpfung hatte eine oder einer von ihnen sein Ankh verloren.

Mafdet blitzte Suchos an: »Nun, was hast du zu deiner Verteidigung zu sagen?«

Suchos knirschte mit den Zähnen, und er besaß ziemlich viele davon. »Ich weiß nicht, wie es geschehen konnte. Ein Mensch namens Raffim peitschte gerade ein Krokodil, und deshalb wollte ich ihn ärgern. So inkarnierte ich in das Tier, um ihm einmal richtig die Zähne zu zeigen und auch spüren zu lassen. Dummerweise übersah ich dabei, dass dieser Tierquäler dem Krokodil die Klauen abgehackt hatte, und so konnte ich mein Ankh nicht festhalten, und es fiel in den Nil.«

Suchos sah nun wirklich so aus wie von Raffim persönlich behandelt.

»Warum materialisiertest du nicht umgehend in deiner göttlichen Gestalt?«, fragte Toth, der Intellektuelle.

»Weil ich vor Schmerz rasend war. Ihr wisst selbst, dass wir, wenn wir in eine andere Gestalt hineinschlüpfen, all deren Empfindungen spüren. Deshalb verwandeln sich ja manche hier so gerne in bestimmten Situationen in Menschenmänner und Menschenfrauen, vor allem nachts«, fügte er anzüglich hinzu. »Bis ich wieder klar denken konnte und endlich aus diesem verdammten Krokodil herauskam, war das Ankh weg, spurlos verschwunden, wie vom Nil verschluckt.«

»Aber du musst doch seine Energie gespürt haben?«, argwöhnte Hathor, die Kuhgehörnte.

»Nichts habe ich gespürt, nichts außer den Erinnerungen an diese Schmerzen. Als es mir wieder besser ging, konnte ich das Ding nicht mehr erspüren. Irgendetwas anderes muss es energetisch überdeckt haben, ich kann es mir nicht anders erklären«, seufzte Suchos, und es sah aus, als werde der Gott gleich seine berühmten Tränen vergießen.

Amun, das Oberhaupt der Versammlung, schien Mitgefühl zu zeigen. Eine Regung, die Götter normalerweise nur zur Finanzierung neuer Tempelbauten einsetzen.

»Ein Missgeschick, ein großes Missgeschick! Doch wollen wir den armen Suchos nicht schelten. Lasst uns gemeinsam überlegen, was zu tun ist. Toth, du, der du der Klügste unter uns genannt wirst, was schlägst du vor?«

Der ibisköpfige und der paviangestaltige Toth wandten sich gleichzeitig in Richtung Amun und begannen auch gleichzeitig zu sprechen. Allerdings verschiedene Worte, sodass die Götterschar gar nichts verstand. Ibis-Toth funkelte Pavian-Toth böse an.

»Schweig, du Affe! Das ist meine Sache.«

»Halt den Schnabel, Alter, hier braucht es Verstand«, entgegnete der Pavian, der nicht einmal halb so groß war wie sein hoch aufgeschossenes Pendant mit Vogelkopf.

»Hör mal, du Sparausgabe meiner selbst, wenn ich mich recht erinnere, wohnen in dir gerade die nötigsten Primärfunktionen, damit du nicht vom Baum fällst«, sagte der Ibis-Toth herablassend.

»Wenn du dich erinnern könntest, du spatzenhirnige Imitation eines Gottes, wenn!«, kreischte das Affenwesen.

»Ich erinnere mich an mehr, als du jemals vergessen

kannst, du nichtswürdige Ausformung meiner Erhabenheit«, hob der Vogelkopf triumphierend den Schnabel.

»Ruhe! Schweigt, ihr Würdelosen!«, rief Amun, und sein Bart zitterte vor Zorn. »Toth, nimm gefälligst *eine* Gestalt an, damit man vernünftig mit dir reden kann«, befahl der Vorsitzende.

Was nun folgte, bleibt normaler-, glücklicher- und gnädigerweise Menschenaugen verborgen. Der Ibisköpfige und der Pavian begannen sich zu verformen und zu zerfließen, irisierende Tentakel griffen ineinander, verschlangen sich und verschmolzen miteinander. Nach einigen Sekunden war der Spuk vorbei, und dort, wo vorher zwei Ausformungen des Gottes gestanden hatten, war nun eine. Es war die ibisköpfige; der Pavian schien völlig verschwunden – nur wenn man oberhalb des Schnabels genau hinsah, erblickte man zwei kluge Affenaugen.

»Bist du nun wieder ansprechbar, Toth?«, fragte Amun unwirsch.

»Ja, ja. Ihr versteht eben keine vielschichtige Persönlichkeit«, maulte der Gott.

»Was rätst du uns, du Klügster unter den Göttern?«, lenkte Amun ein.

»Nun, wie Mafdet richtig sagte, hat es etwas Derartiges noch nie gegeben, seit die Welt erschaffen wurde und man sie uns zum Wohnort gab. Es existieren keine empirischen Erfahrungen, wir kennen nichts Vergleichbares. Wie ist eigentlich Suchos hier hereingekommen?«, fragte der Ibis.

»An meiner Hand. Es gab keine Probleme«, antwortete der Vorsitzende.

»Und ich dachte immer, zu zweit funktioniert das nur

mit mir und meinem Pavian. Wie dem auch sei, ich denke, wir haben wirklich ein Problem, wir alle, nicht nur Suchos.«

Toth wirkte jetzt sehr nachdenklich. Alle Albernheit war wie weggeblasen.

»Was ist, wenn jemand das Ankh findet? Was passiert, wenn es ein Nichtgott, ein Mensch, in Händen hält?«, fragte der Ibis und blickte mit seinen Affenaugen in die Runde.

»Ein Mensch?«, tönte es aus Katzen-, Nilpferd-, Stier-, Widder-, Krokodil-, Schakal- und Löwenmäulern ebenso wie aus Falkenschnäbeln und menschenähnlichen Mündern.

»Genau, ein Mensch. Was passiert, wenn das Ankh einem von ihnen in die Hände fällt? Wenn er es zufällig findet und in die Hand nimmt? Was könnte geschehen?«

Leichte Verzweiflung klang in Toths Stimme an. So hatte ihn noch kein Gott gesehen, geschweige denn ein Mensch.

Die Runde der Götter war ratlos. Und sie schwiegen, alle. Eine Premiere, seit sie auf diese Welt gekommen waren.

Und dann bebte die Erde. Sie bebte so sehr, dass es selbst die Götter in dieser ihnen eigenen Dimension spürten, die doch so fern von der physischen Welt der Menschen war.

»Jemand hat das Ankh berührt«, sagte Toth mit tonloser Stimme, und sein Schnabel klapperte vor Erregung. »Jemand hat es gefunden.«

Raffim saß in seinem Repräsentationsraum und litt. Raffim war ein Mensch, der immer litt. Er litt unter Übergewicht, unter Schweißausbrüchen, unter Nervosität, unter schlechten Geschäften, unter entgangenen Geschäften und unter guten Geschäften, die aus seiner Sicht eigentlich hätten besser laufen müssen.

Heute litt er noch mehr als sonst. Sein rechter Arm war bandagiert, das linke Auge war rot, blau und grün, die Wangen wurden von etlichen Schrammen geziert.

Gerade war ein Diener dabei, ihm die ebenfalls geschundenen Knie mit einer lindernden Salbe einzureiben. Bei jeder Berührung stöhnte Raffim auf.

»Das habe ich noch nie erlebt, dass ein Krokodil solche Kräfte entwickelt. Das war ungeheuer, das war, als wäre Suchos selbst in das Reptil gefahren.« Raffim schüttelte vorsichtig den Kopf, aber die Bewegungen erzeugten neuerliche Schmerzen.

»Haltet still, o Herr, auf dass Ihr nicht noch mehr leidet«, erklang eine Stimme von irgendwo unterhalb von Raffims Bauchhorizont, dort, wo er seinen Diener vermutete. Sehen konnte er ihn ob seiner eigenen Leibesfülle nicht.

»Gepriesener Raffim, Herr über alle weltlichen Krokodile, vielleicht wollte es nur seine Artgenossen rächen?«, kam es dünn aus dem Unten.

»Was sollte dieses Vieh rächen wollen, Mesmoses, häh?«, fragte Raffim misstrauisch.

»Ich meine natürlich nicht, dass es einen Grund für Rache hätte haben dürfen, o mein gütiger Herr. Vielleicht war es nur nicht ganz mit Eurer Behandlung einverstanden«, entgegnete der für Raffim unsichtbare Diener vorsichtig.

»Das Vieh sollte sich darüber im Klaren sein, dass es einer höheren Aufgabe dient. Ich verstehe nicht, warum Suchos das den Grünschuppern nicht klar macht«, entrüstete sich der Dicke und stöhnte wieder, weil ihm die Aufregung wehtat.

»Vielleicht ist sein Kontakt zu minderen Krokodilen nicht so gut?«, wandte Mesmoses ein. »Vielleicht kümmert er sich ja mehr um die Menschen, die zu ihm beten?«

Raffim war sichtlich irritiert.

»Du glaubst, ER würde sich um die Menschen kümmern, die an IHN glauben?«

»Es könnte doch sein. Schließlich leben die Götter davon, dass wir an sie glauben, ihnen Tempel bauen und Opfer bringen«, antwortete der Diener schon etwas mutiger.

Er war Mitglied eines Papyruskreises, wo man sich wöchentlich um die Auslegung der Heiligen Rollen bemühte. Anfangs hatten sie sich nur versammelt, um auf die Heiligen Rollen zu starren, hoffend, dass einer von ihnen mit einer Eingebung gesegnet werden würde. Das lag daran, dass keiner von ihnen lesen oder schreiben konnte. Nach zwei Jahren aber war der halbblinde N'kther zu ihnen gestoßen. Früher hatte er seinen Lebensunterhalt damit verdient, Hieroglyphen in Steine zu meißeln, und dabei hatte er im Lauf der Jahre Lesen und Steinmeißelschreiben gelernt. Normal auf Papyrus schreiben konnte er nicht, schon bei seinen ersten Versuchen zerstörte er einen Monatsvorrat an Federkielen.

Sein Anschluss hatte dem Papyruskreis ungeheuren Auftrieb gegeben.

Ab jetzt konnten die Götter über die Schrift zu ihnen sprechen und mussten nicht mehr den direkten Weg in die Ohren und Herzen nehmen.

Ein Vorteil dieser Art Kommunikation war der Interpretationsspielraum, der nun den Menschen blieb. Sagte früher ein Gott zum Beispiel: »Opfere mir deinen jüngsten Sohn, nimm dein Weib und ziehe nach Memphis«, gab es kein Vertun. Der so Angesprochene packte seinen Sohn auf den Altar, bezahlte dem Priester einen Obolus für die Abnützung seines Obsidianmessers, nahm seine Frau und seine Bündel, zog nach Memphis und versuchte sich dort eine neue Existenz aufzubauen, nicht fragend, was das Ganze überhaupt sollte.

Kam diese Aufforderung jedoch über die neuen Kommunikationstechnologien, gab es mehr Hintertürchen als Schriftzeichen auf der Rolle.

»Bin ich gemeint? Wirklich ich?« – »Was bedeutet in diesem semantischen Zusammenhang *opfern*?« – »Was heißt *nimm dein Weib*? Wie soll ich es nehmen? Bei der Hand? Wenn ja, an welcher? Und womit? Mit meiner Hand? Mit beiden Händen? Oder gar nicht mit den Händen? Oder vielleicht im Bett?« – »Was ist unter *ziehe nach Memphis* zu verstehen? Und für wie lange? Und überhaupt, welches Memphis? Das Memphis flussabwärts? Oder das Memphis im sagenumwobenen Merika? Das Memphis Tennessee unserer künftigen Träume?«

Es gibt Fundamentalisten, die behaupten, Toth habe die Schrift nur erfunden, damit sich die Menschen streiten und den Göttern das Wort im Mund respektive im Maul oder im Schnabel umdrehen können. Bei allem, was man über Toths Charakter weiß, sind ihm diese Motive durchaus zuzutrauen.

Mesmoses war einer der eifrigsten und feurigsten Papyrusausleger seiner Gruppe.

Alles, was er hörte, nahm in seinem Inneren Gestalt an und formte sich nach und nach zu einem Gesamtbild von der Welt, den Göttern und den sozialen Ungerechtigkeiten. Von Letzteren verstand er als Diener besonders viel. Vor allem als Diener bei Raffim.

Aber er glaubte fest daran, dass die Götter eines schönen Tages seine Gebete erhören und den Ausbeuter samt allen anderen Hyksos in den Nil oder in die Wüste treiben würden, beides mit dem gleichen tödlichen Ausgang. In der Attacke des Krokodils auf Raffim sah er ein Zeichen, das ankündigte, dass dieser Tag nicht mehr allzu fern sei.

Raffim ahnte nichts von den theologischen und prophetischen Fähigkeiten seines Dieners. Ihn plagten im Moment ganz andere Sorgen.

Mürrisch entließ er Mesmoses und erhob sich stöhnend. Er ging durch die kleine Tür im hinteren Bereich seines Repräsentationsraumes und einen langen Gang hinunter. Dieser führte direkt zu den sprudelnden Quellen seines Erfolgs, zu den stinkenden, brackigen Nilbecken seiner Krokodile.

Das Tier, das ihm gestern so zugesetzt hatte, befand sich inzwischen in einer der kleinen, direkt am Nil gelegenen Hütten, um ihm den Schaden zu ersetzen. Bald schon würde es in Form von Krokodilhack und Sandalen das Leid Raffims ein wenig lindern.

Grummelnd erreichte er den Platz des gestrigen Kampfes. Die Spuren waren noch überall zu sehen. Immer noch verwundert über das Geschehene, schüttelte Raffim den Kopf und stöhnte auf vor Schmerz.

So plötzlich, wie das Vieh rabiat geworden war, so plötzlich war es wieder in sich zusammengesunken und regelrecht erstarrt. Zu seinem Glück, sonst hätte er diesen wundersamen Zwischenfall wohl kaum überlebt.

Während er über den Vorfall nachdachte und ihm sein Glück immer bewusster wurde, fiel sein Blick auf etwas im Nilbecken.

Obwohl er nichts Genaues erkennen konnte, sagte ihm sein geschulter Blick, mehr aber noch sein untrüglicher Instinkt, dass dort in den trüben Fluten etwas von Wert liegen musste. Etwas von großem, sehr großem Wert.

Mühsam bückte sich Raffim nach dem Ding im flachen Nilwasser und bekam es zu fassen. Ein Blitz durchzuckte ihn. Er hörte eine Stimme sagen: »Jemand hat es gefunden«, und dann ging die Welt unter. Zumindest sein Teil davon.

Seshmosis schrieb gerade die Hieroglyphen *ãnkh udja seneb,* was bedeutet, *er lebt, stark und gesund,* als die Erde bebte. Das Regal mit seinen heiß geliebten Papyri brach zusammen, der Tisch brach zusammen, der Stuhl brach zusammen, das Haus brach zusammen. Und Seshmosis brach zusammen.

Ãnkh udja seneb, hallte ein Echo in seinem Kopf, und er zweifelte daran. Er betrachtete die Hieroglyphen vor seinem inneren Auge, und sie wollten nicht mit seiner Person in Einklang stehen. Vorsichtig begann er mit der Bestandsaufnahme.

»Ãnkh?«, er lebt, fragte er sich und tastete in die Richtung, in der er seinen Körper vermutete. Da war ein Schmerz. Und noch ein Schmerz. Und gleich daneben noch einer. Er konnte nicht tot sein, zumindest noch nicht vollständig, denn sonst wäre er jetzt *Ka,* seine Geistsubstanz, und könnte sich die ganze Sache von oben ansehen.

»Udja?«, stark, fragte er weiter und verneinte heftig.

»Seneb?«, gesund, wagte er gar nicht mehr zu denken.

Mühsam wühlte sich Seshmosis aus dem Schutt. In diesem Augenblick war er dankbar, dass er nur eine so bescheidene Behausung besaß. Besessen hatte. Zumindest gab es nicht viel, was auf ihn stürzen konnte.

Von außen betrachtet, sah die Angelegenheit äußerst

unspektakulär aus: viele zerbrochene Lehmziegel, einige Feldsteine und zersplittertes Holz.

Seshmosis klopfte sich den Staub aus den Kleidern und stellte fest, dass er wider Erwarten gänzlich unverletzt war. Er ließ den Blick in die Umgebung schweifen. Links und rechts von ihm stand keine Hütte mehr. Das ganze Viertel war eine einzige Schutthalde. Als er nach Nordosten sah, stellte er fest, dass auch die kleineren und größeren Paläste erheblich in Mitleidenschaft gezogen waren. Zumindest war die Katastrophe nach dem Gleichheitsprinzip vorgegangen.

Die Menschen rundherum jammerten und schrien, einige verfluchten die Götter ob des Bebens, andere dankten den Göttern dafür, dass sie unverletzt geblieben waren. Erstaunlicherweise waren alle unverletzt geblieben, ohne jede Ausnahme. Seshmosis begann sich zu wundern.

Im Epizentrum des Bebens, in einem stinkenden, brackigen Nilbecken, lag ein Mann. Es war ein fetter Mann, und er lag mit dem Gesicht nach unten im Wasser. Sein rechter Arm war bandagiert; in seiner linken Hand hielt er etwas, das aussah wie ein Ankh. Es war ein Ankh. Es war DAS Ankh.

Kein billiges Schmuckstück von den Verkaufsständen rund um die Tempel, kein Placebo der Heiligkeit, keine Imitation göttlicher Macht, kein Sinnbild des Lebens.

Es war heilig, es war göttlich, es war mächtig, und es war das Leben.

Zuerst hatte Raffim einen glühenden Schmerz gespürt, als er das Ding berührt hatte. Dann war es sonnenhell und danach stockdunkel geworden. Nun lag er regungslos im Wasser des heiligen Flusses. Er atmete ganz ruhig. Er atmete? Raffim verfiel in Panik. Er lag mit dem Gesicht nach unten im Wasser und *atmete.*

Er musste tot sein, überlegte er, denn wie sonst sollte er im Wasser atmen können. Kein Lebender konnte das. Aber hatte ein Toter Angst? Sicher, Tote hatten bestimmt viele Ängste. Sie fürchteten die Seth-Tiere, den Schlangendämon Apophis und den Stab der Mafdet. Aber wieso sollten sie sich davor fürchten, unter Wasser zu atmen? Raffim beschloss sich umzudrehen. Und es gelang ihm. Sogar ohne Schmerzen, was ihn wiederum wunderte. Langsam setzte er sich auf, und sein Kopf war nun über der braunen Brühe, die man gemeinhin Nil nannte. Er atmete immer noch. Raffim ritt der Teufel, wer immer das sein mochte, und er tauchte noch einmal unter. Und wieder atmete er. Raffim war entzückt. Er hielt den Kopf über Wasser und atmete, er steckte den Kopf unter Wasser und atmete. Immer schneller tauchte er auf und ab. Er war begeistert.

Diener und Angestellte eilten herbei, die nach ihrem Herrn sehen wollten. Raffim stieg aus dem Wasser, und sie starrten ihn entgeistert an.

»Was ist mit euch? Warum starrt ihr mich so an?«, fragte Raffim verunsichert.

In diesem Moment bemerkte er, dass er mit der linken Hand etwas umklammerte. Besser gesagt, das Ding zwang seine Hand, es zu umklammern. Es war ein Ankh.

Mesmoses, der Diener mit theologischen Kenntnissen,

fand als Erster die Fassung wieder. »Herr, Ihr leuchtet. Zumindest ein wenig«, sagte er. »Und Ihr seid grün«, ergänzte er schüchtern.

Raffim blickte ungläubig an sich herab. Mesmoses hatte Recht, er, Raffim, schimmerte in einem schwach leuchtenden Grün.

Dann wandte sich Raffim zu seinem Anwesen. Einiges stand noch, das meiste aber war eingestürzt. Er machte sich auf, schützende Wände zu erreichen. Dabei bemerkte er, dass er nicht mehr unter Schmerzen litt. Selbst der bandagierte Arm schien völlig in Ordnung zu sein. Verwirrt erreichte er seinen geliebten Repräsentationsraum, der wie durch ein Wunder unversehrt geblieben war. Nicht einmal die Stühle waren umgestürzt. Auf einen davon ließ er sich jetzt nieder und versuchte die Hand zu öffnen, um das Ankh loszulassen. Es ging nicht. So sehr er sich auch anstrengte, die Hand wollte partout nicht aufgehen. Das Ankh schien mit ihm verwachsen zu sein, als neuer Teil seiner selbst.

Im Palast des Statthalters Kamoses gab es gerade ein Nachbeben. Und zwar in der Gestalt, dass Kamoses es war, der bebte. Schwierigkeiten im Allgemeinen und Katastrophen im Besonderen sah der Statthalter als persönliche Beleidigungen an. Was vor einigen Minuten geschehen war, beleidigte ihn mehr als alles andere, das er bisher erleben und erdulden musste.

Sein Palast war in einem äußerst desolaten Zustand und würde erst in dreieinhalb tausend Jahren als gut erhaltene Ruine gelten. Kamoses schäumte vor Wut, als ein Schadensbericht nach dem anderen bei ihm eintraf. Doch nach und nach fiel ihm und auch den anderen auf, dass niemand verletzt oder gar getötet worden war. Wie durch ein Wunder war kein Mensch zu Schaden gekommen.

Es war natürlich kein Wunder. Es war die natürliche Wirkung des göttlichen Ankh.

Wenn ein Sterblicher dieses Werkzeug berührt, entsteht ein Effekt, der in seiner Wirkung mit einer Neutronenbombe verglichen werden kann. Während Letztere nur die Menschen vernichtet, das Material aber schont, wirkt die Energieentladung eines Ankh genau umgekehrt. Den Menschen passiert nichts, ja, sie werden sogar durch diese Entladung von alten Verletzungen und Krankheiten geheilt, der materielle Schaden dagegen ist immens. Und Kamoses hasste nichts so sehr wie materielle Schäden. Vor allem, wenn sie sein persönliches Vermögen betrafen.

Sein Zorn erreichte gerade eine neue Rekordmarke, als man einen zerlumpten Mann zu ihm brachte. Es war Mesmoses, der Diener Raffims.

Mesmoses warf sich vor dem Statthalter in den nun reichlich vorhandenen Staub. Das stumpfe Ende eines Speeres forderte ihn auf, seine Bodenübung zu beenden. »Was hast du zu berichten?«, fragte ihn unwirsch Kamoses.

»Hochwürdigster Gebieter, Sonne von Theben, Sohn des Nils, Vater des Glücks, Bewahrer des Wohlstands, Beschützer der Heiligen Stätten … Au!«

Der Speer hatte ihn unterbrochen. Dieses Mal machte Mesmoses Bekanntschaft mit dem spitzen Ende an seinem Gesäß.

»Zur Sache, du Wurm, was hast du zu berichten?«, herrschte ihn der Statthalter an.

»Ich kenne die Ursache des Unglücks, o hochwürdigster Gebieter, Sonne von Theben, Sohn des Nils – ich meine, ich weiß, wer schuld ist an der Katastrophe.« Aus den Augenwinkeln hatte der Diener gerade noch rechtzeitig gesehen, dass der Soldat der Palastwache seinen Speer noch etwas höher anhob als vorher.

Kamoses blickte erstaunt auf die kniende Gestalt. *»Du* kennst die Ursache?«

»Ja, hochwürdigster Gebieter, Sonne von –, nun ja, ich kenne sie wirklich. Raffim, der Hyksos, ist schuld!«

»Wie kann *er* an so etwas schuld sein?«, fragte ungläubig der Statthalter.

»Raffim hat Suchos sein Ankh entrissen! Er beleidigte den Gott, und dieser bestraft uns nun alle. Und es wird nicht aufhören, sage ich Euch, es wird nicht aufhören, bevor nicht die Knochen aller Hyksos in der Wüste bleichen!«, eiferte der Papyrusausleger von eigenen Gnaden.

»Wie, um aller Götter willen, soll sich dies zugetragen haben?«, fragte Kamoses verwundert.

»Ihr kennt doch Raffim, diesen Krokodilschänder, hochwürdigster Gebieter, Sonne von Theben, aua –, diesen Raffzahn von einem Hyksos. Tag für Tag quält er die heiligen Reptilien, nur um noch mehr Vermögen zusammenzuraffen. Doch heute ist er einen Schritt zu weit gegangen. Heute hat er Suchos persönlich angegriffen. So wahr ich hier vor Euch knie, hochwürdigster Gebieter, Sonne von Theben, AUA!«

Mesmoses rieb sich sein geschundenes Hinterteil, das soeben einen weiteren Treffer verzeichnen konnte.

Der Statthalter blickte ungläubig und verachtend auf das Bündel Mensch zu seinen Füßen. Immer wieder bekam er es mit religiösen Fanatikern zu tun und auch mit Ägyptern, die den Hyksos alles, aber auch wirklich alles in die Schuhe schieben wollten. Missernten und Fehlgeburten, Verluste beim Glücksspiel und Impotenz, unerwünschte Schwangerschaften und Krankheiten, Trockenheit und Hagelschlag, zänkische Weiber und störrische Esel, es gab nichts, an dem die Hyksos nicht schuld waren.

Langsam begann ihn der Fanatiker zu langweilen. Es gab im Augenblick wirklich Wichtigeres für ihn zu tun. Er wollte gerade dem Soldaten ein Zeichen geben, Mesmoses mit Hilfe des Speeres aus dem demolierten Raum zu bitten, als der Diener mit sich überschlagender Stimme rief: »Es gibt einen Beweis! Er trägt ein Ankh in seiner Hand!«

»Viele tragen ein Ankh, und manche tragen es sogar den ganzen Tag in der Hand, um den Göttern zu gefallen. Daran ist nichts Besonderes. Du bekommst sie bei jedem Tempel für ein paar Kupfermünzen«, wies Kamoses den vermeintlichen Beweis von sich.

»Aber dieses Ankh ist ein echtes, Herr. Und Raffim leuchtet! Er leuchtet grün!«, triumphierte Mesmoses.

»Er tut was?«, fragte der Statthalter verwirrt.

»Er leuchtet grün. Grün wie Suchos. Und er hält dessen Ankh in seiner linken Hand, die ganze Zeit. Zuerst lag er wie tot im Wasser, mit dem Gesicht nach unten. Dann ist er aufgetaucht und wieder untergetaucht und wieder aufgetaucht, mit einem irren Grinsen im Gesicht. Dabei war er überhaupt nicht verletzt, sogar seine Verletzungen vom Kampf gegen das Krokodil sind verheilt. Nun sitzt er in seinem Repräsentationsraum und sagt, er sei von Suchos auserwählt. Er lässt sich nur noch mit dem Namen Suchosmoses, Sohn des Suchos, ansprechen. Er plant einen Tempel zu bauen und sich selbst zum Hohen Priester einzusetzen. Glaubt mir, er ist schuld, und er wird noch mehr Unheil über uns bringen!« Erschöpft sank Mesmoses mit dem Kopf auf den Boden.

Kamoses war sprachlos. Wenn dies wahr wäre … Er brach den Gedanken ab.

Schließlich blickte er zu seinen Beratern. Doch die sahen eher aus wie eine Ansammlung von Ratlosen. Dann wandte er sich an seinen Oberbefehlshaber: »Menpehti, bring mir diesen Raffim, auf der Stelle!«

Menpehti war, seit er denken konnte, bei der Palastwache. Wobei dieses Denken äußerst eingeschränkt war und sich fast ausschließlich um die Palastwache drehte. Selbst wenn er nicht dachte, was meistens der Fall war, ging es um die Palastwache.

Er träumte sogar jede Nacht von ihr. In seinen Träumen sah er sich auf einem goldenen Streitwagen, gezogen von vier schrecklichen Seth-Tieren, gefolgt von einem unübersehbaren Heer. Er sah sich in einem prunkvollen Palast, der sein Palast war, mit einer wunderschönen Frau, die seine Frau war, in einem prächtigen Theben, das sein Theben war.

Nun, in Wirklichkeit stand er keineswegs auf einem Streitwagen, sondern auf zwei ziemlich durchgelaufenen Sandalen, und was ihn zog, waren auch keine Seth-Tiere, sondern der Gedanke, dass es ihm eines Tages vielleicht doch besser gehen könnte. Sein durchaus überschaubares Heer bestand aus dreißig Tagedieben, die für den Tempeldienst nicht schlau und für den Steinbruch nicht kräftig genug waren. Sein prunkvoller Palast war eine Kammer mit Pritsche im Palast des Statthalters, und seine wunderschöne Frau war Wirtin in einer Schänke. Aber es war nicht seine Schänke, sondern nur seine Stammkneipe, und es war eigentlich nicht seine Frau, sondern die Frau aller Gäste. Wenn man es so sagen wollte. Und wunderschön war sie auch nicht.

Die Palastwache lebte in ständiger Konkurrenz mit der Stadtwache und der Tempelwache.

Dabei schienen die Zuständigkeiten klar abgegrenzt. Die Palastwache sorgte für die Sicherheit im Palast, die Tempelwache für die Sicherheit der Tempel, und die Stadtwache übernahm den Rest.

Doch die Zahl der unklaren Fälle war groß, und immer wieder kam es zu Streitereien. Der Grund dafür lag in der Rechtssituation. Ein Übeltäter war immer der Rechtsprechung der Institution unterworfen, die ihn gefangen genommen hatte.

Erwischte ihn die Stadtwache, so drohte ihm Zwangsarbeit in den Steinbrüchen oder auf den Feldern, je nach Konstitution. Erwischte ihn die Palastwache, so drohte ihm Frondienst jeglicher Art. Handelte es sich um eine Übeltäterin, so drohte ihr das Schlafzimmer des Statthalters. Erwischte die Tempelwache jemanden, so drohte, unabhängig von Konstitution oder Geschlecht, eine Hauptrolle im nächsten Ritual mit einem zentralen Platz auf dem Altar.

Nun kam es aus diesen Gründen immer wieder zu Meinungsverschiedenheiten darüber, wem ein Übeltäter gehörte. Das hatte in der Vergangenheit des Öfteren dazu geführt, dass sich die Wachen um einen Gefangenen schlugen. Manchmal nahmen die unterlegenen Wachen später eine der anderen Wachen als Entschädigung in Gewahrsam, was zu einer ständigen Dezimierung der Einheiten führte.

Diese Tatsache war Menpehtis größte Sorge, als er sich mit vier seiner Leute auf den Weg zu Raffim machte. Ihm war klar, dass er das Territorium der Stadtwache betrat, und er verspürte keine Lust, seine Leute auf den Feldern vor Theben wiederzufinden und auszulösen.

Außerdem hatte diese Sache auch eine religiöse Komponente, sodass er ein Zusammentreffen mit der Tempelwache befürchten musste. Und wenn die seine Leute erwischte, gab es nichts mehr auszulösen. Zumindest nicht viel.

Das Beben hatte einen ziemlich freien Blick über die Stadt geschaffen. Der Eindruck war der eines Reliefstadtplans mit vielen flachen und einigen höheren Ausbuchtungen. Raffims Anwesen war eines der wenigen, die noch einigermaßen erhalten waren. Zwar gab es auch hier Spuren der Verwüstung, doch im Großen und Ganzen taugte das Hauptgebäude noch zum Wohnen.

Wenngleich Raffim der Sinn nicht nach Wohnen stand. Er wollte Residieren.

Sein neuer Zustand der Halbgöttlichkeit schien ihm hervorragend geeignet, eine völlig neue Existenz aufzubauen. Eine fantastische Existenz mit unermesslichem Reichtum, unermesslicher Macht und unermesslicher Bequemlichkeit.

Nun saß er, leicht grün leuchtend, mit dem Ankh in der Hand in seinem Repräsentationsraum, den er nun Tempel nannte, und überlegte, wie er seine neue Situation möglichst gewinnbringend ausschöpfen könnte. Er, Suchosmoses, Hoher Priester und Halbgott, vormals Raffim, Devotionalienhändler und Hyksos, hatte nun die Gelegenheit, ganz nach oben zu kommen.

Auf seinem Anwesen sammelten sich bereits viele Menschen. Die Nachrichten von den wundersamen Ereignissen gingen wie ein Lauffeuer durch die verwüstete Stadt.

Hyksos und Ägypter standen Seite an Seite vor dem großen Tor und tauschten Gerüchte aus. Es war die Rede davon, dass Raffim nun krokodilsköpfig sei, einen Schuppenpanzer trage und stündlich einen Menschen verspeise.

Andere behaupteten, er sei nun als Heiler tätig, werde seinen Reichtum an die Armen verschenken und stündlich einen Menschen verspeisen.

Die dritte Meinung war, er wolle die Hyksos heilen, seinen Reichtum behalten und stündlich einen Ägypter verspeisen.

Tatsache war, dass Suchosmoses, vormals Raffim, überhaupt nicht mehr speiste, denn das Ankh versorgte ihn mit aller Lebensenergie, die ein Mensch oder Halbgott brauchte.

Das war ein Punkt, der Raffim Sorge machte. Appetitlosigkeit war eines der wenigen Leiden, die er bisher nicht gekannt hatte, und das Essen an und für sich gehörte zu seinen größten Vergnügungen. Sein Glaube an die Freuden des neuen Daseins als Halbgott bekam die ersten Erschütterungen.

Auch anderes lief nicht so, wie er sich das vorstellte. Es gelang ihm zum Beispiel überhaupt nicht, irgendjemanden mittels Blitzschlag zu vernichten. Immer wieder probierte er es an seinen Dienern aus, aber die zeigten bei all seinen Anstrengungen nur ein zufriedenes Lächeln und eine immer gesündere Gesichtsfarbe.

Suchosmoses alias Raffim wurde klar, dass er nur heilen, nicht aber töten und zerstören konnte. Er war maßlos enttäuscht. Worauf sollte er seine neue Macht gründen, wenn er nicht in der Lage war, ein Zeichen zu setzen? Wer würde vor ihm im Staub kriechen, wenn er nur ein paar alte Diener von Zipperlein und Bluthusten befreien konnte? Gedankenverloren streifte er mit dem Ankh eine Zimmerpflanze, die sofort zu blühen begann. Er seufzte. Mit diesen Taschenspielertricks konnte man kein Imperium aufbauen. Damit konnte man nicht einmal die Trümmer von Theben beherrschen.

Dabei berichteten die Priester stets von der erhabenen Schrecklichkeit des Krokodilgottes. Von seinem ungeheuren Appetit auf Demut, Opfer und Menschenfleisch. Und er, Raffim, war doch nun ein Teil von Suchos. Wieso verspürte er keine Lust, seine Diener zu fressen? Er verspürte nicht einmal Appetit auf ein Krokodilhackbällchen. Ganz im Gegenteil durchströmte ihn ständig das Gefühl wohliger Sattheit.

Er begann zu verzweifeln.

Während sich drinnen Raffim mehr und mehr in seine Verzweiflung steigerte, war draußen Bewegung in die Menschenmasse gekommen. Das lag am fast gleichzeitigen Eintreffen der Palastwache, der Stadtwache und der Tempelwache. Bereitwillig machten die Schaulustigen Platz. Da die drei Wachen aber aus drei verschiedenen Richtungen zu Raffims Anwesen kamen, mussten sich die Neugierigen an verschiedenen Stellen teilen, um die Wachen durchzulassen, und prallten mehrfach aufeinander. Es war das alte Problem, dass dort, wo schon ein Körper ist, kein zweiter sein kann. Zwar kam es zu einigen Verdrängungswettbewerben, aber letztendlich hielt man sich angesichts der Wachen zurück. Man wusste ja, wie schnell man im Steinbruch, auf den Feldern, in des Statthalters Schlafzimmer oder auf dem Altar landen konnte.

Menpehti sah seine schlimmsten Befürchtungen bestätigt. Und so traf er vor dem Tor zu Raffims Haus auf seine schlimmsten Feinde, den Kommandanten der Stadtwache Menpuhti, der zu allem Übel auch noch sein verhasster Bruder war, und auf K'nofer, den Kommandanten der Tempelwache.

»Er hat die Stadt zerstört, er gehört uns!«, rief Menpuhti siegesgewiss.

»Er hat Suchos beleidigt und sein Ankh gestohlen. Dies ist eindeutig eine religiöse Angelegenheit«, widersprach K'nofer entschieden.

»Ich habe den Befehl von Kamoses, ihn zu holen«, sagte kleinlaut Menpehti.

Die anderen beiden lachten schallend.

»Mein Herr Bruder geruht wieder besonders witzig zu sein«, tönte Menpuhti hämisch.

»Was will der Statthalter, wenn es um Götter geht?«, fragte arrogant K'nofer.

»Weil der Statthalter auf Befehl des Pharaos für die Hyksos zuständig ist. Und Raffim ist ein Hyksos«, antwortete Menpehti, selbst verwundert ob seines Arguments.

»Nichts da. Er hat die Stadt zerstört, er gehört mir!«, widersprach Menpuhti seinem kleinen Bruder.

»Religion ist Religion, und Raffim ist unser!«, rief der Templer.

»Wollt ihr euch dem Willen des Pharaos widersetzen? Wollt ihr persönlich vor ihn hintreten und sagen, deine Anordnungen sind uns völlig egal, du Wicht von Ober- und Unterägypten? Wollt ihr Winzlinge euch über ihn stellen?«, tönte es aus Menpehti, und er wusste nicht, wer aus ihm sprach.

Die anderen beiden waren verunsichert. Menpehti war der Schwächste unter den Kommandanten, er befehligte die kleinste Truppe und verfügte über fast keine Macht. So hatten sie ihn noch nie erlebt.

»Zieht mit euren Leuten ab! Das hier ist meine Sache«, befahl der Kommandant der Palastwache mit sicherer Stimme und betrat, ohne sich weiter darum zu kümmern, ob man seinen Befehl befolgte, das Haus Raffims.

Seine Leute folgten ihm mit verwunderten Gesichtern.

»Tritt näher, Menpehti!«, sagte Suchosmoses-Raffim huldvoll, und es klang wie das Locken einer Schlange. Oder eines Krokodils, was wohl der Wahrheit näher kam.

»Du willst mich also abholen, richtig?«, fragte der Grünschimmernde lauernd.

»Kamoses befiehlt dir, mir in den Palast zu folgen!«, kam es schwach von Menpehti.

»So, so, Kamoses befiehlt mir, dir zu folgen. Glaubst du wirklich, ich folge dir? Was denkst du, wer dir die anderen Kommandanten vom Hals geschafft hat, du Schwächling? Sieh mich an!«, forderte ihn der Strahlende auf. »Glaubst du, Kamoses oder du Wurm könnt *mir* etwas befehlen?

Sieh, ich bin göttlich, ich bin grünlich, ich bin leuchtend. Welcher Mensch sollte mir Befehle erteilen?«

Es waren Feststellungen, die keiner Antwort bedurften.

»So, und jetzt befehle ich dir: Bringe mir Kamoses hierher, aber schnell!«

So zog auch die dritte Wache unverrichteter Dinge vom Anwesen des ehemaligen Devotionalienhändlers ab. Gerade in dem Moment, als Seshmosis das Gelände betrat.

Es war typisch für Seshmosis. Einerseits wusste er ungeheuer viel, andererseits hatte er keine Ahnung. So wie jetzt. Er wunderte sich über den Menschenauflauf vor Raffims Haus, den er sich überhaupt nicht erklären konnte. Von Raffims Aufstieg zum Halbgott hatte er noch nicht gehört.

Staunend blickte der Schreiber auf die Menge und die gerade abziehende Palastwache. Unwillkürlich senkte er den Kopf, die Strategie aller, wenn sie einer Wache begegneten. Mühsam bahnte er sich den Weg zum Tor und betrat das Haus.

Die Dienerschaft kannte ihn und führte ihn direkt in den früheren Repräsentationsraum, jetzt Tempel genannt.

Der alte Freund litt. Er litt unter seinen neuen Fähigkeiten ebenso wie unter Frustrationen. Alles war ganz anders, als er es sich vorgestellt hatte. Er wusste einfach nicht, wie er seine neu gewonnenen Fähigkeiten in Macht oder gar Reichtum umsetzen konnte. Das deprimierte ihn fast noch mehr als der fehlende Appetit.

Seshmosis, der Ahnungslose, betrat den Raum, den er so gut kannte, und wunderte sich lediglich kurz darüber, dass er völlig unzerstört war. Dann begann er auf Raffim einzureden.

»Es ist schrecklich, Raffim, es ist alles so schrecklich. Aram ist tot. Ich verstehe es nicht, es wurde niemand verletzt, es wurde niemand getötet, selbst in den zerstörtesten Häusern und Hütten nicht. Aber Aram ist tot, er ist im Badehaus ertrunken. Verstehst du? Ertrunken! Nicht von umstürzenden Statuen erschlagen, nicht von herabfallenden Steinen. Er ist einfach ertrunken.«

Seshmosis seufzte tief und traurig und blickte auf Raffim. »Du siehst so grün aus, ist dir nicht gut?«

Der neue Halbgott von Theben verlor fast die Beherrschung. »Ob mir nicht gut ist? Hast du denn noch nichts gehört?«

»Wovon soll ich gehört haben? Dass halb Theben in Schutt und Staub liegt? Das ist ja wohl nicht zu übersehen. Du bist wirklich *sehr* grün. Und mir kommt es vor, als wäre da auch ein Leuchten. Hast du neue Lampen?«

»Neue Lampen? Ja, siehst du denn nicht, dass ich es selbst bin, der leuchtet? Sieh her, sieh auf meine linke Hand. Schau genau hin, es ist ein Ankh. Ein echtes Ankh. Nicht der billige Tand aus den Tempelläden, es ist ein göttliches Ankh. Es ist das Ankh von Suchos, dem großen Krokodilgott. Und es ist in meiner Hand. Deshalb bin ich auch nicht mehr länger Raffim, sondern Suchosmoses, der Sohn des Suchos! Ich bin sein Hoher Priester und ein Halbgott.«

Ex-Raffim Neu-Suchosmoses sagte diese Sätze wie in Stein gemeißelt.

Seshmosis starrte. Er starrte auf den Mann, der von sich behauptete, ein Halbgott zu sein. So sehr er sich auch anstrengte, er sah nichts anderes als den fetten, raffgierigen, durchtriebenen Devotionalienhändler, den er seit Jahren kannte und von dem er vermutete, dass hinter der wabbligen, weichen Schale ein raues, hartes Herz schlug. Er sah aus wie immer. Mit der Ausnahme, dass er grünlich leuchtete und etwas gesünder aussah als sonst.

»Bist du sicher? Ich meine, die Geschichte mit dem Ankh und dem Halbgott? Oder ist dir vielleicht beim Beben etwas auf den Kopf gefallen?«, fragte der Schreiber zweifelnd. »Das mit dem Grün kommt vielleicht von den vielen Krokodilhäppchen, die du immer in dich hineinstopfst. Ich weiß da einen guten Heiler, in der Nähe des Horustempels. Der hat schon Nubier gebleicht«, sagte Seshmosis mitfühlend.

Der Dicke seufzte. Langsam hob er den linken Arm und berührte mit dem Ankh einen Ebenholzhocker, der sofort zu treiben begann. Binnen Sekunden wuchsen kleine Ästchen aus dem Möbel, und es bildeten sich grüne Blätter daran.

Seshmosis war beeindruckt. Er begriff. Er begriff ungeheuer schnell. Er begriff so schnell wie noch nie in seinem Leben.

»Holt sofort Arams Leiche aus dem Badehaus!«, befahl er den Dienern. »Bringt sie sofort hierher, auf der Stelle!«

Und an Raffim gewandt, fuhr er fort: »Du weißt, was das bedeutet? Du hast den Schlüssel des Lebens! Du bist der beste Heiler, den Theben je gesehen hat. Ach was, Theben, in ganz Ägypten, ja auf der ganzen Welt hat es so etwas wie dich noch nie gegeben, nicht einmal in der Zeit, als Theben noch Waset hieß!«

»Du meinst, ich bin ein Heiler? Nur ein Heiler? Ich dachte, ich sei nun Halbgott, sei mächtig und könnte herrschen. Zumindest über Theben, beziehungsweise das, was davon übrig ist«, erwiderte Suchosmoses, der nun zu zweifeln begann, ob er wirklich Suchosmoses sei. Die Sache behagte ihm nicht, ganz und gar nicht.

Unachtsam streifte er eine Liege, die kurz darauf eine lila Blütenpracht entfaltete.

»Was habe ich davon, ein Heiler zu sein?« Seine Stimme klang enttäuscht.

»Das Heilgewerbe ist auch nicht schlecht«, antwortete Seshmosis. »Wie ich dich kenne, wirst du es gewinnbringend aufziehen.«

»Ich hatte mir mehr vorgestellt. Mehr Macht, mehr Sozialprestige. Meiner Meinung nach ist das Dasein eines Halbgottes einträglicher als das eines Heilers. Denke nur an die ganzen Opfergaben. Kein Tempel in Theben bietet Derartiges, wie ich es bieten kann. Ach was, kein Tempel in ganz Oberägypten besitzt ein richtiges Ankh. Vor allem nicht mit einem Menschen daran«, entgegnete hoffnungsvoll Raffim.

»Aber was kannst du denn, außer Heilen? Gibt es da etwas, was du mir bisher verschwiegen hast? Kannst du vielleicht Blitze senden? Leute tot umfallen lassen? Brände entfachen? Krokodile tanzen lassen? Oder beißen?«, fragte der Schreiber misstrauisch.

»Ich kann unter Wasser atmen«, kam die kleinlaute Antwort.

»Damit lässt sich nicht viel Macht ausüben. Was wollte eigentlich die Palastwache von dir?«

»Sie wollten mich verhaften und zu Kamoses bringen. Aber ich konnte sie abwehren.« Der Pseudo-Halbgott hielt inne. »Ich kann noch etwas. Ich kann durch andere Menschen sprechen!«, fuhr er überrascht fort.

»Das ist gut, sehr gut. Das kann für unseren Plan sehr hilfreich sein. Du erinnerst dich doch, was wir besprochen haben?«, fragte Seshmosis mit leichtem Zweifel in der Stimme.

Ein Tumult entstand, als gleichzeitig Kamoses mit seiner Palastwache und die Diener Raffims mit einer Bahre den Raum betreten wollten.

Die Tür war zwar breit, da repräsentativ, aber nicht breit genug, um gleichzeitig mehrere Menschengruppen hindurchzulassen. Ein Zwängen und Schieben und dann ein dumpfer Schlag. Die Leiche Arams war von der Bahre gefallen und Menpehti darüber gestolpert, wobei er den vor ihm gehenden Kamoses mit sich riss. Der Rest der Palastwache fiel über alle, und alle zusammen bildeten ein verwirrendes, vielarmiges, vielbeiniges Knäuel.

Raffim und Seshmosis starrten mit weit aufgerissenen Augen zur Tür.

Nach und nach entwirrten sich die Leiber und sortierten sich im Raum. Lediglich die sterblichen Überreste des dahingeschiedenen Aram lagen noch in der Tür.

Die Dienerschaft verdrückte sich an die Wände des Raums und versuchte mit diesen zu verschmelzen, um ja nicht von der Wache gesehen zu werden.

Kamoses war ganz Statthalter und baute sich in der Mitte des Raums auf. Energisch blickte er um sich, nahm alles genau wahr, selbst die fast unsichtbaren Diener, und deutete dann auf die Leiche: »Schafft ihn weg! Ich hasse Leichen, die ohne meine Einwirkung entstanden sind.«

Keiner reagierte. Zunächst. Dann tippte Seshmosis Raffim auf die Schulter und flüsterte: »Berühre ihn! Berühre Aram mit dem Ankh!«

Seltsamerweise fühlte er sich durch dieses Schultertippen erfrischt und gesättigt, obwohl er den ganzen Tag noch nichts gegessen hatte.

Raffim, der Heiler, ging zur Leiche des ertrunkenen Hyksos. Lange Zeit sah er auf ihn hinab, während alle im Raum den Atem anhielten. Dann bewegte er langsam den linken Arm und berührte den verblichenen Bademeister mit dem Ankh.

Es geschah – nichts. Raffim war verblüfft. Er berührte die Leiche erneut. Und jetzt begann sie zu zucken. Zuerst ganz leicht, dann mehr und mehr. Er berührte Aram ein drittes Mal. Dann ertönte ein Schrei. Ein Schrei wie aus einer anderen Welt. Es war der Schrei einer Seele, die sich schon anderswo niedergelassen hatte und gewaltsam von dort zurückgerissen wurde in diese Welt.

Aram schlug die Augen auf und blickte in das grüne Gesicht von Raffim.

»Du? Warum hast du mir dies angetan, Raffim, warum?«, fragte Aram mit hohler Stimme.

»Preise dich glücklich, mein Freund, ich habe dich in das Reich der Lebenden zurückgeholt«, sagte Raffim, freudestrahlend ob seines Erfolgs.

»Glücklich preisen? Ich mich, jetzt, wo du mich dem Reich des Ka entrissen hast? Dort war ich glücklich. Ich *wollte* dort sein, ich bin freiwillig hingegangen«, entgegnete der Zurückgeholte traurig.

»Freiwillig? Du bist freiwillig ertrunken?«, fragte Seshmosis, der hinzugetreten war.

»Ja, ich wollte mein Bad nicht verlassen. Ich hasse die Wüste, ich hasse jeden Ort, der kein Wasser hat. Könntet ihr mich bitte wieder zurückschicken?«, bat Aram.

»Sei still!«, flüsterte der Schreiber. »Wir müssen erst einiges klären. Die Situation hat sich in deiner Abwesenheit grundlegend geändert.«

»Was tuschelt ihr da?«, fragte misstrauisch der Statthalter. »Hört mir gefälligst zu! Ich will endlich wissen, was passiert ist und was hier vor sich geht. Raffim, was soll der Unsinn? Wie kommst du dazu, meine Stadt zu zerstören?«

»Ich habe gar nichts zerstört«, sagte Raffim beleidigt. Fast hätte er hinzugefügt: weil ich nichts zerstören kann. Aber ihm fiel gerade noch ein, dass es taktisch nicht gerade klug wäre, seinem erklärten Feind seine Schwächen einzugestehen.

»Wer oder was ist für die Zerstörung meiner Stadt verantwortlich?«, fauchte Kamoses.

»Suchos selbst ist dafür verantwortlich. Er fuhr in eines meiner Krokodile und verlor dabei sein Ankh. Dieses Ankh!«, rief Raffim und hielt das Ankh hoch. »Und nun habe ich es. Ich habe das Ankh. Ich bin mächtig und kann Tote zum Leben erwecken. Ich verlange, dass du uns Hyksos von nun an in Ruhe lässt, sonst bekommst du meinen Zorn zu spüren. Und außerdem heißen die Hyksos von

Theben nicht mehr Hyksos, sondern Tajarim. Ein für alle Mal!«

Kamoses wollte heftig widersprechen. Er öffnete den Mund zu einer geharnischten Rede und sprach: »So sei es! Ziehet hin in Frieden.«

Der Statthalter staunte ob seiner Worte, die er so nie und nimmer in seinem Gehirn formuliert hatte. Er wollte im Gegenteil den Hyksos androhen, sie mit Stumpf und Stiel auszurotten, falls sie ihm nicht ihr gesamtes Vermögen ablieferten und unverzüglich damit begannen, das zerstörte Theben wieder aufzubauen.

Kamoses wollte sich korrigieren und öffnete erneut den Mund: »Wir wollen die Tajarim respektieren, solange sie in unserem Land weilen. Wir werden uns nicht in eure inneren Angelegenheiten einmischen und euch in keiner Weise behelligen.«

Der Statthalter drohte innerlich zu platzen. Hier ging es nicht mit rechten Dingen zu, und er wusste, dass Raffim der Schuldige war. Aber er konnte nichts dagegen tun. Egal, was er sagen *wollte*, hören würden die Leute immer nur, was Raffim sie hören ließ. Er gab auf, drehte sich zur Tür, gab seinen Leuten ein Zeichen, ihm zu folgen, und verschwand.

Seshmosis nickte Raffim grinsend zu.

Der Käfer Chepre hatte gerade die abgenutzte Sonne über den westlichen Horizont gerollt und sie dem m'm-Tier übergeben. Die Spitzmaus band sich sofort die Schürze um und begann auf ihrem dreieckigen Tisch mit ihrer Arbeit.

Die Götter, die mit den Dingen der Nacht befasst waren, gingen ihren Geschäften nach. Doch fast alle anderen versammelten sich auf der Höhe von Biban el-Moluk, jenem Ort, den man ab Ahmoses Sohn und Nachfolger Amenophis' I. das Tal der Könige nennen würde. Noch gab es hier weder Gräber noch Könige, nur Götter, dafür aber sehr viele. Zumindest in dieser Nacht.

Es herrschte große Unruhe unter den Vielgestaltigen, und einige mindere Gottheiten sahen ihre Stunde gekommen, den Großen endlich einmal vor den göttlichen Karren zu fahren.

Das Hapi zum Beispiel, jene androgyne Gottheit, die den Nil schlechthin verkörperte und in dessen Domäne sich das Ereignis zugetragen hatte, zankte sich mit Chnum, weil der Gott des blutroten Sonnenuntergangs seit vierhundert Jahren die jährliche Überschwemmung seiner Meinung nach stets zu spät einleitete.

Mut, die Gattin Amuns, die man leicht am Geier auf dem Haupte erkennen konnte, musste sich der Angriffe der kuhgestaltigen Methyer erwehren, die behauptete, Mut sei daran schuld, dass der Stier Apis seine Aufmerksamkeit nicht mehr ihr, sondern der gehörnten Hathor schenkte.

Toth, der es vorgezogen hatte, dieses Mal nur in seiner

ibisköpfigen Ausgabe zu erscheinen, versuchte gerade dem mumiengestaltigen Ptah klar zu machen, warum es notwendig war, den Menschen die Schrift zu schenken, und dass sie erst durch diese seine Gabe überhaupt in der Lage waren, sie, die Götter, richtig zu verehren.

Soweit das Auge reichte – sofern es ein göttliches Auge war, denn den Blicken der Menschen war es nicht möglich, dieses Ereignis wahrzunehmen –, sah man sich streitende Gestalten, die mit Zeptern fuchtelten und aus deren Mündern, Mäulern, Schnäbeln und Schnauzen Beschimpfungen sprudelten wie die Wasser aus den Quellen des Nil.

Es war eine Götterdämmerung der besonderen Art, und falls Menschen in der Lage gewesen wären, sie zu sehen, sie wären vom Glauben abgefallen.

Suchos stand abseits, allein für sich, und ihm war elend zumute.

Das lag zum einen daran, dass die Schuldgefühle mit tausend Krokodilzähnen an ihm nagten, zum anderen an der Tatsache, dass das Fehlen des Ankh bereits erste Auswirkungen zeigte. Seine grünen Schuppen begannen sich grau zu verfärben, die Zahnreihen wackelten, und ein großer Eckzahn war ihm bereits ausgefallen; die linke Hand aber, die seit Göttergedenken das Ankh gehalten hatte, war steif und taub.

Nun trat Amun zu ihm, schickte einen Flächenblitz über die Höhe, den man im nahen Theben als Irrlicht und weiteren Unheilsboten erkannte, und rief zur Ruhe.

Es dauerte einige Zeit, und manche der Streithähne, respektive Streitgötter, wollten gar nicht voneinander lassen, sodass sich Amun genötigt sah, weitere Blitze über Biban el-Moluk zu senden, die bei den Menschen in Theben in ihren Notquartieren Anfälle von Panik und Gottesfurcht auslösten, was im Grunde das Gleiche war.

Endlich verebbten das göttliche Gezeter, Gekeife, Geschnatter, Gebelle und Gebrülle, und Amun fand Gehör.

»Ihr wisst alle, worum es geht, und es ist nicht die Zeit für euer kleinmütiges Gezanke. Wir müssen in dieser Stunde zusammenhalten und eine Lösung finden, sonst wird es zur Katastrophe kommen. Das Gefüge der Welt ist bereits erschüttert, und ihr habt nichts Besseres zu tun, als eure uralten Streitigkeiten aufs Neue auszutragen. Es fehlt nur noch, dass Osiris und Seth wieder aneinander geraten und dabei die Welt untergeht. Ich aber sage euch, wir brauchen die Welt. Und wir brauchen die Welt mit Menschen darin. Weil wir sonst auf uns allein gestellt sind und verkümmern werden. Die Gläubigen sind das Wasser, das uns labt, und ihre Opfer sind die Nahrung, die uns speist. Ihre Gedanken sind die Energien, die uns groß und stark machen. Wir müssen dieses Problem lösen, sonst haben wir keine Probleme mehr.«

Die Runde der Götter schwieg betroffen. Amun hatte es auf den Punkt gebracht, den sie so gern übersahen und der sie aus ihrer Allmacht in eine Ohnmacht stürzte.

Amun triumphierte innerlich. Sie waren so weit, jetzt würden sie ihm aus der Hand fressen und alles akzeptieren, was er vorschlug. Er fuhr fort.

»Einige von euch forderten, Suchos möge die Sache in Ordnung bringen, weil er schließlich die Situation verschuldet hat. Da gebe ich euch Recht, aber Suchos ist durch den Verlust des Ankh viel zu schwach, um irgendetwas unternehmen zu können. Wir brauchen für diese Aufgabe jemanden, der stark ist, sehr stark. Und schlau.«

Toth fühlte sich geschmeichelt und trat lächelnd einige Schritte zu Amun.

Amun schüttelte den Kopf. »Nein, mein Freund Toth. Du nicht und die meisten von den anderen auch nicht. Es wird nicht einfach sein, dem Menschen Raffim das Ankh wieder abzunehmen. Mit Gewalt geht es nicht, denn das Ankh macht ihn nahezu unverwundbar, selbst wenn ihn ein Gott angreift. Wir müssen es mit List zurückgewinnen, und wir brauchen Geduld. Aber wir können uns immer nur für kurze Zeit in eine andere Gestalt verwandeln, und es wäre doch zu auffällig, wenn ein ibisköpfiger Schreiber zu den Hyksos stoßen würde. Oder eine kuhgehörnte Schönheit Raffim beischliefe. Nein, wir brauchen jemanden, der in der Menschenwelt kaum auffällt. Die große Aufgabe, das Ankh zurückzugewinnen, soll Apis übernehmen. Er ist ein Stier, ein ziemlich großer und kräftiger zwar, aber ein Stier. Das einzig Untierische an ihm ist die Sonnenscheibe zwischen seinen Hörnern, aber die wird Ptah in Verwahrung nehmen.

Wir werden es so einrichten, dass der Hyksosbauer Melmak ihn günstig erwerben kann. Dann ist er ganz nahe bei Raffim, denn die Hyksos werden Theben sehr bald verlassen«, schloss Amun, und alle nickten zustimmend mit dem, was sie als Köpfe trugen. Alle bis auf Methyer, die kuhgestaltige Göttin des Urgewässers. Sie sah ihre Gelegenheit gekommen, Hathor bei Apis auszustechen. »Lass mich mit ihm gehen, als Paar sind wir gut getarnt. Und ich kann Apis helfen, wenn er Verstärkung braucht«, bettelte sie.

Amun schüttelte den Kopf. »Nein, meine Liebste, ich denke, du würdest Apis nur ablenken. Und die Menschen wären wohl sehr misstrauisch, wenn sie euch erst einmal bei der Paarung sähen. So viel göttlichen Funkenflug vertragen sie nicht«, sagte Amun entschieden und sah noch einmal über die illustre Schar der Götter. »Ich danke euch für euer Kommen. Wir werden sicher den einen, die oder das eine von euch für bestimmte Dinge brauchen, und es wäre gut, wenn ihr nicht gerade jetzt am anderen Ende der Welt versuchtet, Urlaub zu machen oder eine neue Religion zu stiften. Haltet euch zur Verfügung!«, ermahnte Amun die Gottheiten und entließ sie mit einer großzügigen Geste.

Ungefähr dreißig Tajarim, darunter sogar Frauen, waren bei Raffim versammelt, der nun doch davon Abstand genommen hatte, sich als Suchosmoses oder Halbgott zu bezeichnen.

Die fürchterlichen Lichter am westlichen Nachthimmel waren für alle ein Schock gewesen, und man war sich einig, dass diese Zeichen der Götter einzig Raffim galten.

Mesmoses, der ägyptische Diener, war am Morgen

nicht mehr zum Dienst erschienen, und Raffim war nicht gram deswegen. Er konnte auf die Ägypter in seinem Personal verzichten. Er musste auf sie alle verzichten. Leider.

So blieben ihm nur noch die drei überaus gesund und kräftig aussehenden Diener Jebul, Jabul und Jubul, die bereitstanden, ihm jeden Wunsch von den Augen abzulesen.

Seshmosis sah mit besorgtem Gesicht auf Aram, der trotz Wiederbelebung und mehrfacher Behandlung mit dem Ankh mehr tot als lebendig schien. Außerdem nörgelte er ständig, beschwerte sich über seine ungewollte Rückholung, bestand gegenüber Raffim auf Schadenersatz, was dieser natürlich weit von sich wies und worauf er im Gegenzug von Aram Wiedererweckungsgebühren forderte.

Almak, der großnasige Türsteher und Ochsentreiber, stand Seite an Seite mit dem romantischen Bäcker Shamir, Melmak, dem Bauern und Viehhändler, und Zerberuh, dem freiberuflichen Nilsegler mit ausgeprägtem Hang zur Mystik und dickleibigen Wesen. Seine persönliche Hausgottheit war Thoëris, jenes opulente, aufrecht gehende Nilpferd.

Eine weitere Gruppe bildeten einige junge Männer, darunter Mumal, der aussah wie ein Held, also schön, stark und beschränkt, Elimas, der Schaf- und Ziegenhirt, Aruel, der Wasserträger, Ismail, der zwergenwüchsige Ziegenhirte, und Ben Mani, der Sohn des Stoffhändlers.

Die Frauen standen in geziemendem Abstand. Sie scharten sich um die alte Hataha, die von manchen für weise, von anderen für schwachsinnig gehalten wurde. Auf junge Mädchen schien sie große Anziehungskraft auszuüben, und sie hörten ihr immer sehr interessiert zu. Ab und an ertönte die schrille Stimme von Gomer, einer jungen Tajarim, die alle Menschen liebte, vor allem Männer mit Geld, und deshalb gern in Raffims Nähe war.

Der Lärm legte sich kaum, als Schedrach, der Karrenbauer, gefolgt von Habak, den alle nur »den irren Habak« nannten, den Raum betrat.

Habak kicherte. Nicht laut, nur einfach so, ganz bei sich. Doch von ihm breitete sich Schweigen aus. Es verteilte sich konzentrisch im Raum, wie die Kreise im Wasser, in das man ein Steinchen geworfen hatte. Und es war ein gespanntes, nervöses Schweigen. Es war nicht gut, wenn der irre Habak kicherte. Es war nie gut, wenn der irre Habak kicherte.

Schedrach erhob die Stimme: »Kamoses tobt. Er sagt, Raffim habe ihn verhext. Er sagt, alle Hyksos seien Hexer, bösartige Zauberer und Dämonen. Er verspricht den Ägyptern, uns zu vernichten.«

Seshmosis trat einen Schritt nach vorn und räusperte sich. »Ich habe es befürchtet. Er kann diese Niederlage nicht auf sich beruhen lassen. Raffim hat ihn vor seinen Leuten lächerlich gemacht. Uns bleibt nicht mehr viel Zeit. Die Kraft des Ankh mag uns noch schützen, aber die Götter sind launisch, wir dürfen uns nicht auf sie verlassen. Wir müssen aufbrechen, und zwar sehr bald. Nutzt den Tag, verkauft, was ihr nicht braucht, und kauft, was wichtig ist. Bei Morgengrauen ziehen wir los. Und denkt immer daran: Wir sind keine Hyksos, wir sind Tajarim!«

Seshmosis hatte die wenigen Habseligkeiten aus den

Trümmern seiner Hütte geborgen und würde die letzte Nacht in Theben in Raffims Haus verbringen. Das Beben machte wohl für alle den Abschied leichter, man musste sowieso etwas Neues aufbauen, da war es egal, wo. Fast egal, dachte sich der Schreiber. Die meisten ahnten nicht, was auf sie zukommen würde. Er selbst wusste es ja auch nicht. In seinem Kopf spukte eine vage Vorstellung vom »Land der Väter« herum und eine Ahnung, wie man dort hinkommen könnte. *Vielleicht* hinkommen könnte.

Schließlich war es nicht so, dass die Väter in der alten Heimat die Haustüre verbarrikadiert hatten und nach Ägypten gezogen waren, und nun musste man nur hingehen, den Müll zur Seite räumen und einziehen. Andere hatten längst ihren Platz eingenommen, und Seshmosis fürchtete, dass sie nicht ohne weiteres wieder gehen würden. Er stellte es sich sehr schwierig vor, den Leuten zu sagen: »Hallo, dies ist das Haus unserer Väter, und wir sind wieder da. Danke, dass ihr es in den letzten paar hundert Jahren umgebaut und erweitert habt, ebenso Dank für die Betreuung unserer Weiden, Weinberge und Obstbäume. Aber jetzt zahlt bitte die rückständige Miete und verschwindet gefälligst.«

Einzig die Tatsache, dass es bis zu diesem Augenblick noch sehr lange dauern würde, beruhigte ihn. Und auch wieder nicht. Es fehlte ihm völlig an Fantasie, sich vorzustellen, wie man unbeschadet von A nach B gelangen konnte, geschweige denn, wie die Strecke zwischen A und B aussah. Sicher, er besaß Landkarten, und in seinem Kopf tummelte sich eine erkleckliche Zahl von Ortsnamen, mit denen sich jedoch keine Bilder verbanden. Mit denen sich überhaupt nichts verband, außer der Wahrscheinlichkeit, dass sie dort durchziehen mussten.

Seshmosis versuchte sich die Karte einzuprägen, die vor ihm lag, wohl wissend, dass er als Führer des Zuges souverän sein musste. Zumindest die anderen sollten diesen Eindruck haben.

Melmak, der Bauer und Viehhändler, streifte ein letztes Mal durch den Markt von Theben. Nach der Katastrophe des Vortags war dies ein improvisierter Markt. Aber, welcher wirkliche Markt ist das nicht? Melmaks Rechnung war denkbar einfach: Land besaß keine Beine, Vieh schon. Was Beine besaß, musste man nicht tragen und konnte man gut mitnehmen. Also: Weg mit dem einen und her mit dem anderen.

Sein Konzept ging bisher auf, und er strahlte vor Zufriedenheit, als er einen abgelegenen Pferch erreichte. Darin befand sich nur ein einziger Stier. Aber was für einer. Ein Stier, wie er ihn nie zuvor gesehen hatte. Groß, stark, strotzend vor Gesundheit und mit einer Aura höchster Energie. Melmak war überwältigt.

Dieses Wesen war ein Gott von einem Stier, und er musste ihn besitzen.

Er sah sich nach dem Besitzer um. An einem Pfosten des Pferches, den schmalen Schatten nutzend, hockte eine kauernde Gestalt.

»He, du!«, rief Melmak ihn an. Die Gestalt rührte sich nicht. Melmak trat näher. »He, du, ist das dein Stier?«

Immer noch keine Reaktion. Der Viehhändler war irritiert. Er tippte der Gestalt auf den linken Arm. Endlich rührte sie sich. Der Kopf fiel auf die Brust.

Melmak beugte sich über den Fremden und rüttelte seine Schultern. Dabei fiel der Kopf nun leblos in den Nacken. So lebendig das Prachtexemplar von Stier war, so tot war sein Besitzer.

Melmaks Blick fiel auf ein Stück Papyrus, das der Tote in den Händen hielt. Vorsichtig nahm er es an sich. Es war die Besitzurkunde für den Stier.

Melmak wandte misstrauisch den Kopf nach links und rechts, doch niemand war zu sehen. Das Markttreiben fand hinter einem Schleier aus Staub statt, und alle Geräusche klangen nur gedämpft an sein Ohr. Er überlegte kurz. Melmak überlegte immer nur kurz, denn er war Viehhändler, und da war langes Überlegen geschäftsschädigend.

Dann fischte er einige Kupfermünzen aus seinem Beutel und drückte sie dem Toten in die Hand, in der vorher noch das Papyrus gewesen war. Melmak hielt sich zugute, dass er ein Viehhändler und kein Viehdieb war, wobei der Unterschied für Außenstehende meist unbemerkt blieb.

Natürlich war der Preis zu niedrig für einen Stier und viel zu niedrig für so einen. Normalerweise bekam man für diesen Preis gerade mal eine klapprige Ziege. Aber was sollte ein Toter schon mit Geld?

»Möge dein Ka Friede finden«, murmelte er teilnahmsvoll. Dann richtete er sich wieder auf, steckte die Besitzurkunde in seinen Beutel und ging vorsichtig auf den Stier zu. Man sollte auf Stiere immer vorsichtig zugehen, vor allem, wenn ihre Besitzer tot in der Gegend herumlagen.

Aus der Nähe betrachtet, war der Stier noch beeindruckender. Sein Fell war schwarz wie die Nacht, und es schien, als glänzten Sterne darin. Melmak versank mit seinen Blicken und seiner Seele in diesem Fell. Er hörte die Sterne singen, und sie kündeten von anderen Welten, in denen längst verstorbene Pharaonen in Gärten wandelten und glückliche Viehhändler keine Steuern bezahlen mussten. Melmak schüttelte sich und klammerte sich an die Realität. Hier war ein Stier. Der prächtigste Stier von Ober- und Unterägypten. Und es war sein Stier. Er hörte auf den regelmäßigen Atem des Tieres, streichelte es sanft über den Rücken und griff nach dem Seil, das um den Hals geschlungen war. »Ich werde dich Apis nennen«, flüsterte er und sah dem Stier dabei in die Augen. Dem Stier schien es recht zu sein, denn er setzte sich unaufgefordert langsam in Bewegung.

Aram war nach der Versammlung bei Raffim zu den Trümmern seines Badehauses zurückgekehrt. Im großen Becken, in dem er seine letzte Reise hatte antreten wollen, lagen einige der umgestürzten Götterstatuen. Sehnsüchtig blickte er zu ihnen hinab. Plötzlich hörte er eine Stimme: »Möchtest du bei uns sein, Aram?«

Irritiert sah sich der Bademeister um. Und er erblickte Anubis, den schakalköpfigen Totengott. Es war ein anderer Anubis als der, der unten im Wasser lag. Die Statue dort war zwar gut gemacht und reich bemalt, aber sie war eben nur ein Abbild. Hinter Aram stand das Original, der Gott selbst.

»Hilfst du mir, Anubis?«, fragte Aram leise hoffend.

»Ich helfe dir, Aram«, sagte der Gott und berührte ihn.

Schedrach, der Karrenbauer, überblickte seine Flotte. Gut zwanzig Karren standen vor dem halb eingestürzten Haus, das vorgestern noch als respektabel bezeichnet werden konnte. Nun, er lebte von der Mobilität der Menschen, und nun würde er eben selbst mobil machen. Zwei Karren für sich und seine Familie, einen für Werkzeug und Ersatzteile, der Rest mit einem Schlag verkauft. Er rieb sich die Hände. Die Zukunft begann viel versprechend.

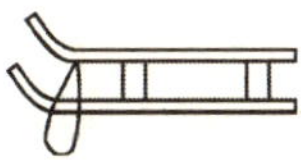

Zerberuh saß auf seinem Nilsegler und starrte ins Wasser. Er hasste die Wüste. Er hasste jeden Ort, der außer Sichtweite von Wasser lag. Für ihn besaß allein Wasser Bedeutung, alles Land war nur Ufer, mehr oder weniger zumutbar entfernt.

Dort mochte er nicht einmal begraben sein. Eine schreckliche Vorstellung für ihn, in einer Kammer unter der Erde zu liegen. Sein Paradies war flüssig oder gar nicht.

Nun wartete er auf den neuen Besitzer seines Bootes, der *Windsbraut*. Zumindest konnte er, im Gegensatz zu den anderen, sein Zuhause noch verkaufen. Wenn auch zu einem schmerzhaft niedrigen Preis. Doch das Schmerzlichste überhaupt war, dass er an Warn'keter, seinen verhassten Konkurrenten, verkaufen musste. Jahrelang waren die beiden um die Wette den Nil hinauf und hinunter gesegelt, hatten sich gegenseitig so manches Geschäft weggeschnappt und sich über jeden Mastbruch des anderen gefreut. Zerberuh würde seinen Lieblingsfeind vermissen.

Sein einziger Trost war, dass Seshmosis versprochen hatte, man werde seine Dienste auf der Reise noch benötigen. Dass sie es ohne ihn nie schaffen würden, hatte der Schreiber gesagt. Stolz wuchs in seiner Brust. Er, Zerberuh, als Retter der Tajarim, als Held, als Schwarm der Frauen. Vor allem der dicken, hoffte er.

Hataha, die Alte, schaute Habak, dem Irren, tief in die Augen.

»Du hast es gewusst? Du hast es schon lange gewusst?«

»Ja, ich habe es schon lange gewusst.«

»Und es gibt keinen anderen Weg?«

»Sei froh, dass es überhaupt einen Weg gibt.«

»Werden wir ankommen?«

»Wir werden nie ankommen. Keiner wird je ankommen. Jeder wird immer unterwegs sein. Wir sind Tajarim, wir sind Touristen. Heimat ist kein Ort. Heimat ist ein kleiner Gott mit warmem Fell in unseren Herzen.«

Habak kicherte, und Hataha nickte.

»Ich habe es auch gewusst.«

Mani, der Stoffhändler, packte mit seinem Sohn Ben Mani die Tuche zusammen, die sie nicht verkaufen wollten. »Das ist der Grundstock für unser neues Geschäft. Bei einer Reise wird viel Stoff verbraucht. Und bei einer langen Reise sehr viel. Wir müssen sehen, dass wir immer Nachschub bekommen«, sagte der alte Mani, und die Zufriedenheit eines Händlers, der gute Geschäfte erwartet, stand ihm ins Gesicht geschrieben.

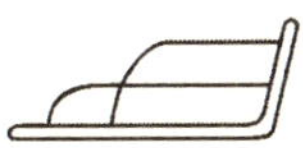

Mumal, dessen Muskeln vom Steinbruch gestählt waren und der seine Schönheit einer Laune der Göttin Kadesch verdankte, ging Hand in Hand mit Rachel zu den Ruinen des Badehauses. Bis gestern hatte sie dort als Handtuchhalterin gearbeitet. Wobei die Handtücher die einzigen Textilien waren, die ihre Haut berühren durften, und das nur über ihren vorgestreckten Armen. Vielleicht war sie deshalb so anziehend für Mumal, weil er sie in seiner Fantasie nicht ausziehen musste. Er besaß nämlich keine.

Seine Patengöttin Kadesch sah man auf den Darstellungen in den Tempeln immer auf einem Löwen stehend, und zwar nackt, mit ausgestreckten Armen, in denen sie Schlangen hielt. Nun, seine Rachel hielt dafür eben Handtücher, was Mumal auch als wesentlich angenehmer empfand. Der Steinbrecher konnte sich auch überhaupt nicht vorstellen, was man mit Schlangen in den Händen anfangen sollte. Außer man mochte Schlangenfleisch.

Die beiden erreichten das ehemalige Badehaus und standen eng umschlungen zwischen den Trümmern. Rachel floss eine kleine Träne über die Wange. Sie liebte ihren Beruf. Er war zwar schlecht bezahlt, doch die außerordentlichen Zuwendungen der Badegäste machten ein Vielfaches des Lohnes aus.

Rachels Blick fiel in das große Kaltwasserbecken, in dem einige Götterstatuen lagen. Und dann schrie sie. Mumal schaute zu ihr und in das Becken und wieder zu ihr. Er sah nichts.

»Was ist los mit dir?«

»Dort, siehst du nicht, dort unten liegt Aram!«

Mumal sah genauer hin. Dann entdeckte er auf dem Grund des Beckens zwei Statuen, die einander umarmten. Es waren Aram und Anubis.

Barsil war Händler. Ein Händler der besonderen Art. Alles in seinem Angebot war aus zweiter Hand, sozusagen gebraucht. Das wäre an sich nichts Besonderes. Im Falle von Barsils Angebot war es jedoch meist so, dass sich die Vorbesitzer nicht ganz bewusst von den Dingen getrennt hatten. Man könnte sogar sagen, dass diese Trennung in aller Regel unfreiwillig geschah. Sie erfolgte entweder zu einem Zeitpunkt, an dem sich Besitzer und Gegenstände nicht am selben Ort befanden – dann war dies ein unkomplizierter Besitzwechsel. Oder zu einem Zeitpunkt, an dem sich Besitzer und Gegenstände am selben Ort befanden – dann war es ein komplizierter Besitzwechsel. Und zwar für den ehemaligen Besitzer, der in diesem Fall nicht nur den Schmerzen des Verlusts ausgesetzt war.

Wie die Gegenstände auch immer zu Barsil gekommen waren, er verfügte über ein erlesenes Sortiment, in dem selbst einige Stücke glänzten, die vor kurzem den Palast des Statthalters geschmückt hatten. Aber das war eben der Lauf der Zeit. Vor allem aber der Dinge, die ihm zuliefen.

Barsil war sich sicher, dass seine Geschäfte auch in Zukunft blühen würden. Für einen reisenden Händler ergaben sich hervorragende Möglichkeiten. Vor allem war es wesentlich sicherer, Dinge, die ihm an einem Ort zugelaufen waren, an einem anderen Ort zu verkaufen. So lief man nicht Gefahr, dass ein eventuell überlebender Vorbesitzer als Kunde sein eigenes Hab und Gut wiedererkannte.

Er freute sich auf die Reise. War sie doch eine gute Gelegenheit, Fundstücke aus den Ruinen von Theben ungefährdet auf den Markt zu bringen.

Kamoses war äußerst schlecht gelaunt. Mehr als die Tatsache, dass sein einst prächtiger Palast vom Erdbeben erheblich in Mitleidenschaft gezogen worden war, schmerzte ihn der Gesichtsverlust bei seinem Auftritt in Raffims Haus. Er wusste nicht, wie er diesen unglaublich beschämenden Vorgang Pharao Ahmose bei dessen sicher anstehendem Besuch erklären sollte. Er selbst würde es ja auch nicht glauben, wenn es ihm nicht selbst passiert wäre.

Er musste ein Zeichen setzen. Am besten eines aus Blut gemalt. Aber Ahmose hatte Stillhalten angeordnet, und einen Verstoß gegen diesen Befehl würde er wohl kaum überleben.

Während düstere Gedanken durch sein Hirn streiften, dort eine Tür nach der anderen aufstießen und ihm schreckliche Visionen seiner Zukunft zeigten, betrat Psuta den Raum. Bis vor zwei Jahren war sie seine Lieblingsgemahlin gewesen, doch dann hatte er dieses Privileg leichten Herzens an eine junge nubische Prinzessin vergeben. Sie war Garantin für sichere Südgrenzen und grenzenlose Sünden. Psuta zeigte sich jedoch als äußerst nachtragend und uneinsichtig und ohne jegliches Verständnis für politische Notwendigkeiten.

»Du bist am Ende, Kamoses!«, rief Psuta triumphierend. »Mein Fluch hat dich eingeholt!«

»Meinst du?«, entgegnete der Statthalter müde.

»Ja! Nur ich kann dich noch retten.«

»Und wie willst du das anstellen?«

»Das verrate ich dir nicht. Noch nicht. Wirf zuerst die schwarze Hure aus dem Trümmerhaufen, den du Palast nennst.«

»Was soll das nützen? Glaubst du, dann baut sich der Palast von selbst wieder auf? Wenden sich die Götter dann gegen die verfluchten Hyksos und nehmen mir die Arbeit ab? Glaubst du das wirklich? Hast du magische Kräfte?«

»Wirf sie aus dem Haus, dann helfe ich dir!«

Kamoses zögerte. Psuta war unberechenbar, in allem. Ihr Zorn war grenzenlos, aber auch ihr Einfallsreichtum.

»Sag mir, was du für mich tun könntest, und dann entscheide ich, ob ich Kalala aus dem Haus werfe.«

»Was würdest du sagen, wenn die Hyksos einfach verschwinden würden? Einfach so. Du stehst morgen früh auf, und sie sind weg.«

»Du meinst, einfach weg?«

»Einfach weg. Du brauchst dich vor niemandem zu schämen. Du brauchst nicht gegen die Anordnungen des Pharaos zu verstoßen. Das Problem löst sich einfach durch Verschwinden.«

Kamoses überlegte. Das wäre die beste Lösung.

»Du garantierst es? Egal, wie du es anstellst, du garantierst, dass morgen früh keine Hyksos mehr in Theben sind?«

»Wenn Chepre die Sonne über den Horizont schiebt, wird es in Theben keinen einzigen Hyksos mehr geben!« Bekräftigend stampfte Psuta mit dem Fuß auf. »Und jetzt wirf die Hure raus, sonst geschieht gar nichts!«

Kamoses war von jeher skeptisch in Bezug auf magische Kräfte, und auch den Priestern gegenüber konnte er sein Misstrauen kaum unterdrücken.

Sein Glaube war eher politisches Kalkül, denn Überzeugung. Doch seit dem Vorfall mit dem Ankh sah er die Sache mit den Göttern und der Magie mit anderen Augen.

»Gut, ich lasse Kalala sofort in einen Segler setzen. Man soll sie bis zu den Quellen des Nils bringen, wo immer die sein mögen.«

»Gut, Kamoses, sehr gut. Dann helfe ich dir«, versprach Psuta feierlich und verließ den Raum.

Jenseits der Tür brach sie in schallendes Gelächter aus. Sie eilte die maroden Flure entlang zu ihren Gemächern beziehungsweise zu dem, was davon übrig war.

Ihre Kosmetikerin Esther, das Hyksosmädchen, hatte sich für ihre Informationen wirklich ein schönes Abschiedsgeschenk verdient.

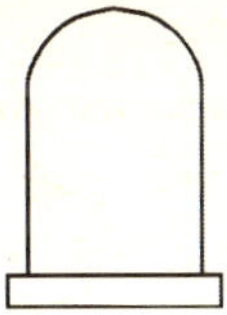

Auf der Höhe von Biban el-Moluk stand ein einsamer Gott in der Nacht und blickte in Richtung Theben. Die Figuren waren gesetzt, die ersten Züge gemacht. Das Spiel konnte beginnen.

Die Kleine Karawane

Als der Käfer Chepre mit seinem Tagwerk begann und die Sonne über den östlichen Horizont rollte, war die Welt im Allgemeinen und Theben im Besonderen anders als gestern. So suchte Gott Ra mit seinen Sonnenstrahlen vergebens nach den Tajarim zwischen den mehr oder weniger zerstörten Häusern und Hütten von Theben.

Zwar ist Ras Sonne nicht an die Gesetze der normalen Physik gebunden und kann ihre Strahlen krümmen und abwinkeln und manchmal sogar in Häuser und Höhlen schicken, dennoch war nichts zu finden.

Im Palast des Statthalters stolzierte Psuta im großen Saal triumphierend auf und ab. Mit ausgestrecktem rechten Zeigefinger stocherte sie in der Luft herum, bis sie ihr Ziel gefunden hatte, die Stelle auf Kamoses' Brust, hinter der sich bei normalen Menschen das Herz befand. »Jetzt musst du die schwarze Hure rausschmeißen, du hast es versprochen. Und wenn du es nicht tust, sorge ich dafür, dass die Hyksos zurückkommen und noch mehr Unheil anrichten!«

Kamoses seufzte, denn er mochte Kalala wirklich, eine für ihn sehr ungewöhnliche Tatsache. Der Statthalter kannte nur zwei Kategorien von Frauen: politisch nützliche und privat ergötzliche. Für Mögen oder gar Lieben war da kein Platz – normalerweise. Doch Kalala, seine schwarze Perle aus der Oase Salima südwestlich vom zweiten Katerakt, war anders.

Anders, als er es sich selbst bei der Hochzeit erwartet hatte.

Natürlich reizten ihn ihre Exotik, ihre makellose Figur und ihre Verführungskünste im Bett und anderswo. Natürlich hatte er sich von der Heirat auch politischen Nutzen versprochen. Es war nie verkehrt, gute Beziehungen zu den Stämmen der Nubischen Wüste und des Hochlands von Gebel Abjad zu pflegen, vor allem, weil diese Stämme als reich galten. Aber die Beziehung mit Kalala hatte eine andere Entwicklung genommen. Ihre Heimat war zu weit von Theben entfernt, um Kamoses politisch wirklich nützen zu können, und sie war somit anfangs mehr Statussymbol denn der Staatsräson dienlich. Im Lauf der Monate und Jahre aber hatte er an Kalala Eigenschaften kennen gelernt, die er bei anderen Frauen nie wahrgenommen hatte, vor allem nicht bei Psuta. Kalala konnte zuhören, sie konnte trösten, sie konnte ihn seine Sorgen vergessen lassen. Das war neu für ihn, und deshalb hing er an ihr.

Und jetzt sollte er den einzigen Menschen, dem er sich wirklich anvertrauen konnte, aufgeben?

Kamoses seufzte erneut. Er wusste nicht, was Psuta angestellt hatte, um die Hyksos zu vertreiben, und ob sie überhaupt etwas damit zu tun hatte, aber Tatsache war, sie waren nicht mehr da. Er wollte kein Risiko eingehen, dass

Psuta vielleicht doch über irgendwelche dunklen Kanäle dafür sorgen konnte, dass sie zurückkehrten.

Kamoses seufzte ein drittes Mal. Er musste den Preis wohl zähneknirschend bezahlen. »In Ordnung, Kalala wird noch heute Theben verlassen. Ruft Warn'keter, den Schiffer, er soll sie und ihre Habe jenseits des zweiten Katerakts an Land setzen und keinen Fuß vorher.«

Nördlich von Theben, auf der Straße nach Gebtu, bewegte sich eine Karawane. Rund zweihundert Menschen, dazu Rinder, Esel, Ziegen, Schafe, einige Pferde und Dutzende von Karren, kurzum die Tajarim waren unterwegs. Es war ein buntes Bild, das sich dem Betrachter in diesen Morgenstunden bot. Manche Karren waren extra für diesen Anlass gezimmert worden. So hatte Zerberuh vier Achsen mit insgesamt acht Rädern unter einen alten Nachen gebaut, sodass er auch auf der Landstraße nicht auf ein Boot verzichten musste. Gezogen wurde das seltsame Gefährt von zwei Eseln. Zerberuh selbst thronte am Heck des Kahns, sodass er sein Hab und Gut stets im Blick hatte.

So einfach war dies für Raffim nicht. Seine Karren und Tiere waren mit Abstand die meisten in der ganzen Karawane, und die Diener Jebul, Jabul und Jubul beäugten jede und jeden, der sich Raffims Besitz mehr als fünf

Schritte näherte, voller Misstrauen. Raffim selbst saß auf einem Karren, bejammerte seine anhaltende Appetitlosigkeit und leuchtete selbst in der Morgensonne mit grünlichem Schimmer. Die Spitze des Zuges bildeten Melmak, der stolz neben seinem neuen Stier schritt, Almak, sein Knecht und Ochsentreiber, und Seshmosis.

Seshmosis brauchte keinen eigenen Karren; was er noch besaß, trug er in einem Bündel auf dem Rücken. Er hatte noch dafür gesorgt, dass Shamir, der romantische Bäcker, mit einer besonderen Aufgabe betraut wurde: Er verwahrte die Fünf Heiligen Papyri der Tajarim in seinem Karren: »Die Schöpfungsgeschichte«, »Die Tafel der Väter«, »Das Goldene Zeitalter«, »Die Große Flut« und »Die Kleine Karawane«.

Seshmosis wusste, dass die Fünf Heiligen Papyri bei Shamir so gut aufgehoben waren wie bei keinem anderen und er sie notfalls bis zum letzten Blutstropfen verteidigen würde. Was im Fall von Shamir bedeutete, dass er mit den Papyri unter dem Arm so lange davonlaufen würde, bis ihm die blutige Lunge aus dem Hals hing.

Seshmosis blickte zu dem beeindruckenden Stier, der majestätisch neben Melmak ging. Eigentlich sah es so aus, alle ginge er gar nicht, es war mehr ein Schweben. Und als Seshmosis genauer hinschaute, bemerkte er, dass die Hufe den Boden nur unmerklich berührten, eigentlich gar nicht. Aber das konnte ja wohl nicht sein, dachte er bei sich. Dann wandte er sich an Melmak: »Ein prachtvolles Tier hast du da.«

Melmak reagierte nicht.

»Ich sagte, ein prachtvolles Tier hast du da, Melmak!«, wiederholte Seshmosis etwas lauter.

»Wie, was? Ach so, du meinst den Stier«, murmelte Melmak geistesabwesend.

»Ja, genau diesen Stier meine ich.« Seshmosis wurde immer misstrauischer.

»Habe noch nie so einen Stier in Theben gesehen. Habe überhaupt noch nie so einen Stier gesehen«, mischte sich Almak ein.

»Was hast du schon gesehen?«, giftete Melmak seinen Treiber an. »Du kennst doch nur alte Ochsen und Kühe, die keine Milch mehr geben.«

»Kenne jeden Stier und jede Kuh in Theben. Und der war bis gestern nicht in der Stadt«, schnauzte der Knecht zurück.

»Genau. Bis gestern war er nicht in Theben, und heute ist er es auch nicht mehr.« Melmak war anzumerken, dass er keine Lust auf dieses Thema hatte.

»Woher hast du den Stier, Melmak?«, bohrte Seshmosis weiter.

»Gekauft. Von einem Händler aus Abydos, der gestern in Theben war. Hat mich ein Vermögen gekostet, mindestens ein halbes«, erwiderte Melmak.

»Das ist er sicher wert. Ich meine, ich verstehe nichts von Stieren, aber dass dieser Stier etwas Besonderes ist, erkennt sogar ein Laie wie ich«, lobte Seshmosis versöhnlich.

Melmak sagte nichts mehr und trottete mit eingezogenem Kopf weiter.

»Seshmosis! Seshmosis!!! Raffim will mit dir reden!«,

rief Jabul, einer der Diener Raffims, der aus der Mitte des Zuges nach vorn geeilt war. Seshmosis trat ohne Antwort ein paar Schritte beiseite, um zu warten, bis Raffims Protzkarren vorbeikommen würde.

Er ahnte nichts Gutes.

»Steig herauf, unser Führer!«, rief Raffim.

Seshmosis zögerte. Wenn Raffim so anfing, war es schlimmer, als er befürchtet hatte. Dann schwang er sich doch auf den Karren und nahm neben Raffim Platz, dessen Zustand unverändert war.

»Einige von uns würden gern wissen, wohin du uns führst, mein lieber Seshmosis«, begann der Krokodilbändiger im Ruhestand süffisant und fügte hinzu: »Und mich selbst würde es ebenfalls über alle Maßen interessieren.«

Seshmosis war erleichtert, auf diese Frage wartete er schon seit dem Aufbruch.

»Wir ziehen weiter bis Gebtu, dann nach Qena. Dort verlassen wir den Nil und gehen auf dem Wadi Gasus geradewegs nach Mersa Gawasis am Roten Meer. Dort suchen wir Boote, die uns übersetzen. Damit sind wir aus dem Gröbsten raus.«

»So, so, du willst uns also auf einen Wadi führen. Ist dir eigentlich klar, dass ein Wadi ein Wüstenweg ist?«, fragte Raffim.

»Klar weiß ich das, jeder weiß das«, erwiderte Seshmosis irritiert.

»Nun, ein Weg durch die Wüste ist unangenehm, sehr unangenehm. Man sieht den Nil nicht mehr. Und es gibt dort auch kein Gras und keine Felder. Ich weiß nicht, ob mir und den anderen das gefällt.«

»Ob dir und den anderen das gefällt?«, echote Seshmosis. »Es kommt nicht darauf an, ob es euch gefällt. Wir sind zufälligerweise auf der Flucht. Der schnellste Weg aus diesem uns gar nicht freundlich gesonnenen Land ist nun einmal über den Wadi Gasus durch die Wüste.«

»Die anderen, und ich schließe mich hier der Mehrheit an, sind der Meinung, dass wir noch viel zu wenig von Ägypten gesehen haben. Kaum einer von uns ist doch je über Theben hinausgekommen«, antwortete Raffim mit versöhnlicher Stimme. »Sieh, mein lieber Seshmosis, wir haben beraten und sind zu dem Schluss gekommen, dass dies eine gute Gelegenheit wäre, unserem Namen Tajarim gerecht zu werden. Schauen wir uns doch noch ein wenig von diesem Land an, bevor wir ihm endgültig den Rücken kehren. Wir haben daher beschlossen, den Nil entlang nach Norden zu ziehen bis Gizeh, und dort schauen wir uns die berühmten Pyramiden und die Sphinx an. Dann haben wir unseren Nachkommen etwas zu erzählen.«

Raffims triumphierendes Lächeln wurde durch die kleinen grünen Funken um seine Mundwinkel auch nicht besser.

»Ihr habt also beschlossen? Ihr? Wer – ihr?«, fragte Seshmosis.

»Nun ja, wir alle, die wir bei uns etwas zu sagen haben. Quasi wir Gemeindeoberhäupter.«

»Und ihr wollt wirklich nach Unterägypten, wo gerade Pharao Ahmose persönlich die Peitsche gegen die Hyksos schwingt?« Seshmosis war entsetzt.

»Na ja, wir sind doch keine Hyksos, wir sind doch Tajarim. Hast du selbst gesagt. Also kann er doch gar nichts gegen uns haben. Welcher Herrscher hat schon etwas gegen Touristen in seinem Land?«, wand sich Raffim.

»Vielleicht ist der Pharao noch nicht auf dem neuesten Stand und sieht die Sache etwas anders als wir«, höhnte der Schreiber.

»Wir haben aber abgestimmt, und alle wollen die Pyramiden sehen!«

Raffim reagierte jetzt trotzig, und wenn er nicht gesessen hätte, wäre wohl ein energisches Fußaufstampfen auf seine Worte gefolgt.

»Dann bin ich aber beruhigt. Wenn das so ist, dass ihr abgestimmt habt und die Pyramiden sehen wollt, um euren Nachkommen davon zu erzählen, verstehe ich das natürlich«, flüchtete sich Seshmosis in Sarkasmus. »Falls ihr überhaupt noch Nachkommen haben solltet, nach der Besichtigung. Könnte auch sein, dass ihr die Pyramiden nie zu Gesicht bekommt, weil ihr vorher im Steinbruch für Ahmoses Grabmal schuften dürft. Dann seid ihr hautnah dabei, mittendrin sozusagen.«

»Sei doch nicht immer so negativ, Seshmosis. Du kommst ganz nach deinem Vater. Der war auch ein alter Schwarzseher. Vielleicht ist das bei euch eine Berufskrankheit, weil ihr immer mit schwarzer Tusche schreibt. Häh, häh!« Raffim klopfte sich vor Vergnügen über seinen eigenen Witz auf die fülligen Oberschenkel.

Seshmosis schüttelte traurig den Kopf. »Euch ist wirklich nicht zu helfen. Um ein paar Steinhaufen anzusehen, riskiert ihr euer Leben.«

»Wir sind eben echte Tajarim!«

Raffim wusste immer, wann er gewonnen hatte. Genau in diesem Moment.

An der südlichen Anlegestelle von Theben war eine große Menschenmenge versammelt. Die Kunde von der Abreise der Frau des Statthalters Kamose, der Nubierin Kalala, hatte sich in der Stadt genauso schnell ausgebreitet wie das kürzliche Erdbeben.

Nun muss dazu gesagt werden, dass die Hyksos zwar die »Lieblingsfeinde« der einheimischen Bevölkerung waren, aber auch andere Fremde waren nicht wohl gelitten. Vor allem, wenn sie so tiefschwarz waren wie Kalala. Eine solche Frau an der Seite des Statthalters war vielen ein Dorn im Auge. Als Sklavin konnte man sie akzeptieren, aber nicht als Ehefrau des ersten Mannes der Stadt. So freute man sich in gewissen Kreisen besonders, dass Kalala dorthin geschickt wurde, wo sie ihrer Meinung nach hingehörte: tief in den Süden, weit, weit weg von Theben.

Es wunderte niemanden, dass Kalala vollständig verschleiert das Boot betrat, wo sie Warn'keter in Empfang nahm. Diener luden mehrere große Ballen auf die *Ölzweig*, die bis vor kurzem das größte Boot des Eigners gewesen war. Bis er von Zerberuh überaus günstig dessen ganzen Stolz, die *Windsbraut*, erworben hatte. Das Volk johlte und brüllte Schmähungen. Dann griff sich einer einen Stein aus der Uferböschung des Nils und warf ihn Richtung Boot, und dann ein zweiter und ein dritter. Warn'keter ließ sofort seine kräftigsten Männer mit langen Nilpferdpeitschen auf die Steinewerfer einschlagen. Nicht, dass es ihm um Kalalas Sicherheit gegangen wäre, nein, es ging ihm um sein Boot. Niemand durfte sein Boot beschädigen, aus welchem Grund auch immer.

Die Peitschenhiebe brachten die Aufrührer schnell zur Räson, und sie sahen ein, dass ihr Bemühen sinnlos war. Erstens war Kalala längst im Innern des Bootes verschwunden, zum anderen waren Nilpferdpeitschenhiebe äußerst schmerzhaft.

Als sie merkten, dass nichts mehr zum Schmähen, Beschimpfen und Bewerfen da war, zerstreuten sich die Schaulustigen und gingen mit dem zufriedenen Gefühl nach Hause, wieder eine Fremde weniger in der Stadt zu haben. Warn'keter ging von Bord und befahl seinem ersten Kapitän und Freund Shifnu, Segel zu setzen. Die *Ölzweig* legte ab.

Eine Stunde später legte von der nördlichen Anlegestelle Warn'keters neuer Stolz, die *Windsbraut*, in entgegengesetzte Richtung ab. Dieses Mal war der Nilschiffer selbst an Bord, um an der Reise teilzunehmen. Immerhin wusste er um die Bedeutung seines hochgestellten Passagiers – Kalala, Prinzessin von Gebel Abjad, wunderschön und unermesslich reich. Was sich auch im Preis ausdrückte, den sie Warn'keter für die Passage bezahlte. Es war auf jeden Fall so viel, dass er das Doppelspiel mit zwei Booten riskierte. Ein Boot mit einer falschen Prinzessin, die in Wirklichkeit eine verhüllte Negersklavin war, und viel echtem Bauholz und edlen Stoffen unterwegs zum zweiten Katerakt, ein Boot mit einer echten Prinzessin und vielen Schätzen unterwegs nach Memphis.

Nach etlichen Tagen hatte die Karawane der Tajarim Qena erreicht.

Für Seshmosis war dies die letzte Gelegenheit, seine Leute davon zu überzeugen, dass der direkte Weg zum Roten Meer der sicherere war und dass eine Reise nach Gizeh einem Selbstmordversuch gleichkam.

Die Tajarim lagerten am östlichen Rand der Stadt, da, wo der Wadi Gasus begann. Es waren etliche Karawanen dort, sodass auch eine so bizarre Ansammlung wie die der Tajarim nicht auffiel.

Schweren Herzens suchte Seshmosis Raffim auf, der es sich von seinen Leuten hatte bequem einrichten lassen. Er saß im Schatten einiger Palmwedelmatten und haderte mit dem Schicksal. Keine Krokodile, keine Einnahmen, kein Hunger. Nur ständiges Wohlbefinden und strotzende Gesundheit. Derart übel gelaunt empfing er Seshmosis.

»Raffim, wir sollten noch einmal über unsere Reise sprechen. Du weißt, dass ich es für gefährlich halte, viele hundert Kilometer durch Ägypten zu ziehen. Jeder überflüssige Tag ist ein furchtbares Risiko für uns alle«, begann Seshmosis so sachlich, wie es ihm nur möglich war.

»Ich kenne deine Argumente, und du kennst meine. Wir haben eine Abstimmung gemacht. Wir nennen diese Form der Meinungsbildung ›ein Mann, eine Stimme‹, und der Mann mit der Stimme, das bin ich!«, entgegnete Raffim unwirsch und bestimmt.

»Die anderen haben sicher nicht bedacht, dass du in keiner Gefahr bist. Solange du das Ankh hast, kann dir nichts passieren. Uns anderen aber schon, und das werde ich ihnen sagen«, zog Seshmosis seinen letzten Trumpf.

»Kein Problem. Wenn einer verletzt oder getötet wird – schwuppdiwupp heile ich ihn oder erwecke ihn zum Leben.«

»Ich glaube nicht, dass es einem von uns gefällt, gefoltert und getötet zu werden. Wenn er dann wieder heil und lebendig ist, wird das Ganze nur von vorne anfangen. Es kann sehr, sehr lange dauern, bis den Ägyptern das Foltern und Töten langweilig wird. Vielleicht finden sie ja sogar Gefallen daran, dieselben Leute wieder und wieder zu foltern und zu töten.«

»Ich sagte doch schon, du bist ein Schwarzseher wie dein Vater. Wenn die Ägypter mein Ankh sehen, werden sie es nicht wagen, uns anzugreifen. Das hier«, und er streckte seinen Arm mit dem Ankh hoch, »ist unsere Lebensversicherung. Wir haben eine Reiseversicherung, und deshalb können wir überall hin, wohin *wir* wollen. Basta, Schluss mit dieser ewigen Diskussion!« Raffim ließ keinen Zweifel daran, dass das Gespräch beendet und das Thema ein für alle Mal entschieden war.

Seshmosis trollte sich davon wie ein geprügelter Hund.

Dabei irritierte ihn etwas, das er zuerst nur aus den Augenwinkeln wahrgenommen hatte. In Melmaks Pferch herrschte Unruhe, die Rinder liefen ziellos durcheinander, stießen gegen die Umzäunung, stolperten über ihre eigenen Beine und schienen absolut verwirrt. Vorsichtig näherte sich Seshmosis dem Pferch. In der Mitte stand Apis, der neue Prachtstier in Melmaks Herde. Bisher war es zu keinen Schwierigkeiten gekommen, er war brav mitgetrottet und hatte nie eines der anderen Tiere angegriffen. Eine Tatsache, die selbst Melmak in Erstaunen versetzt hatte. Doch nun schien irgendetwas passiert zu sein. Die ganze Herde war der Panik nahe, und kein Tier traute sich Apis auf mehr als zehn Meter zu nähern. Seshmosis bemerkte, dass Apis schwer schnaubte und seinen Kopf immer wieder gen Osten streckte, als sei dort die Ursache für die Unruhe zu finden. Der Schreiber beschattete die Augen und blickte in diese Richtung. Dort, bereits ein Stück weit in der Wüste, sah er eine Silhouette. Die Silhouette eines weiteren Rindes. Seshmosis konnte sich nicht erklären, warum ein einzelnes Rindvieh, noch dazu so weit entfernt, eine ganze Herde durcheinander bringen und einen Stier wie Apis in Unruhe versetzen konnte. Die Silhouette bewegte sich auf den Pferch zu. Melmaks Rinder schrien. Sie rasten immer schneller im Gehege umher und rannten sich gegenseitig über den Haufen, sodass die Umzäunung empfindlich bebte. Es konnte nur noch Sekunden dauern, bis sie ausbrachen und als Stampede in die Stadt rasten.

Plötzlich war Ruhe. Die Rinder standen still. Wenn sie nicht am ganzen Leib gezittert hätten, hätte man meinen können, sie wären versteinert. Seshmosis schüttelte ungläubig den Kopf. Was manchmal in Tieren vorging, war wirklich unerklärlich, dachte er bei sich und ging weiter. Nun, sagte er sich, ich habe wirklich andere Sorgen, als mich mit diesem Wahnsinn zu beschäftigen, und begab sich zu seinem Lager.

Wenn Seshmosis gewusst hätte, was da gerade wirklich vor sich gegangen war, wäre ihm der Wahnsinn seiner Rinder sicher als die harmlosere Alternative erschienen.

Unhörbar für Seshmosis hatte sich Folgendes abgespielt.

Scheinbar aus dem Nichts war am Rand der Wüste Methyer aufgetaucht, die kuhgestaltige Göttin des Urgewässers. Natürlich war sie nicht aus dem Nichts erschienen, sondern aus der Sphäre, in der sich Götter und Göttinnen normalerweise aufhalten. Aber das ist dem Nichts in einigen Aspekten nicht unähnlich.

Apis bemerkte ihre Ankunft sofort und reagierte wütend. Für Mensch und Tier unhörbar brüllte er: »Verschwinde, Methyer, du weißt, was Amun gesagt hat! Die Aufgabe ist für mich ohne dich schon schwierig genug!«

»Apis, mein Liebster, du bist nun schon seit Tagen unter diesen Kreaturen, ich wollte dich trösten und aufheitern«, säuselte die Göttin herüber.

Die Rinder spürten die Ausstrahlung und den Zwist der beiden Götter und gerieten in Panik. Das war es, was Seshmosis gesehen hatte.

»Methyer, wenn du nicht sofort verschwindest, bringst du meine gesamte Mission in Gefahr. Amun wird dich dafür bestrafen!«

Apis versuchte es mit Argumenten und Drohungen, doch Methyer näherte sich immer mehr dem Gehege, die Rinder reagierten noch hektischer. Apis saß in einer Zwickmühle. Wenn Methyer noch näher kam, würde die Herde ausbrechen, er könnte nicht länger bei den Tajarim bleiben, und die Tage der Qual in einer stinkenden sterblichen Rinderherde wären völlig umsonst gewesen.

Andererseits, wenn er sich mit Methyer einließe, so würde er eindeutig gegen die Anordnungen von Amun verstoßen. Schwankend zwischen der großen Aufgabe, das Ankh zurückzugewinnen, und dem kleinen Vergnügen mit der Kuhgöttin, entschied er sich für Letzteres. Er rief: »Bleib stehen, ich werde dich heute Nacht besuchen!«

»So ist es schon besser, Liebster. Ich werde am Rand der Wüste auf dich warten.«

Erleichterung durchströmte Apis, die Situation war gerettet. Und ein bisschen göttliche Abwechslung in der Nacht war auch nicht zu verachten.

Chepre, der Käfer, rollte die Sonne in die Werkstatt des m'm-Tieres. Das wartete bereits mit umgebundener Schürze an seinem dreieckigen Arbeitstisch. »Die sieht ja heute wieder besonders ramponiert aus!«, monierte die Spitzmaus und ärgerte sich eine weitere Nacht über zu viel Arbeit und darüber, dass sie immer noch keinen angemessenen, sprich göttlichen Namen hatte.

»Heute war es eben wieder einmal verdammt heiß. Sei

froh, dass nicht du es bist, der sie den ganzen Tag über den Himmel schieben muss«, sagte Chepre müde, gähnte und verließ die Werkstatt. Kein Gott und erst recht kein Mensch wusste, wo er die Nacht verbrachte.

Vielleicht sah er ja von seinem Ruheplatz aus, was sich an der Schnittstelle zwischen der Karawanserei von Qena und der Wüste abspielte.

Apis verließ den Pferch. Dazu war keine Bewegung nötig. Im einen Augenblick war er noch da, im nächsten war er weg. Ein leises Plop ertönte, als die Luft den Raum füllte, den der Stier noch vor kurzem im Gehege eingenommen hatte. In derselben Millisekunde erschien er genau neben Methyer. Sie sprachen nicht miteinander. Sie sahen sich nur in die Augen, und dann brach das Inferno aus. Zumindest aus der eingeschränkten menschlichen Perspektive. Die Luft war erfüllt von Knistern und Krachen, Funken sprühten, und Blitze zuckten vom Boden zum Himmel.

Immer wieder rollten Druckwellen von kleinen Explosionen in Richtung Qena und der Karawanserei. Was hier stattfand, war eine Mischung aus Feuerwerk, Vulkanausbruch und Erdbeben.

Die verschreckten Tajarim liefen aus ihren Zelten aus Palmwedelmatten und Stoffstreifen und starrten nach Osten. Einige wenige hundert Meter von ihnen entfernt schien die Erde zu brodeln.

Miriam, die Magd von Melmak, zupfte Seshmosis am Arm und fragte mit unsicherer Stimme: »Blitze stürzen doch normalerweise vom Himmel zum Boden, oder?«

Seshmosis nickte stumm. Die alte Hataha murmelte immer wieder den gleichen Satz: »Die Götter sind unter uns. Die Götter sind unter uns. Die Götter sind unter uns.«

Doch die meisten staunten nur, fürchteten sich und schwiegen.

Wieder und wieder spürten sie ein Beben unter ihren Füßen, Erschütterungen, als brausten tausend Rinder vorbei. Und so etwas Ähnliches war es ja auch. Nur dass es nicht tausend Rinder, sondern ein stiergestaltiger Gott und eine kuhgestaltige Göttin waren, die nach hundertjährigem Vorspiel endlich zur Sache kamen.

Nur ganz, ganz selten in der Geschichte der Welt konnten Menschen von sich behaupten, sie hätten einem göttlichen Liebesakt beigewohnt. Die Tajarim zählten nun zu diesen Auserwählten, wenn sie es auch nicht wussten.

»Was immer das ist, ich hoffe, dass es nichts mit uns zu tun hat«, sagte Seshmosis nachdenklich.

»In diese Richtung da werde ich auf keinen Fall gehen!« Schedrach, der Karrenbauer, deutete zum Wadi Gasus, und Seshmosis wusste, dass er keinen einzigen Tajarim dazu würde bewegen können, den von ihm vorgeschlagenen Weg zu nehmen.

Ein paar Steinhaufen und die Angst waren stärker als seine Argumente. Nun mussten sie also statt der von ihm geplanten einhundertachtzig Kilometer mehr als siebenhundert Kilometer durch ein ihnen feindlich gesinntes Land ziehen. Seshmosis zitterte. Nach *seiner* Angst fragte wieder einmal keiner.

Während sich die Lage in der Karawanserei von Qena nach und nach beruhigte, ging es ganz in der Nähe erst richtig los. Gleich neben dem Wadi Gasus rief Amun die Götter zu sich. Zumindest die Götter, die sich für diese Sache interessierten, und das waren immerhin rund dreißig.

»Ich habe gute Lust, euch in Sterbliche zu verwandeln!« Amun deutete drohend mit seinem Doppelfederstab auf Apis und Methyer.

»Gemach, gemach, mein lieber Freund.«

Anubis war hinzugetreten, und das verhieß nie Gutes. »Wir sind hier nicht mehr in Theben. Deine Macht ist zwar groß, aber hier ist sie eingeschränkt. Du kannst hier nicht über alle verfügen oder einige von uns gar bedrohen.«

»Ich wollte ja gar nicht drohen, zumindest nicht richtig«, schränkte Amun vorsichtig ein. Eine Auseinandersetzung mit dem schakalköpfigen Gott des Totenreiches war für niemanden ratsam, nicht einmal für einen mächtigen Gott wie Amun. In Götterkreisen sagte man hinter vorgehaltener Hand, respektive Pfote, respektive Flügel, respektive Huf usw., Anubis pflege freundschaftlichen Kontakt zu einem ganzen Rudel von Seth-Tieren. Und die unterschieden bekanntermaßen nicht zwischen Menschen und Göttern, wenn es darum ging, ihrer Hauptbeschäftigung nachzugehen: dem Vernichten an und für sich mittels Hunderter von Zähnen. An schlechten Tagen fielen sie sogar über Felsen her, erzählte man sich, und zermahlten sie mit ihren gewaltigen Kiefern zu Sand. Da man weiß, dass die Seth-Tiere fast nur schlechte Tage kennen, erklärt dies auch die großen Wüsten links und rechts des Niltals, wo die Tiere hauptsächlich leben. Wenn man hier überhaupt von einer Lebensform sprechen mochte.

Amun war klar, dass er erheblich vorsichtiger sein musste, als dies in Theben nötig gewesen war. Dort war er Hausherr, hier nur einer unter vielen. Dennoch wollte er sich das Heft des Handelns nicht aus der Hand nehmen lassen.

»Was Apis und Methyer getan haben, hat es seit Göttergedenken nicht gegeben. Sie haben sich vor den Augen der Sterblichen gepaart!«

Amun schüttelte sich vor Abscheu.

»Sie haben uns gar nicht sehen können«, wandte Methyer kleinlaut ein. »Wir waren doch auf unserer Ebene.«

»Euch haben sie nicht gesehen, da hast du wohl Recht. Aber das Feuerwerk, das ihr veranstaltet habt, war bis Theben zu sehen«, erwiderte Amun gereizt. »Sämtliche theologischen Fakultäten und die Priester aller Götter rätseln, wie sie die Zeichen der Nacht deuten sollen.«

»Ich fordere, dass diese geile Kuh bestraft wird!«, zeterte Hathor, die vor Eifersucht bebte. »Sie hat Apis und seine Mission gefährdet und gegen alle Abmachungen verstoßen. Sie muss bestraft werden!«

»Wenn Suchos nicht sein Ankh verloren hätte, wäre Apis gar nicht in diese Situation gekommen. Eigentlich ist Suchos an allem schuld!«, entgegnete Methyer.

Suchos, der sich nicht nur wegen seiner Schwäche im Hintergrund aufhielt, meldete sich zu Wort: »Hackt nicht immer auf mir herum. Ich habe erklärt, wie es zu der Sache gekommen ist. Ich leide wahrlich am meisten unter der Situation.«

Das war sicher nicht gelogen. Der Krokodilgott sah erbarmungswürdig aus. Seine Farbe war inzwischen ein ganz fahles grünliches Grau, und er wirkte eingefallen, abgemagert und überhaupt nicht göttlich.

»Es bringt uns nichts, wenn wir uns streiten«, sagte Anubis. »Wir müssen überlegen, wie es weitergehen soll.«

»Bestrafung, ich fordere Bestrafung!«, keifte Hathor. »Ich fordere ein Gottesgericht!«

»Halte dich zurück, Hathor«, griff nun Min ein, der Schutzherr der Ostwüste und regionale Gott von Gebtu und Qena. »Ihr seid in meinem Gebiet, und ich entscheide, was hier getan wird. Fest steht doch, dass Methyer Apis verführt hat. Ihn trifft also keine Schuld.«

»Typisch für einen, der ständig mit erigiertem Phallus herumläuft. Immer sind die Frauen schuld«, zischte Methyer. »Apis hat es genauso gewollt wie ich. Wir haben es beide gewollt!«

Min ließ seine göttliche Geißel durch die Luft sausen. Zumindest durch das Medium, das in der menschlichen Welt der Luft entsprach. Funken sprühten, und es knisterte hörbar.

»Fangt nicht an, euch zu bekämpfen. Die letzten Götterkriege haben genug Unheil unter uns angerichtet«, beschwichtigte Anubis. »Ich bin dafür, dass sich Methyer von Apis fern halten muss. Wie wäre es mit einem mehrjährigen Aufenthalt auf Kreta, meine Liebe? Sie verehren dort Stiere.« Anubis konnte sich den Spott nicht verkneifen.

»Kreta ist noch viel zu nahe. Schickt sie doch zu den gelben Menschen am Ende der Welt. Sollen die sich mit ihr herumärgern«, schlug Hathor vor.

Amun merkte, dass er eingreifen musste, wenn er nicht noch mehr an Autorität verlieren wollte. »Deine Eifersucht bringt uns auch nicht weiter. Tatsache ist, dass Apis seine Aufgabe noch nicht erfüllt hat. Er muss also vorerst bei den Menschen bleiben. Du, Methyer, lenkst ihn von dieser Aufgabe ab, also musst du ihm fernbleiben. So einfach ist das.«

»Und die Bestrafung? Soll sie ungestraft davonkommen?« Hathor gefiel diese Wendung der Ereignisse überhaupt nicht.

»Keine Bestrafung! Keine Verbannung! Methyer bleibt bei Apis!«

Die Götter blickten verwundert in die Richtung, aus der die Stimme gekommen war.

Aber sie sahen nichts. Zumindest zuerst nicht. Als sie jedoch nach unten schauten, sahen sie den zwergenhaften Gott Bes. Der grinste breit. Und er grinste fast so breit, wie er hoch war. Er konnte gar nicht anders als grinsen, denn sein Gesicht war eigentlich eine Maske.

»Wieso keine Bestrafung?«, »Wieso keine Verbannung?« und »Warum soll Methyer bei Apis bleiben?«, fragte es aus zwei Dutzend Kehlen.

»Weil ich, Bes, der Gott der Familie und Schutzherr der Schwangeren, es so will«, antwortete der Zwerg. »Sie müssen zusammenbleiben.«

»Schwanger?«, fragten die gleichen zwei Dutzend Kehlen wie aus einem Mund, Schnabel, Maul, Rachen oder wie immer man die Öffnung nennen wollte, mit der sie sich artikulierten.

»Genau, schwanger. Deshalb bin auch ich, Thoëris, die

Schutzherrin der Schwangeren, dafür, dass Vater und Mutter zusammenbleiben. Zumindest bis das göttliche Kind geboren ist.«

Thoëris war eine der bizarrsten Göttinnen des an abstrusen Gestalten wahrlich nicht armen ägyptischen Pantheons. Sie war ein Mischwesen aus Nilpferd und dicker Frau mit Riesenbrüsten, Löwentatzen und einem Krokodilschwanz. Ihr Einfluss verhielt sich proportional zu ihrem monströsen Aussehen; überall wo Nil war und es Schwangerschaften gab, war ihr Machtbereich. Also in ganz Ägypten.

Bes, der Zwerg mit dem maskenhaften Gesicht, der Federkrone, Löwenmähne und dem immer sichtbaren Penis, stand neben Thoëris, und die beiden strahlten eine Einigkeit aus, wie sie unter Göttern selten vorkam.

Amun wurde nervös. Die menschengestaltigen Götter waren sowieso in der Minderzahl, sowohl in Ägypten als auch in dieser Versammlung. Außer ihm konnte er zu dieser Gruppierung nur den Kriegsgott Neith, einen Freund von Suchos, rechnen. Dazu Satis, die nicht nur auf geistiger Ebene mit dem widderköpfigen Chnum verbunden war, der stets vom blutroten finalen Sonnenuntergang träumte, und Min, den regionalen Obergott ihres Versammlungsortes. Die »Animalischen«, wie Amun sie nannte, waren eindeutig in der Überzahl, und so war absolute Vorsicht geboten, um nicht einen weiteren Götterzwist vom Zaun zu brechen.

»Ihr seid also gegen eine Trennung der beiden?«, fragte Amun zaghaft.

»Absolut!«, tönte es aus der unbewegten Maske des Bes.

»Absolut!«, sagte das Nilpferdmaul von Thoëris.

»Und auf welcher Grundlage steht eure Forderung?«, wollte Amun wissen.

»Göttliches Urrecht. Verabschiedet vor Einsetzung der ersten Dynastie. Das Recht ist so alt, wie die Wasser des Nils von der Quelle zur Mündung fließen. Und ebenso unumstößlich«, verkündete der Zwerg mit stets grinsendem Gesicht.

»Das war es dann wohl«, sagte Anubis schulterzuckend. »Wir können uns jede weitere Diskussion sparen. Die Sache ist entschieden. Die Menschen werden sich freuen, dass sie zu ihrem prachtvollen Stier auch noch eine ebenso prächtige wie trächtige Kuh bekommen.«

Anubis dachte nicht daran, seinen Hang zum Sarkasmus zu verstecken.

Amun schüttelte den Kopf. Alles lief ganz anders, als er es geplant hatte. Eigentlich war von seinem Plan nichts mehr übrig, außer dass Apis die Aufgabe hatte, das Ankh zurückzuholen. Er starrte in die Nacht, dorthin, wo sich die Tajarim längst wieder zur Ruhe begeben hatten. Manchmal kommt es anders, als selbst die Götter denken, sagte er zu sich. Und nur zu sich. Die Versammlung war beendet.

Nach einer ebenso schweigsamen wie anstrengenden Woche erreichten die Tajarim Abydos, das früher Abdju geheißen hatte. Der Marsch war von drei Ereignissen geprägt. Das erste war die Überraschung, dass nach der furchtbaren Nacht in der Karawanserei in Melmaks Pferch ein neues Tier stand: eine prachtvolle Kuh, fast so groß wie ein normaler Stier, mit seidig glänzendem Fell und kraftvoller Ausstrahlung. Nach dieser Nacht wollte keiner genau wissen, wie das Tier in Melmaks Gehege gekommen war, am wenigsten Melmak selbst.

Das zweite Ereignis war ein Streit zwischen Zerberuh und Barsil, dem Händler. Er hatte dem Nilschiffer ohne Schiff eine Statuette seiner Lieblingsgöttin Thoëris angeboten. Zerberuh erkannte in der Figur jenes Exemplar, das bis zum Beben von Theben sein Haus geziert und geschützt hatte, aber im Trubel des Bootsverkaufs und der Abreise verloren gegangen war. Barsil schwor bei allen Göttern, dass er rechtmäßig durch den Kauf von einem Mitglied der Palastwache in den Besitz der Statuette gelangt sei. Zerberuh zeigte ihm daraufhin eine geheime Markierung auf der Unterseite der Figur, die von ihm persönlich stammte. Barsil wollte dann zwar das Geschäft abbrechen, doch Zerberuh bestand auf Rückgabe seines Eigentums. Pinhas, der Weber, und Punhas, der Schneider, mischten sich zum Glück ein, bevor Zerberuh den unglückseligen Barsil mit einem Strick um den Hals an seinem vierachsigen Boot festbinden konnte. Sie machten Barsil klar, dass die einzige Chance, seinen Hals zu retten, darin lag, die Statuette der Thoëris an den rechtmäßigen Besitzer zurückzugeben. Zähneknirschend, aber mit einer gewissen Erleichterung gab Barsil nach und versprach Zerberuh, dass er mit ihm nie wieder Geschäfte machen würde.

Das dritte Ereignis war die Überquerung des Nils kurz vor Abydos. Ein nicht unkompliziertes Unterfangen, zweihundert Tajarim mit ihrer Habe und ihren Herden über den Fluss ans westliche Ufer zu bringen. Einen ganzen Tag fuhren die Flöße hin und her, bis alle auf der anderen Seite waren. Zum Glück war niemand ertrunken, nicht einmal der Ziegenbock, der in seiner Geilheit eine läufige Ziege auf dem Floß vor ihm erreichen wollte und deshalb in den Nil gesprungen war. Einige kräftige Tajarim waren nötig, das liebestolle Tier wieder aufs Floß zu hieven.

Nun lagerten sie also in Abydos, das ein wenig abseits vom großen Fluss am Rande des Fruchtlandes lag.

Der Prophet

Seshmosis, der sich eigentlich aus Göttern im Allgemeinen und den ägyptischen im Besonderen wenig machte, haderte mit Imhotep, einem Gott der Schreiber.

»Warum machst du mich nicht stärker? Warum sind die Schreiber immer die Schwächlinge, die keiner ernst nimmt?«, fragte er im Selbstgespräch, davon ausgehend, dass Imhotep, selbst wenn er ihn hörte, ihm keine Beachtung schenken würde.

Ein Gott der Schreiber, ein Heilgott, ein Weiser, ein Zauberer, was konnte der in der martialischen und animalischen Götterwelt wohl ausrichten? Immerhin bedeutete sein Name »Der in Frieden kommt«, und das war unter den ägyptischen Göttern eher ein Makel denn eine Tugend.

Seshmosis erinnerte sich an eine Statue von Imhotep, die er in einem kleinen Tempel in Theben in einer winzigen Seitennische gesehen hatte. Es war die Figur eines schmächtigen Menschen gewesen, der in einer halb aufgerollten Papyrusrolle studierte, die auf seinen Oberschenkeln lag. Die Statue wäre ohne weiteres als Abbild von Seshmosis durchgegangen.

Das war also der Gott, der in Ägypten für ihn zuständig

war, der ihm helfen sollte. Dabei sah er aus, als könnte er selbst jede Menge Hilfe gebrauchen. Vielleicht lag es daran, dass Imhotep als Sohn des Ptah und einer Menschenfrau namens Chreduanch nur ein Halbgott war. Im Innern mochte er göttlich sein, doch sein Äußeres sprach nicht dafür. Zumindest konnte Seshmosis sagen, dass der am wenigsten beeindruckende Gott von Ober- und Unterägypten für ihn zuständig war.

Der Schreiber suhlte sich in seiner Depression und zerfloss in Selbstmitleid.

Die Tajarim lagerten westlich der Stadt, ziemlich genau in der Mitte zwischen Abydos und Umm el-Qaab, was »Mutter der Krüge« oder auch »Mutter der Scherben« bedeutet.

Dieser Ort ist etwas ganz Besonderes: Er ist quasi der älteste Ort von ganz Ägypten. Denn hier liegen die Gräber derer, die noch nicht Pharaonen genannt wurden. Die legendären, mythischen Führer der vordynastischen Zeit und die Könige der sagenumwobenen Dynastie Null, deren erster König Skorpion war.

Es war einer der mystischsten und heiligsten Orte im ganzen Land. Einige sagten sogar, dass dies der Geburtsort der Götter sei, die auf die Welt gekommen waren, lange bevor es Menschen gab.

Ein rechter Ort, um sich als Mensch winzig vorzukommen, sagte sich Seshmosis, der beschloss, seine ihm angemessene Traurigkeit mit in die Nacht zu nehmen.

Auch auf andere wirkte sich die Atmosphäre dieses Ortes aus. Alle Tajarim waren in einer besonderen Stimmung, die sie sich selbst nicht erklären konnten. Eine große Ernsthaftigkeit ging von ihnen an diesem Abend aus, und alle spürten, dass sie Teil eines großen Ganzen waren. Hier wirkte eine uralte Kraft, die keiner erklären konnte, die aber dennoch spürbar und wirksam war.

Morphische Resonanzen, Schwingungen über Äonen hinweg, die längst Vergangenem Form und Gestalt verliehen und es gegenwärtig machten.

Hier konnte es passieren, dass plötzlich der legendäre König Skorpion vor einem stand und ein Gespräch anfing. Oder auf einen losging und zu sich ins längst vergessene Grab holte.

Shamir kam zu Seshmosis' Zelt. »Entschuldige, Seshmosis, ich möchte dich nicht stören, aber wir haben eine Bitte an dich.«

Verwirrt blickte Seshmosis auf. Normalerweise bat man ihn nicht, man forderte ihn auf, dieses oder jenes zu tun oder zu lassen.

»Wir wollen alle am Lagerfeuer zusammensitzen und bitten dich, dass du uns aus den Heiligen Papyri vorliest«, sagte Shamir leise.

Seshmosis verstand. Es musste an diesem Ort liegen, dass man sich darauf besann, wo man herkam. Wortlos ergriff er den Leinenbeutel mit den fünf Papyrusrollen und folgte Shamir zum zentralen Lagerfeuer, wo die meisten männlichen Tajarim versammelt waren. Daneben gab es noch einige weitere, kleinere Feuer, wo vor allem die Frauen und Kinder lagerten.

»Woraus soll ich lesen?«, fragte Seshmosis in die Runde.

»Was wollt ihr hören? ›Die Schöpfungsgeschichte‹, ›Die Tafel der Väter‹, ›Das Goldene Zeitalter‹, ›Die Große Flut‹ oder ›Die Kleine Karawane‹?«

»Bloß nicht ›Die Tafel der Väter‹!«, stöhnte Elimas, der Schaf- und Ziegenhirte. »Das ist doch bloß eine endlose Aufzählung von Namen, und dazwischen stehen nur die Worte *zeugte* und *gebar*.«

»Das Goldene Zeitalter«, bat Raffim, schon alleine deswegen, weil das Wort *Gold* darin vorkam.

Seshmosis wollte eben nach der entsprechenden Papyrusrolle greifen, da hörte er Mani, den Stoffhändler, sagen: »Noch nie habe ich etwas aus der Rolle ›Die Kleine Karawane‹ gehört.«

»Das stimmt, ich auch nicht.«

»Noch nie.«

»Hat jemals jemand daraus gehört?«, klang es durcheinander.

»Jetzt, wo ihr es sagt, fällt es mir auch auf. Noch nie hat mir einer erzählt, was in diesem Papyrus steht«, stellte Raffim verwundert fest.

Seshmosis nickte. Er selbst hatte noch nie in dieser Rolle gelesen, obwohl sie bereits mehr als zehn Jahre in seiner Obhut war. Nach dem Tod seines Vaters waren die Rollen in seine Verantwortung gekommen, so wie dieser sie von seinem Vater erhalten hatte und dieser wiederum von seinem Vater und der von seinem Vater und so weiter, wie es seit Generationen Brauch war.

Seshmosis erinnerte sich. Als er ein Junge von vielleicht fünfzehn, sechzehn Jahren gewesen war, hatte er zufällig seinem Vater zugesehen, wie dieser »Die Kleine Karawane« entrollt hatte. Diesen Gesichtsausdruck würde Seshmosis nie vergessen. Es war eine Mischung aus Staunen, Verwunderung und Enttäuschung gewesen. Gleich darauf hatte sein Vater den Papyrus wieder zusammengerollt und sichtlich verärgert ins Regal gelegt. Seshmosis hatte sich diese Reaktion seines Vaters nicht erklären können. Vor allem nicht im Zusammenhang mit einer Heiligen Schrift. Nie hatten sie darüber gesprochen, und Seshmosis hatte in den ganzen zehn Jahren der Mut gefehlt, die besagte Rolle zu öffnen.

Doch jetzt wollte er es wissen. Wenn nicht jetzt, wann dann? Dies schien der richtige Ort zu sein, und es war bestimmt die richtige Zeit, die Heilige Rolle »Die Kleine Karawane« zu öffnen und den Tajarim vorzulesen.

Seshmosis griff in den Leinenbeutel und fühlte nach dem Papyrus. Er musste die Rollen nicht sehen, um zu wissen, welche welche war, er konnte es fühlen. Jede der fünf fühlte sich anders an, war unverwechselbar. Es war, als sagten sie: »Ich bin die Tafel der Väter« oder »Ich bin das Goldene Zeitalter«.

Sie sagten es wirklich, nur auf eine Art und Weise, dass die Information nicht übers Ohr ins Gehirn kam. Aber das wusste Seshmosis nicht.

Er entnahm »Die Kleine Karawane« dem Leinenbeutel und legte die Rolle auf seine Oberschenkel, ganz so wie die Statue des Imhotep in der kleinen Nische im kleinen Tempel zu Theben.

Gewohnheitsmäßig überflog er die Schriftzeichen, um sich einen Überblick zu verschaffen und sich zu orientieren. Dann erblasste er.

Die Tajarim blickten ihn erwartungsvoll an.

Doch Seshmosis schwieg.

»Fang an, Seshmosis, wir wollen wissen, was die Heilige Schrift verkündet!«, befahl Raffim ungeduldig.

»Ja, wir wollen es wissen!«, forderten die anderen im Chor.

»Wollt ihr es wirklich wissen?«, fragte Seshmosis unsicher.

»Ja, fang endlich an, alle wollen es wissen!«, antwortete Shamir.

Seshmosis räusperte sich und begann mit leiser Stimme vorzulesen.

»Es begab sich in jener Zeit in Ägypten, dass das Volk des Herrn in arge Bedrängnis geriet. Es kam ein neuer Pharao mit Namen Ahmose auf in Ägypten, der wusste nichts von den Hyksos und ihren Wohltaten für sein Volk. So knechtete er das Volk der Hyksos und drängte sie in harte Fron und tötete gar viele von ihnen mit eigener Hand. Da begab es sich in einer Stadt namens Theben am Nil, dass sich tapfere Männer zusammenscharten und beschlossen, der Pein ein Ende zu setzen. Sie versammelten sich und gaben sich selbst einen neuen Namen, Tajarim, unter dem sie fortan auf Erden wandeln wollten. Der Herr sandte ein Erdbeben nach Theben, um den Ägyptern und den seinen ein Zeichen zu geben, dass die Zeit des Wandels gekommen sei. Dann brachen die Tajarim auf von Theben, um das Land des bösen Pharao für immer zu verlassen. Sie begaben sich nach Gebtu, wo sie lagerten, bevor sie durch die Wüste zum Roten Meer ziehen wollten. Doch da sandte ihnen der Herr ein weiteres Zeichen, auf dass sie nicht diesen Weg nähmen, sondern nach Abydos gingen.«

Seshmosis blickte auf und in die Runde. Er sah sein Publikum mit vor Staunen offenen Mündern. Nach und nach begriffen sie, was sie gerade gehört hatten.

Raffim fand, wie so oft, als Erster seine Fassung wieder.

»Seshmosis, ich warne dich! Mit den Heiligen Schriften treibt man keine Späße!«

»Es ist kein Spaß, meine Freunde. Es steht genau so geschrieben, wie ich es vorlas.«

»Wie kann das sein? Die Heiligen Schriften sind mehr als tausend Jahre alt. Wie können sie berichten, was wir gerade erlebt haben?«

Ein Tumult kam auf. Einer von der leisen Sorte, bei dem keiner weiß, was ihn eigentlich beunruhigt. Es war in erster Linie Unglauben, der die Unruhe auslöste. Die einen glaubten nicht, was sie gehört hatten. Die anderen glaubten, dass der Text nicht aus der Heiligen Schrift, sondern von Seshmosis selbst stamme. Und wieder andere glaubten, dass man nun gar nichts mehr glauben könne.

Seshmosis begann zu verstehen. Jetzt wusste er, was damals seinem Vater widerfahren war, als er die Rolle »Die Kleine Karawane« geöffnet und betrachtet hatte. Dort stand nämlich – nichts, rein gar nichts. Deshalb das Staunen, die Enttäuschung und die Verärgerung. Seshmosis konnte ihn gut verstehen. Eine Heilige Rolle, die nichts enthielt. Wie konnte sie heilig sein?

»Seshmosis, was soll der Unsinn?«, riss ihn Raffim aus seinen Gedanken.

»Es ist kein Unsinn, meine Freunde. Ich kann es euch

erklären. Die Heilige Schrift schreibt sich selbst, genau in dem Augenblick, wo die Dinge geschehen«, erklärte er mit ruhiger Stimme und erzählte ihnen die Geschichte von seinem Vater.

Die Tajarim wollten es nicht glauben. Wie konnte so etwas sein? Ungläubiges Kopfschütteln da und dort, bei manchem aber auch eine Morgendämmerung des Verständnisses im Gesicht.

»Bei heiligen Dingen ist alles möglich«, sagte schließlich Shamir, der von allen als zutiefst religiös eingeschätzt wurde und daher in solchen Dingen uneingeschränkte Kompetenz besaß. »Seshmosis hat Recht. Warum hat keiner von uns je etwas aus dem Papyrus ›Die Kleine Karawane‹ gehört, obwohl es ihn schon immer gab? Weil dort nichts zu lesen stand, was man uns hätte erzählen können. Doch nun gibt es sie, die Kleine Karawane, und ich sage euch, *wir* sind die Kleine Karawane, von der die Schrift ab jetzt berichten wird.«

»Das ist doch alles graue Theologie!«, wehrte Raffim ab. »Wer sagt uns, dass es nicht ein Taschenspielertrick dieses Schreiberlings ist? Er möchte sich doch als unser Anführer aufspielen, und jetzt manipuliert er dafür auch noch die Heiligen Schriften.«

»Das sind schwere Anschuldigungen, Raffim! Wie willst du das beweisen?«

Die Kleine Karawane spaltete sich in zwei noch kleinere Karawanen, zumindest was die Meinung über diese Angelegenheit betraf. Die eine Hälfte schloss sich Raffims Zweifeln an, die andere glaubte Shamirs Auslegung der Geschehnisse.

Doch Raffim bekam immer mehr Oberwasser. Er baute sich neben dem Lagerfeuer auf, damit sein grünlicher Glanz noch besser zur Geltung kam.

»Freunde«, fing er an. »Ich habe die berechtigte Befürchtung, dass uns ein paar religiöse Fanatiker, die zugleich Angsthasen sind, ins Bockshorn jagen! Überlegt doch, gibt es einen vernünftigen Grund, warum wir hier sind? Warum wir alles mit Verlust verkauft und unsere Heimat verlassen haben? Wir haben uns in Panik versetzen lassen, weil Fanatiker wie Seshmosis und Shamir ein völlig natürliches Ereignis, ein Erdbeben, und einige unbedeutende Zwischenfälle hochgespielt haben. Es gab immer wieder Spannungen zwischen uns und den Ägyptern, das gehört doch inzwischen zur Tradition. Ist so eine Art Folklore geworden«, versuchte er zu scherzen. »Ich bin dafür, dieses ganze unsinnige Unternehmen abzubrechen und uns morgen auf den Weg zurück nach Theben zu machen, wo wir glücklich und zufrieden waren«, sprach es und fuchtelte mit seinem Ankh in der Luft herum. Eigentlich wollte er damit Richtung Theben zeigen, aber da er über einen sehr schlechten Orientierungssinn verfügte, wurde daraus eine Kreiselbewegung, die ganz Ober- und Unterägypten umfasste.

In diesem Augenblick zuckte ein Blitz aus dem Himmel. Ein ganz kleiner nur, aber sehr gezielt. Er schlug genau zwischen Raffim und dem Lagerfeuer ein. Als die geblendeten Tajarim wieder sehen konnten, bemerkten sie eine glasig geschmolzene Stelle im Sand, auf der eine Papyrusrolle lag.

Seshmosis ging an die Stelle und hob die Rolle auf. Für alles Geschriebene war schließlich er zuständig.

Die Rolle fühlte sich warm an, aber nicht heiß. Und sie fühlte sich wie »Die Kleine Karawane« an, Irrtum ausgeschlossen.

Seshmosis entrollte sie, während die anderen ihn erwartungsvoll anblickten. Entgegen seiner sonstigen Gewohnheit begann er gleich laut vorzulesen.

»Als die Tajarim aber in Abydos lagerten, kam ein Zwist auf unter dem Volk des Herrn. Es waren ihrer gar viele, die nicht mehr weiterziehen wollten, und einer stand auf und bezichtigte die Boten des Herrn der Lüge und rief: ›Lasst uns zurückkehren nach Theben, dorthin, wo wir glücklich waren.‹ Da sandte der Herr ein drittes Zeichen, auf dass das Volk der Tajarim weiterziehe auf seinem vorbestimmten Weg.«

Zwischen den Gräbern von Umm el-Qaab saß eine einsame Gestalt, die mit der rechten Hand ein Tier streichelte, das an ihrer Seite lag. Es war Seth, und das Tier an seiner Seite war nach ihm benannt. Dies war sein Ort wie kein zweiter auf der Welt, denn hier war sein Grab. Kein Mensch wusste das und kaum einer der Götter. Doch lange bevor er zum Gott aufgestiegen war, war er als Mensch auf Erden gewandelt, als ein König.

Es gibt immer ein Vorher. Vor der ersten Dynastie war die Dynastie Null mit ihrem Begründer König Skorpion.

Das war natürlich nicht sein richtiger Name, sondern nur seine Namensglyphe. Aber immerhin charakterisierte ihn dieses Zeichen äußerst zutreffend, wie Seth wusste. Und vor der Dynastie Null gab es andere Dynastien, die noch legendärer, noch mythischer waren.

Diese bekämpften sich gegenseitig bis aufs Blut. Das eine Herrscherhaus war das von König Osiris, das andere das von König Seth, sein Herrscherhaus.

Ihr Kampf war ein großer Kampf. Er war gigantisch, er war grausam, und er war tödlich für alle. Zuerst war er, Seth, der Sieger. Doch dann unterlag er dem Sohn von Osiris – Horus –, dem es gelang, ihn lebend zu ergreifen. Das war Seths Pech, denn die Rache der Witwe Isis und ihres Sohnes war lang und schmerzhaft. Zu guter, besser: schlechter Letzt schnitten sie ihm die Hoden ab, auf dass er keine Nachfolger zeugen könne, und jagten ihn blutend und nackt in die Wüste. Dort fand ihn sein eigenes Volk, und er blieb gerade lange genug am Leben, um Anweisungen für seine Bestattung zu geben. So begruben sie ihn in Umm el-Qaab, im ersten einer langen Reihe von Königsgräbern. Sein Ruf war glorreich, und sein Volk liebte ihn, und je länger er tot war, desto glorreicher wurde sein Ruf und desto mehr liebte ihn sein Volk.

Bis er eines Tages erwachte. Es war eine andere Existenz als vorher. Das erkannte er daran, dass der Schmerz nicht mehr den Körper peinigte, sondern in der Seele brannte. Da wusste er, dass er von nun an ein Gott war.

Auch andere Helden des großen Krieges überlebten im Lauf der Jahre ihren eigenen Tod.

Nach und nach waren sie alle wieder beisammen, die damals im großen Krieg gekämpft hatten. Und die archaischen Tiermasken, die sie im Kampf getragen und die ihnen Stärke, Schläue, Tapferkeit und Verschlagenheit gegeben hatten, wandelten sich in Attribute der Götter. Der eine trug nun einen Krokodilschädel, die andere einen Löwenkopf, der eine einen Falkenschnabel, die andere ein Nilpferdmaul und so weiter. Manche blieben auch in Menschengestalt.

Nur was seine, Seths Maske, darstellte, das wussten sie damals nicht, und das wissen sie bis heute nicht. Keiner ahnte, dass sie aus ihm selbst, aus seiner Fantasie entstanden war, und so begann er die Seth-Tiere, seine Tiere, mit seinem Gesicht zu züchten, um die anderen zu verspotten und zu erschrecken. Und um sich selbst über den Verlust seiner Hoden zu trösten.

Nun saß Seth mit einem seiner geliebten Tiere auf seinem eigenen Grab und blickte nach Osten zum Lager der Tajarim. Dort war etwas geschehen, was schon seit langer, langer Zeit nicht mehr geschehen war. Eine neue Entität war aufgetreten. Seth sträubte sich dagegen, diese Wesenheit als Gott zu bezeichnen, obwohl alle Anzeichen dafür sprachen. Aber es war schon lange kein Gott mehr geboren worden.

Natürlich gehört die Geburt von Göttern zu den ganz normalen Dingen im Zeitenlauf. Ein Vorgang, nicht ungewöhnlicher als die Entstehung eines Gebirges. Es mussten lediglich die richtigen Umstände zusammentreffen.

Bereits vor seiner Götter-Generation hatte es andere,

ältere Götter gegeben, wie die, zu denen er und sein Volk gebetet hatten, bevor er selbst Gott geworden war. Einige von diesen gab es noch heute, und trotz ihres hohen Alters erinnerten diese sich, dass vor ihnen bereits andere, noch ältere Götter existiert hatten. Und immer noch existieren.

Heute nun war ein neues Aufflackern erfolgt, etwas, das vorher nicht zu spüren war. Dabei war sich Seth sicher, dass es schon länger existierte, allerdings nur in einer unbestimmten, latenten Form, sodass es bisher seiner Aufmerksamkeit entgangen war. Nun war es da, und es würde einige Leute, vor allem einige Götter, durcheinander bringen und nervös machen.

Seit sehr langer Zeit gab es endlich wieder etwas, das Seth interessierte. Sehr sogar.

Nach dem Blitzzeichen herrschte betroffene Ruhe im Lager der Hyksos. Gott war bei ihnen. Obwohl keiner so recht wusste, welcher Gott. Seshmosis ging einfach davon aus, dass der Gott ihrer Väter sich ihnen nun endlich direkt offenbarte.

Während sich alle zum Schlafen in ihre Zelte niederlegten, trieb es den Schreiber noch in die Nacht hinaus. Zu vieles wühlte ihn auf, und an Schlaf war nicht zu denken.

So stieg er über eine kleine Anhöhe und schlenderte in die dahinter liegende Senke. Es schien ihm ein guter Platz, ein Wasserloch sorgte für Vegetation, und so ließ sich Seshmosis im Gras nieder.

Plötzlich erklang eine Stimme neben ihm. »Ein interessanter Abend, nicht wahr?«

Seshmosis erschrak. »Wer spricht da?«

»Ganz ruhig«, besänftigte ihn die Stimme.

»Warum zeigst du dich nicht? Wer bist du?«, wollte Seshmosis wissen.

»Ich bin der, der die Rolle schreibt. Wir sind sozusagen Kollegen.«

Seshmosis hätte schwören können, dass die Stimme kicherte.

»Bist du ein Gott oder ein Schatten?«, fragte er unsicher.

»Oder ein Schattengott oder der Schatten eines Gottes?«

Wieder konnte sich Seshmosis des Eindrucks nicht erwehren, dass sich der unsichtbare Gesprächspartner über ihn lustig machte. Er nahm seinen ganzen Mut zusammen und rief: »Wenn du es gut mit mir meinst, dann zeige dich. Wenn nicht, verschwinde!«

»Gut gebrüllt, kleiner Schreiber-Löwe. In dir steckt mehr Mumm, als man dir ansieht.«

»Sag endlich, wer du bist«, forderte Seshmosis erneut. »Sag deinen Namen!«

»Namen sind ein heikles Thema. Wie wird dereinst der große Prophet McLuhan sagen: ›If you can name it, you can rule it.‹«

»Was ist das für eine seltsame Sprache? Und wer ist Mek-lu-han?«

»Es ist eine Sprache aus einer fernen Zeit. Aus Merika, das im Westen liegt, dort, wohin die Totenbarken segeln. Aber das ist jetzt unwichtig. Der Satz bedeutet: ›Wenn du etwas benennen kannst, kannst du es auch beherrschen.‹ Also wenn du von etwas den Namen kennst, kannst du es kontrollieren. Deshalb sage ich dir meinen Namen nicht.«

»Ist das ein Rätselspiel?«

»Nein, kein Spiel«, entgegnete die Stimme.

»Aber wir Menschen brauchen Namen für die Dinge. Sonst können wir nicht an sie denken.«

»Dann denk dir einen Namen aus. Solange es nicht mein richtiger Name ist, kannst du mir auch nichts anhaben.«

»Ich werde dich GON nennen, den Gott ohne Namen. In Ordnung?«

»Bestens! So heißt nun wirklich keiner.« Wieder schien die Stimme zu kichern.

Seshmosis fragte sich, mit welcher Art von Entität er es hier zu tun hatte und ob es sich wirklich um einen Gott handelte. Man erzählte oft von Kobolden, von kleinen, Schabernack treibenden Wesen, als deren einziges Sinnen und Trachten es galt, Menschen zu ärgern. Sollte es sich hier um so ein Wesen handeln? Seshmosis entschloss sich, offensiv vorzugehen.

»Hast du heute Abend den Blitz ins Lager geschickt?«

»Ja.«

»Du bist wirklich der, der die Rollen schreibt?«

»Nicht alle Rollen. Nur ›Die Kleine Karawane‹, aber

die ist im Moment die wichtigste für euch. Und geschrieben habe ich sie sozusagen indirekt.«

»Wie soll ich das verstehen, indirekt?«

»Wie ich es gesagt habe. Ich schreibe indirekt, also nicht selbst. Ich lasse schreiben.«

»Du hast einen Schreiber? Aber wie kann er heute Abend auf die Rolle ›Die Kleine Karawane‹ geschrieben haben? Da war niemand zu sehen.«

»Nun, mein Schreiber ist sehr klein.« Jetzt klang die Stimme ein wenig verlegen.

»Bitte erkläre es mir. Du weißt, ich bin selbst Schreiber. Die Sache interessiert mich schon von Berufs wegen.«

»Gut, ich will es dir verraten. Weil du mein Auserwählter bist. Aber verrate es niemandem sonst. Ich müsste dann sehr böse mit dir werden!«

»Einverstanden. Niemand wird es erfahren«, stimmte Seshmosis zu.

»Also, es ist so: Ich habe da einen kleinen Helfer, einen sehr kleinen Helfer. Es ist ein Käfer, der einige Jahrhunderte in Toths Lendentuch lebte und so zum größten Sprachexperten unter den Insekten wurde. Wirklich eine hervorragende Kraft. Schreibt fließend einhundertzweiundachtzig alte, neue und zukünftige Sprachen.«

»Du behauptest, ein Käfer schreibt unsere Heiligen Schriften? Mit Feder und Tinte?«

»Nein, ja und nein.«

»Was soll das heißen?«

»Nein, er schreibt nicht alle eure Heiligen Schriften. Ja, er schreibt ›Die Kleine Karawane‹. Nein, nicht mit Feder und Tinte.«

»Womit schreibt er dann?«, fragte Seshmosis verblüfft.

»Mit sich selbst.«

»Wie – mit sich selbst?«

»Na ja, er läuft über den Papyrus, und aus seinem Hintern kommt ein Farbstoff, der die Schriftzeichen bildet.« Die Stimme von GON klang nun ganz leise.

»Willst du damit sagen, unsere Heiligen Schriften sind Insektenscheiße?!«, rief Seshmosis entsetzt.

»Still, brüll nicht so. Wir sind schließlich nicht allein. Wenn du eine Ahnung hättest, wer sich hier alles herumtreibt, würdest du vor Angst schlottern. Und überhaupt, was erwartest du von einem Käfer? Dass er eine Kanzlei unterhält, Tinte herstellt und Gänsekiele spitzt? Er kann es nun einmal nur so. Also freu dich, dass überhaupt etwas auf der Rolle steht.« GON schien leicht eingeschnappt zu sein, denn aus der Richtung, aus der die Stimme kam, ergoss sich ein leichter Funkenregen auf Seshmosis, der erschrocken zurückwich.

»Entschuldigung. Es tut mir Leid. Ich bin nur mein Leben lang den Heiligen Rollen mit großer Ehrfurcht gegenübergetreten, und nun erfahre ich …« Seshmosis brach ab. Zu ungeheuerlich waren für ihn GONs Offenbarungen.

»Ich weiß nicht, womit eure anderen Rollen beschrieben wurden. Es ist doch nicht so wichtig, wie die Zeichen auf die Rollen kommen, sondern was sie bedeuten. Da stimmst du mir doch zu?«

»Ja, natürlich!« Seshmosis nickte heftig mit dem Kopf.

»Und weiterhin ist doch wichtig, dass ich euch helfen kann, oder?«

»Ja doch, ja! Du willst uns helfen?«

»Genau deshalb bist du hier. Du sollst mein Prophet werden und so deinem Stamm helfen. Denn es steht euch einiges bevor, und ich bin mir sicher, dass ihr ohne mich keine Chance habt.«

»Und wie soll es weitergehen?«, fragte Seshmosis hoffnungsfroh.

»Wir beide werden uns jetzt öfter treffen. Dann kann ich dir Ratschläge geben, wie ihr heil aus dieser Sache herauskommt. Geh jetzt schlafen und kehre morgen kurz vor Sonnenuntergang hierher zurück.«

Seshmosis stand auf und ging schweigend zum Lager. Dabei fragte er sich, ob ihn sein Verstand wirklich begleitete. Aber vielleicht sah am Morgen die Sache ganz anders aus.

Nicht weit von der Stelle, an der Seshmosis GON begegnet war, fand ein weiteres Treffen statt.

»Ich habe dich erwartet«, sagte Seth zu dem Schemen, der wie aus dem Nichts plötzlich neben ihm stand. Mehr und mehr konkretisierte sich die Form und bildete sich schließlich zu einem überaus bizarren Wesen mit Krokodilkopf, Raubkatzenleib und dem Hinterteil eines Nilpferds. Es war Ammit, auch die »Große Fresserin« genannt. Sie gehörte zu den uralten Gottheiten, zu denen, die schon Seth gefürchtet hatte, als er noch ein Mensch gewesen war.

Ammit, die Verschlingerin, die Göttin des Jenseitsgerichts, trat Menschen gegenüber äußerst selten in Erscheinung, und wenn, dann war es für diejenigen zu spät. Nach dem Glauben der Ägypter und nach Vereinbarung sämtlicher Götter fand nach dem Ableben jedes Sterblichen ein Gericht statt. Ort der Verhandlung war Amentet, das Westland, wo sich der Gerichtssaal befand.

Dieses Totengericht entschied, ob der eben Verstorbene in die göttliche Welt eingehen durfte. Um einer Verurteilung zu entgehen, war jeder gläubige Ägypter darauf vorbereitet, in einer Unschuldserklärung alle möglichen Vergehen und Schandtaten aufzuzählen und zu versichern, dass er sie keinesfalls begangen habe. Und falls er doch nicht so unschuldig war, versuchte er das Gericht zu täuschen. Die Unschuldserklärung lernten die Leute schon von klein auf, ebenso die Täuschungsmöglichkeiten.

Nach einer solchen mündlichen Verhandlung ging es erst richtig los.

Dann wurde das Herz des Toten auf eine Waagschale gelegt, auf eine andere eine Straußenfeder. Diese Feder war Maat, die rechte Ordnung, das Herz dagegen war Ka, was man mit der Seele des Verstorbenen gleichsetzen kann.

Der Gott Toth, als Herr von Weisheit und Gerechtigkeit, leitete die Wägung und notierte das Ergebnis in Anwesenheit von Osiris, der einem Gremium von zweiundvierzig Richtern vorsaß.

Waren Herz und Feder im Gleichgewicht, hatte der Tote die Prüfung bestanden. Nicht einfach, wenn man das Gewicht eines normalen Herzens mit dem einer Straußenfeder vergleicht. War das Herz schwerer, gehörte der Kandidat Ammit und ihren Krokodilzähnen. Oder auch Babi, dem Dämon der Finsternis, der noch mehr Zähne besitzen soll als Ammit. Das Urteil war immer endgültig, eine Berufungsinstanz gab es bei diesem Gericht nicht. Ammit hatte normalerweise extrem viel zu tun.

»Werden die Götter kämpfen?«, wollte Seth von Ammit wissen.

»Ich bin keine Hellseherin, meine Zuständigkeit betrifft mehr die letzten Dinge, um nicht zu sagen, die allerletzten.«

»Aber du bist hier, also geschieht Ungewöhnliches. Sonst bewegst du dich doch nie aus dem Gerichtssaal, aus Angst, du könntest jemanden verpassen«, scherzte Seth.

»Mir entgeht niemand, dessen Seele zu schwer wiegt. Aber hier dreht es sich um etwas anderes.«

»Ich weiß. Wir leben in interessanten Zeiten.«

»Leben?«, echote Ammit und entblößte dabei eine gewaltige Zahnreihe.

»Du weißt, was ich meine. Maat gerät aus dem Gleichgewicht. Die Ordnung wankt. Die Feder selbst ist in Gefahr.« Sorge klang in Seths Stimme.

»Wir sollten mit ihnen reden«, sagte Ammit ruhig. Es war dieselbe Ruhe, mit der sie am Ende jeder Gerichtsverhandlung ihren Rachen aufriss.

»Sie sind sehr unterschiedlich, die beiden.« Gedankenverloren streichelte Seth das Tier an seiner Seite, das es ihm mit einer Mischung aus Fauchen und Grollen dankte. Das Geräusch entsprach dem freundlichsten Laut, zu dem ein Seth-Tier fähig war. »Der eine bringt bereits alles in Aufruhr. Und was der andere vorhat, wissen wir nicht. Er ist noch sehr klein.«

»Du weißt, warum er klein ist, Seth. Weil seit langer, langer Zeit keiner mehr an ihn glaubt. Aber mit jedem Menschen, der sich ihm zuwendet, wird er größer. Und ich weiß, dass er schon einmal sehr groß war. Größer als jeder Einzelne von uns, größer als Osiris, Isis, Amun und du zusammen!«, erklärte Ammit.

»Der andere macht mir Sorgen. Wir haben keinen Vertrag mit ihm, und wir wissen nicht, was er plant.«

»Er scheint sich auf diesen einen Stamm zu konzentrieren. Vielleicht will er gar nicht die ganze Macht«, beschwichtigte Seth sich selbst.

»Dann wäre er der erste Gott, der bescheiden ist«, stellte Ammit trocken fest.

»Warum jetzt?«, wollte Seth wissen.

»Weil es Zeit ist. Weil es ihre Zeit ist.«

Am nächsten Tag, kurz vor Sonnenuntergang, ging Seshmosis wieder den kleinen Hügel hinauf und den Abhang hinunter an das Wasserloch, setzte sich unter eine Palme und fragte: »Bist du da?«

Eine Stimme ganz nah bei ihm antwortete: »Versprochen ist versprochen.«

So begab es sich, dass Seshmosis die Heiligen Gesetze

empfing. Allerdings unterscheiden sich die privaten Aufzeichnungen dieses Ereignisses erheblich von den Begebenheiten, wie sie später von GONs schreibendem Käfer in der Schrift »Die Kleine Karawane« erzählt werden.

So lief es wirklich ab.

Seshmosis: »Willst du mir jetzt nicht Gesetze oder so was übergeben?

Auf Tontafeln graviert? Oder schön in Gold gearbeitet? Oder von deinem Heiligen Käfer auf Papyrus geschrieben?«

GON: »Warum Ton? Wer sollte die Schrift hineinritzen? Wieso Gold? Wozu diese Verschwendung? Und dann die Diebstahlgefahr! Und wieso sollte ich meinen Käfer arbeiten lassen? Wozu? Du bist so ziemlich der Einzige in deinem Stamm, der lesen und schreiben kann. Was denkst du, warum ich mir einen Schreiber ausgesucht habe?«

Seshmosis: »Ach so, du diktierst, und ich schreibe? Was soll ich denn schreiben? Dass du der Einzige bist und wir keine Götter neben dir haben dürfen?«

GON: »So absolut würde ich das nicht formulieren. Siehe, ich bin mächtig. Ziemlich zumindest. Von hier bis, sagen wir einmal, bis zu dem Baum dort drüben. Siehst du ihn?«

Seshmosis: »Den da? So ungefähr zweihundert Meter von hier?«

GON: »Nein, den davor.«

Seshmosis: »Aber das sind ja höchstens hundert Meter!«

GON: »Na ja, ich bin zwar ziemlich mächtig, aber mit dem Sehen läuft es nicht so gut bei mir. Und da gibt es bei uns Göttern ein klitzekleines Problem. Unsere Macht reicht nämlich immer nur so weit, wie wir sehen können.«

Seshmosis: »Soll das heißen, deine Macht reicht nicht weiter als von hier bis zu diesem Baum?«

GON: »So könnte man es ausdrücken. Obwohl er mir doch schon leicht unscharf erscheint, könnte man sagen, dass meine Macht bis dorthin reicht.«

Seshmosis: »Das heißt, wenn sich alle meine Leute in einer Reihe vor dir aufstellen, würde deine Macht gerade mal ein Drittel erreichen. Beeindruckend, wirklich beeindruckend.«

GON: »Glaube mir, wenn ich die ersten zehn mit einem Blitzstrahl einäschere, werden auch die hinteren überaus beeindruckt sein. Du darfst es ihnen eben nicht verraten. Das mit meiner Kurzsichtigkeit.«

Seshmosis: »Also, was soll ich nun schreiben? Dass wir keinen Gott neben dir haben dürfen, außer er ist mehr als hundert Meter entfernt?«

GON: »Du musst positiver denken. Verkauf es deinen Leuten als Toleranz. Sag ihnen, ich bin ihr Gott, den sie verehren sollen, aber ich habe nichts dagegen, wenn sie zu den anderen Göttern auch freundlich sind. Klingt doch viel besser.«

Seshmosis: »Ich habe verstanden. Und was soll ich noch schreiben?«

GON: »Ich glaube, du hast etwas Bestimmtes im Kopf, was ICH sagen soll.«

Seshmosis: »Nun, ich habe da von einem anderen Stamm gehört, der im Norden im Delta lebt. Ihre Anführer sind die Brüder Aaron und Moses, und die wollen so eine Art

Hyksos-Gesetze verbreiten. Sozusagen Stammesidentität durch gemeinsame Glaubensregeln. Man sagt, sie bekommen die Anregungen von einem Gott namens Schasu-YHW, der ein Sturm- und Kriegsgott der Midianiter ist. Moses soll nämlich der Schwiegersohn eines Midianiter-Priesters namens Jethro sein. Und da wir auch Hyksos sind, dachte ich mir, wir könnten vielleicht von den nördlichen Stämmen etwas übernehmen.«

GON: »Ich bin Anregungen gegenüber nie abgeneigt. Besser gut geklaut als schlecht erfunden. Was sagt denn der Kollege so?«

Seshmosis: »Zum Beispiel: Du sollst nicht töten!«

GON: »Merkwürdig.«

Seshmosis: »Wieso merkwürdig?«

GON: »Nun ja, ein Kriegsgott, der sagt: ›Du sollst nicht töten‹, erscheint mir doch etwas seltsam, um nicht zu sagen schizophren.«

Seshmosis: »Was würdest du denn sagen? Du sollst töten?«

GON: »So auch wieder nicht. Man müsste sich die Konzeption des Tötens einfach mal genau überlegen. Die Idee des Nichttötens an sich ist faszinierend. Aber wenn ich deinem Stamm sage: ›Du sollst nicht töten‹, sind die moralischen Konflikte doch vorprogrammiert. Stellt euch vor, ihr werdet angegriffen, was dann? Haltet ihr euren Feinden Gesetzestafeln entgegen? Vertraut ihr darauf, dass ich gerade nicht anderweitig beschäftigt bin? Ziemlich riskante Angelegenheit.

Und wenn ihr euch wehrt und einen Feind tötet, dann seid ihr in der Zwickmühle, weil ihr gegen mein Gebot verstoßen habt. Dann müsste ich konsequent sein und euch bestrafen.«

Seshmosis: »Also schreibe ich: ›Du sollst nicht töten, außer dir will einer an den Kragen‹?«

GON: »Schon besser. Du musst einfach bedenken, dass du der Moraltheologie eine Chance gibst. Sonst beschäftigen sich deine Leute mehr mit der Auslegung meiner Worte als mit effektiver Arbeit. Was gibt es sonst noch als Inspiration?«

Seshmosis: »Du sollst nicht stehlen.«

GON: »Ihr seid doch jetzt Nomaden, oder?«

Seshmosis: »Ja doch, warum?«

GON: »Und dann: ›Du sollst nicht stehlen‹? Ziemlich unpraktisches Gebot, wenn man Hunger hat.«

Seshmosis: »Also gut: ›Du sollst nicht stehlen, außer wenn du Hunger hast.‹«

GON: »Oder anderes Lebensnotwendiges brauchst. Zum Beispiel Decken, Esel, Pferde, Ausrüstung und Souvenirs.«

Seshmosis: »Souvenirs?«

GON: »Ja, Souvenirs, Erinnerungsstücke. Man braucht Dinge, an denen man die Erinnerung festmachen kann.«

Seshmosis: »Also gut, Souvenirs.«

GON: »Fein, dann hätten wir die Eigentumssachen geklärt. Was gibt es sonst noch?«

Seshmosis: »Da wäre etwas in Sachen Freizeit: ›Du sollst den Feiertag heiligen.‹«

GON: »Was ist ein Feiertag?«

Seshmosis: »Nun, ein Tag, an dem man nicht arbeitet und eben feiert.«

GON: »Was feiert?«

Seshmosis: »Den Jahrestag unseres ersten Treffens, vielleicht? Oder den Tag, an dem du dich nach der Schöpfung der Welt ausgeruht hast?«

GON: »Wonach habe ich mich ausgeruht?«

Seshmosis: »Nach der Schöpfung der Welt.«

GON: »DU meinst also wirklich, ICH hätte die Welt geschaffen? Mit einer Sichtweite von hundert Metern schaffe ich die ganze Erde, die Sonne und das unendliche Weltall? Danke für dein Vertrauen. Aber du musst dich leider damit abfinden, dass das mit der Erschaffung der Welt ganz anders gelaufen ist. Und jeder Gott, der es für sich in Anspruch nimmt, ist ein Hochstapler. Wo soll er denn, bitte schön, gewohnt haben, wenn es noch nichts gab? Jede Gottheit braucht ihre Operationsbasis, und von nichts kommt nichts. Geh davon aus, dass es Natur gibt, schon immer. Diese Natur wird von Entitäten beseelt, die durchaus individuelle Ausprägungen haben und die ihr pauschalisierend Götter nennt. Also alles, was Natur ist, bringt uns hervor. Da ihr Teil der Natur seid, habt ihr das Bedürfnis, dass es uns gibt. Natürlich gibt es uns auch ohne dieses Bedürfnis, aber weil ihr es habt, können wir mit euch in Kontakt treten.

Aber das ist für euch wichtig, weniger für uns. Schau dir ein Beispiel an: die Schwerkraft. Es ist der Schwerkraft völlig egal, ob du an sie glaubst oder nicht. Wenn du stolperst, fliegst du mit oder ohne Glauben auf die Nase, ganz einfach, weil sie da ist. Ähnlich ist es mit den Göttern. Wenn ihr mit uns ins Gehege kommt, gibt es Schwierigkeiten, und zwar für euch. Wenn ihr aber vorher wisst, dass es uns gibt, könnt ihr diese Schwierigkeiten vermeiden. Meistens jedenfalls.«

Seshmosis: »Also kein Feiertag?«

GON: »Bist du Prophet oder Gewerkschafter?«

Seshmosis: »Nun, ich dachte, ab und zu ein freier Tag, an dem man nicht durchs Land ziehen muss und sich ausruhen kann, wäre für die allgemeine Moral ganz gut.«

GON: »Für alle? Auch für Frauen und Sklaven?«

Seshmosis: »Ja, für alle.«

GON: »Und wer kümmert sich dann ums Vieh und ums Essen, und wer hält Wache, wer legt Brennholz nach, wer betreut die Herbergen, und wer zündet das Licht in der Nacht an?«

Seshmosis: »Also für Frauen und Sklaven nicht?«

GON: »Würde ich nicht unbedingt sagen. Eines Tages wird die Sklaverei wohl abgeschafft werden. Und danach werden sich irgendwann sogar die Frauen zu Wort melden. Und schon gibt es wieder Konflikte zwischen den Geboten und der Realität.«

Seshmosis: »Überhaupt keine Feiertage?«

GON: »Doch, doch. Feiertage sind nicht schlecht. Aber nicht so eng gefasst. Du bist immer so absolut.«

Seshmosis: »Ich werde mir etwas einfallen lassen.«

GON: »Hast du noch mehr auf Lager? Langsam beginnt die Sache mir Spaß zu machen.«

Seshmosis: »Wie wäre es mit: ›Du sollst nicht ehebrechen‹?«

GON: »Hm, Sexualität ist immer ein heikles Thema.«

Seshmosis: »Aber alle Götter äußern sich dazu, irgendwie.«

GON: »Ja, aber sehr widersprüchlich, wie ich gehört habe. Da gibt es Pietisten und Sexisten gleichermaßen. Und keiner und alle haben Recht. Ich weiß nicht so recht, ob ich mich da einmischen soll. Im Prinzip geht es mich ja nichts an, ob der eine mit der anderen die Ehe bricht oder nicht.«

Seshmosis: »Gut. Dann entfällt wohl auch: ›Du sollst nicht begehren deines Nächsten Weib‹?«

GON: »Ersatzlos streichen.«

Seshmosis: »Wie steht es mit dem Begehren in Richtung der anderen Dinge des Nächsten? Sein Haus, sein Knecht, seine Magd, sein Ochse und sein Esel?«

GON: »Da reicht mein modifiziertes Diebstahlgebot. Vorschriften müssen überschaubar bleiben, sonst gibt es zu viele Schlupflöcher.«

Seshmosis: »Fein. Alles klar. Was machen wir mit: ›Du sollst nicht falsch Zeugnis reden wider deinen Nächsten‹?«

GON: »Ein Ehrenparagraph. Nicht schlecht. Endlich wieder etwas Philosophisches. Ehre ist wichtig. Verleumdungen und Beleidigungen sind schlecht. Die sind die Wurzel für endlose Rechtsstreitereien und der Sumpf, in dem Advokaten gedeihen. Ungeheuer, was da an Volksvermögen, an Streitwert verloren geht. Gefällt mir nicht. Andererseits ist Blutrache auch nicht gut. Vergeltungsfeldzüge, Fehdekriege, Vendetta, Auge um Auge, Zahn um Zahn. Aber wehren muss man sich trotzdem. Das ist ein ganz wichtiges Gebot. Formuliere es gut und nicht so wachsweich.«

Seshmosis: »Mache ich.«

GON: »Noch etwas?«

Seshmosis: »Eines noch: ›Du sollst Vater und Mutter ehren und so weiter.‹«

GON: »Gefährlich! Sehr gefährlich. Einfach ehren, nur weil sie die biologischen Erzeuger sind? Was ist dann mit den Kindesmisshandlern und den Kinderschändern? Werden die auch geehrt? Nur weil sie Eltern sind? Was ist mit den Müttern, die ihre Töchter zwingen, Eislaufprinzessinnen zu werden? Oder Väter, die ihren Söhnen ungefragt Angelzeug schenken? Lassen wir die Eltern aus dem Spiel. So etwas lassen sich keine Götter einfallen, höchstens alternde Propheten.«

Seshmosis: »Wie du meinst. Wie sieht es aus mit der Abteilung ›Sonstiges‹? Irgendwelche Regeln für die Ernährung, rituelle Waschungen, feste Gebetszeiten oder so?«

GON: »Nichts dergleichen. Möge sich jeder ernähren, wie er es für richtig hält, und waschen, wie es ihm notwendig erscheint. Und beten? Sollte in der Freizeit stattfinden. Machen wir es gnädig, schreibe einmal am Tag.«

Seshmosis: »War das wirklich alles?«

GON: »Denke schon. Falls mir noch etwas einfällt, können wir es ja ergänzen.«

Seshmosis: »Es geschehe also. Ich werde die Gebote aufsetzen.«

In dieser Nacht saß Seshmosis lange in seinem Zelt. Beim Schein der Öllampe feilte er an den Formulierungen. Wie einfach wäre es doch gewesen, wenn GON den Text von seinem Kollegen vom Sinai übernommen hätte.

Der Propheten-Job machte mehr Arbeit, als er ursprünglich gedacht hatte. Dabei könnte es so einfach sein: Der HERR spricht zu ihm, und er geht dann zu den Leuten und verkündet, Wort für Wort. Oder zumindest sinngemäß.

Als der Morgen graute und ein schwindsüchtiger Hahn in seiner Blindheit die sich in einem Wasserloch spiegelnde Sonne ankrähte, legte Seshmosis die Feder zur Seite. Geschafft!

Mit schmerzendem Rücken, aber erfüllt mit Werkstolz, blickte er auf seine Schöpfung der Nacht. GON konnte mit ihm zufrieden sein, dachte er, hoffte er, bangte er.

1. Gebot
Ich bin der Herr, dein Gott, den du verehren sollst, wie auch respektieren alle Mächte der universalen Schöpfung und alle Natur, die dich umgibt.
Und verlass dich nie darauf, dass es woanders keine anderen Götter gibt.

2. Gebot
Du sollst einmal am Tag in deiner Freizeit zu mir beten, auf dass ich weiß, dass du noch da bist.

3. Gebot
Du sollst nicht töten, außer du und die deinen werden angegriffen, oder es geht dir sonst wie an den Kragen.

4. Gebot
Du sollst nicht stehlen, außer wenn du Hunger hast

oder lebensnotwendige Dinge brauchst, die da sind Kleidung, Transportmittel und Souvenirs.

5. Gebot
Du sollst den Feiertag heiligen, sofern du jemanden hast, der an diesem Tag deine Arbeit erledigt. Wann dein Feiertag ist, erfolgt nach Absprache.

6. Gebot
Du sollst weder verleumden noch beleidigen, und wenn man dich verleumdet oder beleidigt, sollst du keinen Advokaten nehmen, sondern die Sache selbst regeln, aber dabei anständig bleiben, auf dass kein Blut fließe. Zumindest nicht viel.

Seshmosis las die Zeilen noch fünfmal und schlief sofort ein. Dabei stieß er mit der Hand das Tintenfass um, das sich über seinen Ärmel und vor allem über die sechs Gebote ergoss.

Kalala, Prinzessin von Gebel Abjad, schwarze Perle Nubiens, Stern der Oase Salima und bis vor kurzem Zierde des Palasts von Kamoses zu Theben, räkelte sich auf dem Deck der *Windsbraut*. Seit Tagen saßen sie nun schon in Sauti fest, weil Warn'keter sich nicht traute, weiter nilabwärts zu segeln. Der Reeder fürchtete sich vor den Spionen des Kamoses und noch mehr vor den Spionen von dessen Ehefrau, er fürchtete sich vor den Spionen des Pharaos und den Spionen von Zerberuh, den er beim Kauf des Schiffes übervorteilt hatte. Und er hatte Angst vor Kalala, die ihn zu allem Übel schikanierte, wo sie nur konnte.

Ständig fiel ihr Neues ein, das sie unbedingt zu ihrem Wohlbefinden brauchte. Gestern mussten es unbedingt Früchte von den Ufern des Sees Moeris sein, weil nur diese Früchte farblich zu ihrem Lieblingsgewand passten. Heute wollte sie zu ihrer Unterhaltung unbedingt einen Sänger, der keine Totenklagen sang. Ein schier unmögliches Unterfangen in einer Gegend, in der die Sänger sich gegenseitig mit herzzerreißenden Klageliedern überboten. Kein Wunder in einer Stadt, deren Ortsgottheit der wolfsgestaltige Upuaut ist, der mit Bogen und Keule den Toten aufrecht voranschreitet.

Tafa, ihr treu ergebener, hünenhafter Nubier, wedelte Kalala mit einem riesigen Palmenfächer Kühlung zu, während sie an einem zu ihrer Augenfarbe passenden Fruchtsaft nippte und versuchte, ihren Zorn zu unterdrücken. Da fiel ihr Blick auf die nahe Uferstraße, besser gesagt auf einen jungen Mann, der dort saß und auf den Nil blickte.

Interessiert schaute sich die Prinzessin die Gestalt an, ihr Zorn war von einer auf die andere Sekunde verflogen. Der Mann schien überaus attraktiv zu sein, und was Kalala fast noch mehr faszinierte: Er hielt eine Harfe in den Händen.

Kalala bedeutete ihrem Diener, sein Ohr zu ihrem Mund zu senken, und sagte: »Geh zu diesem Mann dort und frage ihn, was er für Lieder singt. Wenn er ›Klagelieder‹ sagt, wirf ihn ins Wasser zu den Krokodilen.«

Der Nubier sprang mit einem Satz von der *Windsbraut* ans Ufer und ging auf den Musiker zu. Als dieser ihn bemerkte, ergriff er die Flucht. Allerdings kam er nicht weit; der Hüne machte drei große Sätze, dann packte er ihn am Gewand. Kalala beobachtete, wie ihr Diener den Mann etwas fragte und dieser daraufhin heftig den Kopf schüttelte.

Beide blickten nun zur Prinzessin. Sie nickte und deutete mit dem gekrümmten Zeigefinger, dass sie an Bord kommen sollten.

Von nahem betrachtet, wirkte der Musiker noch attraktiver.

»Wie heißt du?«, wollte sie wissen.

»El Vis, zu Diensten, Hoheit.«

»El Vis, ein schöner Name. Und woher kommst du?«

»Aus Memphis, Hoheit.«

»El Vis aus Memphis, wie wunderbar. Ich habe schon viel über eure Stadt gehört. Ist sie wirklich so schön?«

»Geht so. Wir haben viele Besucher, wegen der Pyramiden.«

»Und du, werter El Vis, bist du auch nekrophil?«

»Nekro… was?«

»Nekrophil, ein Freund der Toten. Ein Sänger von Klageliedern, ein Meister der düsteren Klänge?« Ein drohender Unterton schwang in Kalalas Stimme.

»Nein, nein. Ganz und gar nicht. Deshalb haben sie mich ja aus Memphis verbannt.«

»Ein verbannter Sänger, wie romantisch«, Kalalas Stimme klang samtweich, lockend. »Was wirft man dir denn vor, junger El Vis?«

»Weltlichkeit. Extreme Weltlichkeit. Und meinen Hüftschwung.«

»Deinen Hüftschwung?«, echote Kalala.

»Ja, die Bewegungen, die ich beim Singen mit der Hüfte mache.«

»Ich bin ganz begierig, dich singen zu hören. Und das mit der Hüfte interessiert mich auch. Willst du mich heute Abend mit deiner Kunst erfreuen?«

El Vis wusste sehr wohl, dass dies keine Frage, sondern ein Befehl war, und zwar einer von der Sorte, der man sich besser nicht widersetzte. Er stimmte zu. Getreu dem alten ägyptischen Musikantenmotto »Etwas Besseres als den Tod finden wir allemal« fügte er sich in sein Schicksal.

Die Mittagssonne stand schon über dem Lager der Tajarim, als Seshmosis die zweite Niederschrift der sechs Gebote fertig stellte. Die Urschrift knüllte er wütend zusammen und warf sie in einen finsteren Winkel seines Zeltes.

Nun war es so weit, er musste vor die Leute treten und ihnen sagen, dass sich Gott ihm offenbart hatte. Allein der Gedanke daran schnürte ihm die Kehle zu. Zuerst wollte er in alter Gewohnheit Imhotep, den Gott der Schreiber, um Beistand bitten, besann sich aber schnell eines Besseren und flehte zu GON:

»Herr, dies ist der wichtigste Augenblick für uns alle. Wenn ich versage, und ich werde sicher versagen, wenn du mir nicht hilfst, werden meine Leute nicht an dich glauben. Schlimmer noch, sie werden mich auslachen und mich nie wieder ernst nehmen. Um deiner selbst willen, steh mir bei, oder du musst dir ein anderes Volk suchen.«

Seshmosis hoffte, dass dieser Appell GON überzeugte, auch wenn ihn das dumpfe Gefühl beschlich, dass ein Gebet irgendwie anders klingen sollte. Aber darauf kam es jetzt nicht an, wichtig war, dass GON ihm beistand.

Zögernd blickte der Schreiber über seine linke Schulter. Und dann über die rechte.

»Bist du da?« Der Zweifel in seiner Stimme war unüberhörbar.

Keine Antwort. Seshmosis seufzte, stand auf und wandte sich zum Zelteingang. Wenn er mich jetzt hängen lässt, bin ich geliefert. Raffim reißt mich vor aller Augen in Stücke.

Noch einmal atmete Seshmosis tief durch und blinzelte in die Sonne.

Vor dem Zelt traf er Shamir, den Bäcker, im Gespräch mit Elimas, dem Hirten.

»Elimas, bitte blase dein Shofarhorn, um die Leute zu rufen. Ich habe etwas Wichtiges mitzuteilen.«

Elimas stieß in sein Horn, und so versammelten sich binnen kurzem alle Tajarim in der Mitte des Lagers.

Seshmosis schwitzte nicht nur wegen der hoch stehenden Sonne. In der linken Hand hielt er die Heilige Rolle

»Die Kleine Karawane« und den neuen Papyrus mit den Geboten. Mehr noch brachten ihn die erwartungsvollen Gesichter der Tajarim ins Schwitzen.

»Liebe Leute, ich will mich nicht mit langen Vorreden aufhalten. Es ist so weit! Die Prophezeiung hat sich erfüllt!«

Vorsichtig blickte er in die Gesichter in der Menge und versuchte an den Mienen Reaktionen abzulesen. Aber da war nichts, absolut nichts. Sie schauten genauso wie vorher.

»Habt ihr mir nicht zugehört? Ich sagte, die Prophezeiung hat sich erfüllt. Unser Gott, der Gott der Tajarim, hat sich mir offenbart«, und dabei streckte er triumphierend seine Linke mit den beiden Schriftrollen in die Höhe.

Nun kam Bewegung in die Menge. Raffim, natürlich, wer sonst, trat vor.

»So, so, Gott hat sich dir offenbart. Warum ausgerechnet dir? Warum nicht Shamir oder Hiram oder Melmak oder mir? Willst du dich wieder aufspielen, Seshmosis?«

»Zwei Antworten: Ich weiß es nicht und nein. Ich weiß nicht, warum sich Gott ausgerechnet mir offenbart hat, und nein, ich will mich nicht aufspielen. Er sagte, er habe mich ausgesucht, weil ich schreiben kann, das ist alles.«

»Und wer ist unser Gott? Welcher hat uns erwählt?«, wollte Punhas, der Weber, wissen.

»Ist es Isis? Oder Suchos? Wer, sag wer!«

»Er ist keiner der bekannten ägyptischen Götter, denn er ist unser Gott«, sagte Seshmosis ruhig.

»Und wie heißt er?«, kam es von allen Seiten.

»Er will nicht, dass wir seinen Namen entheiligen. Deshalb sollen wir ihn Gott ohne Namen, kurz GON, nennen.«

»Hört, hört!«, rief Raffim. »Ich hoffe, du hast Beweise.«

Seshmosis beschloss aufs Ganze zu gehen. Er konnte nicht zurück, entweder es klappte, oder er konnte sich in der Wüste eingraben und hoffen, dass ihn die Seth-Tiere schnell erwischten.

Der Schreiber entrollte »Die Kleine Karawane«. Sein Leben hing nun an den Ausscheidungen eines Käfers. Gebannt starrte er auf die Schriftrolle. Und wirklich, der Text ging weiter als beim letzten Mal. Laut las er vor:

»Und als der Prophet des Herrn vor sein Volk trat, erhoben sich die Stimmen der Zweifler. Jene, die niemals glauben und stets nur sich selbst sehen. Sie bezweifeln den Propheten, sie bezweifeln die Worte des Herrn, und sie bezweifeln den Herrn selbst. Der Herr aber spricht, sie sollen ihren Zweifel erbrechen.«

Seshmosis' Worte standen noch in der Luft, als Raffim und einige andere anfingen zu würgen und sich zu übergeben.

Die Tajarim waren beeindruckt. Und während Raffim, seine Diener Jebul, Jabul und Jubul, der junge Mumal und Barsil, der Händler, noch mit der Wiedergabe ihres Mittagessens beschäftigt waren, schickte Seshmosis einen Dank an GON, wo immer er sich gerade aufhielt. Dabei fiel ihm wieder ein, was GON über seine Kurzsichtigkeit und die damit verbundene Einschränkung seiner Reichweite verraten hatte. Der Gott konnte nicht weit sein.

Das stärkte Seshmosis' Selbstsicherheit, und er beschloss, die Gunst der Stunde beziehungsweise des nahen Gottes zu nutzen, und verkündete die Gebote.

Beruhigt sah er, dass die Tajarim zustimmend nickten,

die Gebote waren nach ihrem Geschmack. Keine Menschenopfer, nicht einmal Tiere sollten sie unnötigerweise schlachten, keine Tempelsteuer, in Maßen erlaubter Diebstahl und die Aussicht auf einen freien Tag, das alles gefiel ihnen. Und dann geschah es: Sie ließen GON und seinen Propheten Seshmosis hochleben.

Seshmosis weinte vor Freude. Nun wird alles gut, dachte er bei sich, und vergaß im Augenblick des Glücks, dass außer GON zurzeit noch rund hundertfünfzig andere Götter in Ägypten wirkten.

Und das waren nur diejenigen, die den Menschen namentlich bekannt waren.

Es dunkelte schon in Sauti, und die Sterne strahlten hell in der Nacht vor Neumond, als El Vis mit seiner Harfe in der Hand die *Windsbraut* betrat. Der Kapitän und seine kleine Besatzung saßen derweil in einer Taverne nahe dem Ufer, wohin Kalala sie für diese Nacht verbannt hatte. Nur ihr nubischer Lieblingssklave, Lieblingsfächerwedler und Lieblingsleibwächter Tafa war außer der Prinzessin an Bord. Sie wünschte sich eine romantische Nacht ohne Störenfriede.

El Vis trat unsicher vor Kalala, die sich erwartungsvoll auf einer Liege auf dem Deck räkelte. Er wusste absolut nicht, was die nächsten Stunden bringen würden.

»Ich hoffe, du bietest mir ein aufmunterndes Programm, kleiner El Vis aus Memphis. Die letzte Zeit war sehr trübsinnig für mich, ich brauche Erheiterung.«

»Gewiss, Hoheit. Ich werde mein Bestes geben.«

»Nichts anderes erwarte ich von dir. Fang an!«

El Vis trug nur das traditionelle, um die Hüften geschlungene Wickeltuch. Allerdings bedeckte seines nicht wie üblich das Knie, sondern war wesentlich kürzer und noch dazu fliederfarben. Nicht nur zur Zierde waren um seine Fußknöchel schmale Lederriemen mit kleinen Glöckchen daran gebunden, er brauchte sie für die rhythmische Begleitung.

»Mein erstes Lied heißt *Herzensbrecher Taverne*, Eure Hoheit«, kündigte El Vis an und legte los. Da stand er, mit der Harfe in den Händen und weit gespreizten Beinen, mit den Füßen den Takt stampfend und mit zuckenden Hüften. Und wie er sang!

Kalala richtete sich in ihrer Liege halb auf und wippte mit den Zehen den Takt. Das Feuer in ihren Augen glühte. Dieser El Vis aus Memphis war das Beste, was sie je gehört hatte. Als der letzte Ton des Lieds verklungen war, applaudierte sie. »Fantastisch, mein Lieber, ganz hervorragend!«

El Vis verneigte sich leicht und sagte: »Das nächste Lied nenne ich *Pharao Kreole*.«

Seine Finger glitten über die Saiten, und seine Stimme umfing die Prinzessin. Sie hielt es auf ihrer Liege nicht mehr aus, stand auf und begann zu tanzen. Was für eine Entdeckung!, dachte sie. Warum nur hat man mich in diesem Land jahrelang mit Klageliedern gequält?

El Vis setzte sich auf die Reling. »Das nächste Lied ist ruhiger, aber keine Angst, Hoheit, es ist keines der üblichen Klagelieder. Es heißt *Im Ghetto* und erzählt von meiner Herkunft.«

Kalala schmolz im Schein der Sterne dahin. Und selbst ihrem treu ergebenen Diener Tafa, der sich dezent im Hintergrund hielt, traten die Tränen in die Augen.

»Oh, El Vis, du bist von den Göttern gesegnet«, schmachtete Kalala und umarmte den verdutzten Sänger. Langsam zog sie ihn in Richtung Bootsmitte, zu dem kioskartigen Aufbau, der ihr Lager barg. Tafa wandte die Blicke von dem eng umschlungenen Paar ab, das hinter den Vorhängen verschwand, und beobachtete das Ufer, auf dass niemand das Glück seiner Herrin störe.

Nach der Offenbarung GONs durch Seshmosis gab es keine Probleme, die Tajarim zum Aufbruch nach Norden zu bewegen. Und so kamen sie, stets dem Nil zu ihrer Rechten stromabwärts folgend, nach Sauti und schlugen außerhalb der Stadt ihr Lager auf. Menschen und Tiere brauchten unbedingt eine längere Pause.

Nachdem alles gerichtet war, begab sich Seshmosis mit einigen Gefährten in die Stadt.

Sie waren begierig auf Neuigkeiten, denn in den Tagen

ihres Zuges nach Norden hatte es keinen Kontakt zu anderen Menschen gegeben.

So kam es, dass sie ausgerechnet in der Taverne landeten, in der zuvor Warn'keter und seine Mannschaft die Nacht verbracht hatten, doch sie begegneten sich nicht, denn der Kapitän war mit seinen Männern bereits wieder an Bord.

In der Taverne umfing sie eine Atmosphäre von Misstrauen und Angst.

In Seshmosis schrillten alle Alarmglocken. Hier stimmte etwas nicht.

Er wies seine Gefährten an, vorsichtig zu sein, und setzte sich zu einem Mann mittleren Alters, der in einer Ecke in seinen leeren Becher starrte.

»Schai und Renenutet mögen mit dir sein, guter Mann«, sagte Seshmosis und setzte sich neben ihn. Schai und seine Gattin Renenutet galten in ganz Ägypten als Segens- und Nahrungsspender, und so konnte er mit dieser Begrüßung auch in Sauti nicht daneben liegen.

»Was willst du von mir, Fremder?«

»Wir sind mit einer Karawane von Abydos hierher gezogen, und nun interessiere ich mich einfach für Neuigkeiten.«

»Du wirst mich verfluchen, wenn du sie hörst, Fremder. Du wirst dir wünschen, mich nie gefragt zu haben. Also schweige ich.« Der Mann starrte wieder in seinen Becher.

Seshmosis verstand. Er winkte dem Wirt und ließ zwei Becher des Gebräus bringen, das man Henket nannte, ein mit Dattelsaft gesüßtes Bier. Einen der Becher reichte er dem Sitzenden.

»Also, guter Mann, was ist denn so Furchtbares geschehen? Die Stadt schien mir beim Durchwandern gänzlich unversehrt, es gab keine Spuren eines Kampfes.«

»Kein Kampf, du Tor. Zumindest keiner unter Menschen. Hast du wirklich nichts gehört in letzter Zeit? Nicht die Zeichen bemerkt, die uns in Angst und Schrecken versetzen?«

Seshmosis dachte an seine Erlebnisse, an das Beben in Theben, das Inferno von Qena, die Ereignisse von Abydos und sagte: »Nein, keine besonderen Ereignisse in letzter Zeit.«

»Dann bist du ein von Amun Gesegneter! Hör nun, was ich hörte!«

Der Mann setzte sich bedeutungsvoll zurecht und richtete den Oberkörper dabei auf. Die anderen Tajarim gruppierten sich um ihn und den Schreiber.

»Es geht um die verfluchten Hyksos. Sie sind an allem schuld. Ihr Anführer ist ein ganz übler midianitischer Zauberer. Ich selbst habe gesehen, wie sich sein Holzstab in eine zuckende Schlange verwandelte. Und er griff sich selbst mit der Hand mitten in die Brust hinein, und als er sie herauszog, war sie weiß wie von Aussatz.«

»Du hast das selbst gesehen?«, wollte Seshmosis wissen. »Wann war das denn, guter Mann?«

»Vor ein paar Monden nur, und ich spreche die Wahrheit, so wahr ich hier sitze.«

»Ich wollte die Worte nicht bezweifeln, entschuldige. Aber als Schreiber interessieren mich alle Einzelheiten.« Seshmosis zuckte verlegen mit den Schultern und warf dem anderen einen aufmunternden Blick zu.

»Dieser Hyksos-Zauberer, Moses heißt er, ist ein gefährlicher Bursche. Er will unseren Pharao, gepriesen sei sein Name und sein Leben möge ewig währen, unter Druck setzen. Diese Hyksos wollen unser Land ausplündern. Sie werden unsere Herden stehlen. Sie überziehen das Land mit einer schlimmen Plage nach der anderen.«

An dieser Stelle unterbrach ihn Seshmosis. »Ich verstehe dich ja, guter Mann. Doch bitte erzähle mir mehr von den Ereignissen im Norden. Ich und meine Gefährten sind begierig, davon zu erfahren.«

»Also, der Zauberer stand mit seiner Herrlichkeit, unserem Pharao Ahmose, am Ufer des Nils. Ich wartete in einiger Entfernung und weiß nicht, worum es ging. Doch auf einmal tauchte dieser Hyksos seinen Schlangenstab in das Wasser, und es verwandelte sich in Blut.« Der Erzähler schüttelte sich angewidert.

»Ist noch mehr passiert?«, fragte Seshmosis vorsichtig.

»Ja, es kam noch schlimmer, viel schlimmer. Neferura, die Schwester meines Freundes Senmut, ist Kammerdienerin am derzeitigen Hof des Pharaos im Delta. Sie erzählte uns, dass es im ganzen Palast von Fröschen wimmelte, sogar ins Schlafgemach und in das Bett des Pharaos sind sie gekrochen.«

»Das ist wirklich übel. Ließ der Pharao daraufhin den bösen Zauberer bestrafen?«

»Wo denkst du hin! Der ließ nun sogar Frösche über ganz Ägypten regnen!«

Seshmosis zögerte. »Über ganz Ägypten? Du meinst, vor nicht allzu langer Zeit hat es über ganz Ägypten Frösche geregnet?«

Der Mann nickte und hielt ihm gleichzeitig seinen leeren Becher entgegen.

Während Shamir für Nachschub sorgte, sagte Seshmosis: »Also bei uns gab es in letzter Zeit überhaupt keinen Regen. Es gab zwar einige Blitze und auch Donner, aber Regen gab es seit Wochen nicht, weder in Theben noch in Abydos, weder Wasser noch Frösche.«

»Wenn es aber die Schwester meines Freundes sagt!«, wandte der Mann ein.

»Hast du den Froschregen gesehen? Du persönlich?«

»Wenn du so fragst, nein«, antwortete er kleinlaut. »Vielleicht war es doch nicht ganz Ägypten, sondern nur im Palastbezirk?«

»Das wird es gewesen sein«, sagte Seshmosis versöhnlich. »Gab es noch mehr Zauberei?«

»Ja, ja doch, viel mehr! Dann kamen die Stechmücken. Sie plagten Mensch und Vieh.«

»Das ist in Ägypten nicht ungewöhnlich, guter Mann. Solange ich denken kann, plagen mich diese Biester. Das schaffen die auch ohne Zauberei. War sonst noch etwas?« Seshmosis wurde ruhiger. Es schien sich nur um die üblichen Schreckensgeschichten vom Hörensagen zu handeln, und er gewann langsam seine Souveränität zurück.

»Aber was ist mit dem Ungeziefer, das so zahlreich auf dem Vieh saß, dass man nicht mehr erkennen konnte, ob es Stier oder Kuh war?«

In diesem Moment trat ein anderer Mann aus der Taverne hinzu und sagte: »Gib mir auch einen Becher Henket, und ich will gern erzählen, wie der Schrecken uns wirklich heimgesucht hat.«

Der erste Mann blickte wütend auf und schrie: »Was weißt du schon von den Schrecken? Ich, ich kenne alle Schrecken. Keiner weiß darüber besser zu berichten als ich, der ich jahrelang im Tempel des Mahes diente!«

Mahes klang nach einem überzeugenden Argument für Schreckensexperten. Immerhin trug der löwenköpfige Sohn der Bastet den Titel »Herr des Gemetzels«, und man nannte ihn »den, der sich über Blut freut«. Seine Stärke gewann er aus der verzehrenden Kraft der untergehenden Sonne.

»Na und? Ich gehöre zur freiwilligen Tempelgarde der Heiligen Söhne des Babi, des fürchterlichsten und zahnreichsten Dämons der Finsternis. Wenn einer den Schrecken kennt, dann ich!«, trumpfte der andere auf.

»Gemach, gemach. Ich denke, ihr beide seid vortreffliche Zeugen des Schreckens. Warum berichtet ihr nicht abwechselnd? Der eine erzählt, während der andere trinkt, und umgekehrt?«

Die beiden nahmen den Kompromiss begeistert auf.

»Ich bin Snofur, der stellvertretende Hafenmeister. Meine Liebe gehört vor allem den dunklen Göttern und den Dämonen, die ich sehr verehre. Ich dachte mir, du bist länger tot als lebendig, also arrangiere dich lieber mit den Jenseitigen, das rechnet sich besser. Besonders verehre ich den fast gestaltlosen, aber dafür zahnreichen Babi.«

»Entschuldige, dass ich mich nicht vorgestellt habe«, sagte der andere. »Ich bin Snafur, der Hohe Hafenmeister und sein Chef. Und bedauerlicherweise auch sein Bruder.«

Seshmosis blickte von einem zum anderen. Sie sahen

sich wirklich sehr ähnlich und schienen mehr als die Liebe zum Schrecken gemeinsam zu haben.

»Auch ich möchte mich vorstellen. Mein Name ist Seshmosis, und ich bin ein Schreiber aus Theben. Bitte erzähle nun du, lieber Snofur, von welchen Schrecken du berichten kannst.«

»Von Pest und schwarzen Blattern muss ich erzählen. Die nächsten Heimsuchungen, die der böse Zauberer über uns und unser Land brachte. Alle Menschen und alles Vieh wurden dahingerafft unter der Sonne des Nils.«

Snafur stimmte seinem Bruder durch stummes Nicken zu.

Seshmosis schaute irritiert auf den stellvertretenden Hafenmeister.

»So, so, alle Menschen und alles Vieh in ganz Ägypten. Was waren dann das für Wesen, die ich auf dem Weg in die Stadt sah? Für mich sahen sie aus wie Rinder, Schafe und Ziegen. Und dann gab es da noch welche, die aufrecht auf zwei Beinen gingen und mich an Menschen erinnerten. Was für Wesen werden das wohl gewesen sein?« Seshmosis konnte den Sarkasmus nicht unterdrücken.

»Aber man erzählt überall davon!«, entrüstete sich Snofur. »Alle Schiffe, die in letzter Zeit hier anlegten, berichteten von den furchtbarsten Seuchen, die je über Ober- und Unterägypten hereinbrachen. Stimmt es, Snafur?«

Sein Bruder nickte heftig. »Genau! Die Pestilenz und die schwarzen Blattern rafften alles dahin. Die Hyksos und ihr Zauberer vernichten uns.«

»Und warum lebt ihr dann noch? Und die anderen Leute hier? Und die Menschen dort draußen?«

Snafur zögerte. Anscheinend hatte ein Rest von Logik sein umnebeltes Gehirn erreicht.

»Vielleicht traf es doch nur das Delta«, schwächte er ab. »Ja, ich denke, dass im Delta niemand mehr lebt. Außer den verfluchten Hyksos natürlich.«

»Ihr meint also, der Pharao ist tot? Und sein ganzer Hofstaat auch? Samt eurem Freund und seiner Schwester?«

»Nein, eigentlich nicht. Senmut kam gestern mit einer Barke aus Memphis. Da hätte er eigentlich schon tot sein müssen. Komisch«, Snafur kratzte sich hinter dem rechten Ohr.

»Er sah aber gar nicht gut aus«, wandte Snofur ein. »Das musst du zugeben!«

Seshmosis seufzte. »Gab es noch mehr Plagen oder Todesfälle?«

»Erzähl ihm von dem Hagel!«, forderte Snafur seinen Bruder auf.

»Eben! Der Hagel. Der fürchterlichste Hagel, der je über Ober- und Unterägypten herniederbrach. Desgleichen ward seit der Reichsgründung noch nie gesehen. Alle Menschen im Freien und alles Vieh auf dem Felde wurden erschlagen.«

»Sicher meinst du die Menschen und das Vieh, die bisher den Fröschen und dem Ungeziefer entkamen und die nicht von der Pest und den Blattern dahingerafft wurden?«

»Ja. Denn nun kamen die Heuschrecken. Sie bedeckten den ganzen Himmel und verfinsterten das Land. Es kam drei Tage eine tiefe Finsternis über ganz Ägypten, wie sie noch keines Menschen Auge je gesehen.«

»Das glaube ich wohl«, sagte Seshmosis. »Weil es nichts zu sehen gab. Wenn es in Ägypten drei Tage finster gewesen wäre, dann hätten das sogar wir bemerkt. Ich danke euch für eure interessanten Informationen.«

Seshmosis bedeutete den Tajarim, ihm aus der Schänke zu folgen.

Während die Gruppe um Seshmosis in der Taverne einen Schrecken nach dem anderen vernahm, zog es Zerberuh in alter Gewohnheit zum Hafen. Wie oft hatte er hier mit seiner *Windsbraut* angelegt, Waren entladen und neue aufgenommen.

Während sein melancholischer Blick zwei sich um einen Schafkadaver streitenden Krokodilen folgte, sah er aus den Augenwinkeln ein Schiff. Sein Schiff. Es war eindeutig die *Windsbraut*, die dort am anderen Ufer des Nils lag. Zerberuh spürte einen Stich im Herzen, als er auf dem Deck Warn'keter erkannte, der mit einer anderen Person sprach. Und obwohl diese kleiner und zierlicher war als sein alter Konkurrent, schien sie das Sagen zu haben.

Dann wandte ihm diese Person das Gesicht zu. Es war schwarz, und Zerberuh kannte es: Es war Prinzessin Kalala, Lieblingsfrau des Statthalters von Theben.

Mit all seiner Erfahrung spürte Zerberuh, dass hier etwas nicht stimmte, und er schwor sich, es herauszufinden.

Nach der Rückkehr aus der Stadt saß Seshmosis in seinem Zelt im Lager und döste vor sich hin. Er versuchte die Schreckensnachrichten einzuordnen. Bei aller Unwahrscheinlichkeit und allem Seemannsgarn schienen doch merkwürdige Dinge vorzugehen. Und sie waren nicht dazu angetan, ihn zu beruhigen.

Plötzlich materialisierte sich vor seinen Augen eine Katze. Obwohl sie nicht sonderlich groß erschien, erschrak er.

»Bastet?«, fragte der Schreiber.

»Nein, ich, dein Herr und Gott«, kam es ärgerlich aus dem Mund der Katze.

»Warum erscheinst du mir als Katze, Herr?«

»Weil mir in der Eile nichts Besseres eingefallen ist. Ist doch egal, wie ich aussehe, oder?«

Seshmosis glaubte, einen drohenden Unterton zu hören, und beeilte sich zu versichern, dass das Aussehen des Herrn wirklich keine Rolle spiele. Vor allem dann nicht, wenn man sich in seiner unmittelbaren Reichweite befand.

»Schreckliche Ereignisse stehen bevor. Die Götterwelt ist in einem Aufruhr, wie ich ihn seit den großen Kriegen von Osiris und Seth nicht mehr erlebt habe. Ihr seid in Gefahr, alle sind in Gefahr.«

Seshmosis wunderte sich, dass ein Gott so verunsichert und beunruhigt sein konnte. Standen Götter denn nicht über allem?

»Nein, wir stehen nicht über allem, sondern mittendrin. Vor allem, wenn es unter den Göttern verschiedene Fraktionen gibt.«

»Was ist geschehen?«, fragte Seshmosis besorgt.

»Du solltest besser fragen, was wird geschehen. Und ich

weiß es nicht einmal. Es ist zu groß, zu furchtbar, aber ich weiß nicht, was.« Nun klang schon Verzweiflung in der Stimme von GON.

Der Schreiber lehnte sich zurück und rang um Fassung. Vor ihm saß eine rund dreißig Zentimeter große, besser kleine, rot getigerte Katze und warnte ihn vor schrecklichen Ereignissen, konnte aber nicht sagen, was das für Ereignisse sein würden.

Seshmosis versuchte, sich zu beruhigen. So viel Anstrengendes musste er in letzter Zeit erleben. Die Heimat und die geliebte Schreibstube hatte er verlassen, der tägliche Kleinkrieg mit Raffim zehrte ihn auf, Melmaks Super-Rinder bereiteten ihm Kopfzerbrechen, ein Gott hatte sich ihm offenbart, und jetzt tauchte eine sprechende Katze auf, die ihn vor großem Unheil warnte – das war einfach zu viel.

Er wurde ohnmächtig.

Seshmosis erwachte vom Regen, der auf sein Gesicht prasselte. Nun, Regen in dieser Jahreszeit mochte ungewöhnlich sein, aber nicht unmöglich. Aber hier, in seinem Zelt? Aus einer einzigen dunklen Wolke, die einen halben Meter über seinem Kopf schwebte?

Seshmosis versuchte erneut ohnmächtig zu werden, doch eine Stimme warnte ihn: »Hör mir zu, Schreiber! Ich will euch doch nur helfen.«

Seshmosis wandte sich nach links, wo die Stimme herkam. Irgendwie hatte er erwartet, eine rot getigerte Katze zu sehen. Aber dort stand sein Vater. Allerdings war auch er nicht größer als vorher die Katze.

Alles Augenreiben half nicht, die Erscheinung blieb. Mit seinem Gewand trocknete Seshmosis sich das Gesicht ab und blieb bäuchlings auf dem Boden liegen, um zu seinem Gott aufsehen zu können.

»Ich dachte, wenn ich die Gestalt deines Vaters annehme, hast du vielleicht mehr Respekt als vor einer Katze. Wie auch immer, sorge dafür, dass heute Nacht alle Tajarim im Lager sind, wirklich alle. Obwohl ich nicht weiß, was geschehen wird, kann ich euch doch schützen. Du weißt schon, so weit mein Auge reicht.«

Seshmosis nickte. Und da er dies im Liegen tat, schlug sein Kinn auf den Boden.

»Ich verstehe, das Lager ist klein genug für dich, um es zu beschützen.«

GON ging auf diese Bemerkung nicht ein.

»Gut, ich werde dafür sorgen, dass heute Nacht alle hier sind. Aber eine Frage habe ich doch noch«, fügte er hinzu.

»Was willst du wissen?«

»Du sagst, dein Wirkungskreis beträgt ungefähr hundert Meter. Wie kommt es dann, dass deine Erscheinung so klein ist?«

Das Menschlein vor ihm sah verlegen an sich herab.

»Das ist noch so ein heikler Punkt, der unter uns bleiben muss. Wenn ich mich materialisiere, kann ich eine gewisse Größe nicht überschreiten. So etwa dreißig mal dreißig mal dreißig Zentimeter ist die Grenze.«

Seshmosis schluckte heftig. »Ich werde es niemandem verraten«, versprach er.

Die Gesichtszüge des Miniaturgottes entspannten sich. »Und wo wir schon dabei sind, wenn ihr die kommende

Nacht heil übersteht, sollt ihr mir zum Dank einen Schrein bauen. Die Maße des Kastens müssen genau dreiunddreißig mal dreiunddreißig mal dreiunddreißig Zentimeter betragen. Aus gutem Holz und mit schönen Beschlägen, bitte. Ich habe gern einen festen Wohnsitz.«

»Ich sage es Schedrach, dem Karrenbauer. Falls er morgen früh noch leben sollte.«

Seshmosis merkte, dass ihn schon wieder der gleiche Fatalismus wie in Theben beschlich. Verblasst waren die Euphorie, die Freude und die Zuversicht von Abydos.

Er verließ das Zelt, um seine Leute zu warnen. Deshalb sah er nicht mehr, wie sich die Miniaturausgabe seines Vaters verformte und in eine rot getigerte Katze verwandelte, die sogleich begann, sich behaglich zu putzen.

Die Nacht des Todes

Als der Käfer Chepre am Ende des Tages die Sonne in die Arbeitskammer des m'm-Tieres rollte, erschien sie ihm wesentlich abgenutzter als an anderen Tagen. Doch das gehörte nicht zu seinen Problemen, sollte sich doch die Spitzmaus darum kümmern.

Diese schüttelte beim Anblick der Sonne traurig den Kopf und sagte: »Das heißt nichts Gutes. Das letzte Mal, als die Sonne so aussah, tötete Seth in der Nacht darauf Osiris.«

Zur gleichen Zeit bestieg der falkenköpfige Sonnengott Ra wie jede Nacht seine Barke *Mesektet*, um auf ihr die Unterwelt zu durchqueren. Wie jede Nacht würde ihn auf dieser Fahrt der Schlangendämon Apophis angreifen, und wie jede Nacht würde er diesen Angriff abwehren. So dachte er zumindest.

Es gab keinen größeren und mächtigeren Feind der Götter Ägyptens als Apophis. Vielleicht lag es daran, dass man ihm nie einen richtigen Götterstatus zuerkannte. Zwar konnte er für sich göttlichen Ursprung beanspruchen, immerhin verdankte er seine Entstehung »der großen Mutter« Neith, als diese ins Urwasser Nun spuckte.

Doch das wurde weder von den Göttern noch von den Menschen als besonders ehrenvolle Abstammung gesehen. So ernährte er sich Tag für Tag von seinem Hass auf alle Götter, vor allem aber von seinem Hass auf Ra, der alles Strahlende verkörperte.

Jede Nacht durchquerte dieser Apophis' Reich, die Unterwelt, und jede Nacht versuchte der Schlangendämon die Barke zu verschlingen. Seine größten Chancen waren bei Mondfinsternissen und in Neumondnächten, so wie heute.

Doch heute wollte er Ra nicht allein angreifen. Erstmals wartete er mit Verbündeten. An seiner Seite lauerten Meresger, die schlangenköpfige Herrscherin des Westens, Nehebkau, ein Schlangendämon wie er, den man auch »Herr der Zeit« nannte, und der löwenköpfige, blutrünstige Mahes, der kein Massaker ausließ. Allesamt Dämonen und Götter des dunklen Reichs.

Noch nie hatte es einen günstigeren Augenblick als in dieser Nacht gegeben. Die Aufmerksamkeit der meisten großen Götter galt dem verlorenen Ankh und den neu aufgetauchten Gottheiten. Seinen routinemäßigen Angriff erwartete man, so wie man den Sonnenuntergang erwartete, nahm ihn aber nicht ernst.

Schon seit vielen Jahrhunderten nicht mehr.

Doch sie sollten sich täuschen!

Seshmosis blickte mit Besorgnis nach Westen, wo gerade die Sonne unterm Horizont versank. Wenn GON Recht hatte, und davon ging er aus, stand in dieser Nacht Schreckliches bevor. Ein namenloser Schrecken, den selbst ein Gott nicht benennen konnte. Hinter seiner jetzigen Angst verblassten die Ereignisse in Theben zu grauen Schemen. Seine Leute verkrochen sich in ihren Zelten, nur die Mutigsten scharten sich um das Feuer in der Mitte des Lagers. Wider Erwarten hatte es keine Einwände gegen seine Worte gegeben, selbst Raffim schwieg.

Seshmosis verspürte keine Lust auf Gesellschaft am Feuer und begab sich in sein Zelt. Er setzte sich auf einen kleinen Hocker und vergrub das Gesicht in den Händen.

»Verliere nie die Zuversicht«, forderte ihn eine Stimme auf, von der er wusste, dass sie GON gehörte.

Ganz vorsichtig spähte Seshmosis durch zwei gespreizte Finger in das Dämmerlicht des nur sparsam erhellten Zelts. Er erwartete die Gestalt seines Vaters oder die einer rot getigerten Katze zu sehen, beide nicht größer als dreißig Zentimeter. Doch GON erschien dieses Mal als Kind. Als sehr kleines Kind natürlich.

Bei näherem Hinsehen entpuppte sich das dreißig Zentimeter große Kind als Seshmosis selbst, etwa im Alter von zehn Jahren. Der Schreiber hatte sich größer in Erinnerung, aber er kannte ja das Problem von GON, obwohl er die Ursache immer noch nicht begriff.

»Weißt du nun, was geschehen wird?«, wollte er wissen.

»Nicht genau. Aber es gibt Anzeichen, dass das dunkle Reich sich ins Land der Menschen schiebt. Und das ist furchtbar.«

»Meine Leute sind alle im Lager. Sind sie sicher?«

»Ja, ich kann sie schützen. Leg dich nun schlafen, du wirst morgen viel Kraft brauchen.«

Und Seshmosis gehorchte seinem Gott.

El Vis ließ die letzten Töne von *Im Ghetto* verklingen und blickte Kalala schmachtend an.

Die schmachtete zurück und griff ihn am Arm, um mit ihm hinter den Vorhängen des Bootsaufbaus zu verschwinden. Ihr Lieblingssklave und Leibwächter Tafa schaute zur Taverne am Ufer, wo Warn'keter und seine Mannschaft eine weitere Nacht bei starkem Bier und schrecklichen Nachrichten verbringen mussten.

Die größte Bibliothek Ägyptens befand sich weder im Palast des Pharaos noch in einem Tempel des Toth, des Gottes der Gelehrsamkeit. Die größte Bibliothek Ägyptens besteht nur aus einem einzigen Buch – dem Unterweltsbuch »Amduat«. Ein Buch, so schwer, dass tausend Menschen es nicht heben können, so dick, dass es nicht in die Dimension der Menschen passt, und so umfangreich, dass selbst ein Gott wie Toth es nicht erfasst. Amduat verzeichnet das Leben jeder Seele, die je in Ägypten wandelte. Jedes Ereignis jedweder Lebensform, ob Mensch, Tier oder Gott, schimmert hier in endlosen Hieroglyphenreihen auf ewig. Die Regentschaft des legendären ersten Pharao Skorpion fand hier ebenso Eingang wie der Kampf von Osiris und Seth. Die Hieroglyphen stöhnen das Stöhnen der Sklaven beim Pyramidenbau ebenso wie den letzten Schrei des Kranichs, den Seshmosis als Zwölfjähriger mit einem Pfeil tötete. Übrigens das erste und einzige Mal, dass Seshmosis jemanden oder etwas um sein Leben brachte.

Amduat braucht keine Schreiber, es schreibt sich selbst. In jeder Sekunde, in der Leben verlischt, ein neues Kapitel.

Und in dieser Nacht sollte selbst das gewaltige Amduat an seine Grenzen stoßen.

Ra legte sich wie jede Nacht auf ein kissenbeladenes Lager der Barke *Mesektet* und verlor sich in den Gedanken an seine eigene Herrlichkeit.

Kaum ein anderer Gott in Ägypten erfreute sich solch einer Beliebtheit wie er. Einzig Aton, der Gott der Sonnenstrahlen, reichte ein bisschen an ihn heran. Ra ging davon aus, dass man ihn einfach lieben und verehren musste. Nie wäre er auf den Gedanken gekommen, dass in der Sonne schwitzende Arbeiter ihn ob seiner sengenden Glut verfluchten. Oder Verirrte, die in der Wüste schmorten, weil er ihnen den letzten Tropfen aus dem Körper presste. Er fand sich einfach herrlich und genoss seine eigene Gesellschaft.

Sicher würde irgendwann in der Nacht Apophis, dieser widerwärtige Wurm, versuchen, ihn samt seiner Barke zu verschlingen. Doch wie immer würde er ihn zurückschlagen und demütigen. Arrogant schnippte Ra ein imaginäres Stäubchen von seinem göttlichen Gewand, als ein Stoß die Barke erschütterte.

Immer noch gelangweilt blickte er über die Reling in der Erwartung, Apophis' Schlangengestalt zu sehen. Doch stattdessen schaute er in die Löwenfratze von Mahes. Der erdreistete sich sogar, mit seiner fürchterlichen Pranke nach Ra zu schlagen.

Der Sonnengott wich zurück und stieß dabei gegen etwas, obwohl hinter ihm nichts hätte sein dürfen. Er spürte einen Atem im Nacken und dann einen Biss. Ra erstarrte. Gebissen von Nehebkau, dem Herrn der Zeit.

Nehebkau, wie Apophis aus der Familie der Schlangendämonen, galt als der größte und dunkelste Zauberer Ägyptens. Sein Kult kannte viele Formen, und er erschien in vielen Gestalten. Auch außerhalb von Ägypten verehrten sie ihn. Das Kennzeichen seiner Priester, der Schlangenstab, verbreitete Angst und Schrecken in allen von Menschen bevölkerten Ländern. Und nicht nur in diesen.

Der Biss von Nehebkau ließ für Ra die Zeit stillstehen.

Apophis wusste, dass er Ra nicht würde töten können, und so beschloss er, ihn zumindest auszuschalten. Gemeinsam mit Mahes und Meresger, der schlangenköpfigen Göttin des Westens, enterten sie die Nachtbarke.

Mahes ergriff das Steuerruder und tat etwas Unglaubliches – er änderte den Kurs der Barke.

Von alters her fuhr *Mesektet* stets den gleichen Weg

durch das Reich der Nacht. Ra brauchte nicht zu steuern, das tat die Barke selbst. Doch nun hieß ihr Ziel Amentet, das Westland, das Reich der Toten.

Als Chepre, der Käfer, am Morgen die Sonne abholen wollte, fand er das m'm-Tier leblos auf dem Boden liegen. Die Sonne selbst glänzte nicht, wie sonst, auf dem dreieckigen Arbeitstisch der Spitzmaus, es glänzte überhaupt nichts. Die Sonne war verschwunden.

Chepre stieß einen Laut aus, wie es nur göttliche Käfer vermögen. Ein Schrei nie gehörter Kraft ließ alle Götter Ober- und Unterägyptens erschaudern.

Und jede und jeder machte sich auf den Weg – laufend, rennend, fliegend, schwimmend, wie auch immer.

In Sauti zweifelte ein alter Hahn an seiner inneren Uhr. Noch nie in seinem Leben hatte er die Sonne sehen müssen, um zu wissen, wann sie aufging. Stolz erzählte er allen Hennen und vor allem anderen Hähnen, dass er mit verbundenen Augen den Tag erkennen konnte. Doch heute gab es keinen Tag zu erkennen. Die Nacht weigerte sich zu verschwinden. Als Hahn mit Prinzipien krähte er dennoch gegen die Dunkelheit.

Bei den Menschen dagegen herrschte helle Aufregung, oder besser gesagt, dunkle.

Normalerweise sagten die Priester Sonnenfinsternisse mit großem Brimborium voraus und nahmen solche Ereignisse stets zum Anlass, an die erhöhte Opferbereitschaft der Gläubigen zu appellieren. Doch selbst die Priesterschaft befand sich im Stadium zunehmender Verwirrung. Diese wuchs zur Panik, als man die Toten fand.

Es betraf jedes Haus und jeden Stall – die Erstgeborenen waren gestorben!

Später sollte eine berühmte Schrift wie folgt über dieses Ereignis berichten: »Und zur Mitternacht schlug der Herr alle Erstgeburt in Ägyptenland von dem ersten Sohn Pharaos an, der auf seinem Stuhl saß, bis auf den ersten Sohn des Gefangenen im Gefängnis und alle Erstgeburt des Viehs. Da stand Pharao auf, und alle seine Knechte in derselben Nacht und alle Ägypter, und ward ein großes Geschrei in Ägypten; denn es war kein Haus, darin nicht ein Toter war.«

Allerdings erzählt diese Aufzeichnung nicht, was wirklich geschehen war und wie es danach weiterging. Auch der Grund für diese umfassende Todesursache entspricht in dieser Darstellung nicht den Tatsachen. Aber Geschichtsschreibung ist immer selektiv, und jeder nimmt aus den Ereignissen das, was für seine Absichten taugt.

Das Unterweltsbuch Amduat schrieb sich so rasend wie nie. Rot glühten die Hieroglyphen auf den Seiten, die sich schneller weiterblätterten, als das Auge wahrnehmen konnte.

Eben erzählte es noch die Geschichte vom ältesten Sohn des Scharfrichters der Mafdet, schon erschien die kurze Biografie eines Kalbs in einem Stall zu Theben, abgelöst vom Lebensbericht einer fünfzehnjährigen Tempeltänzerin in Memphis. Weitergeschrieben mit unwirklicher Geschwindigkeit, huschten die Zeichen über die Seiten, jeglichem Wesen zum Gedenken, das in dieser Nacht verstarb.

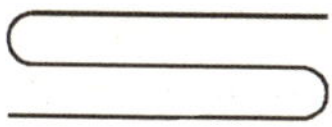

Im Lager der Tajarim herrschte Finsternis wie im ganzen Land. Die Menschen fürchteten sich, doch es gab keine Verluste zu beklagen. Auf Anordnung von Seshmosis hatte man alle Zelte kontrolliert und alle Tajarim wohlbehalten gefunden. Der Schreiber ging erleichtert in sein Zelt und sagte: »GON, ich danke dir!«

»Ich sage doch schon die ganze Zeit, dass du mir vertrauen kannst«, entgegnete der Gott. »Und jetzt baut ihr mir einen Schrein, versprochen?«

»Versprochen«, bestätigte Seshmosis. »Aber sag mir doch erst einmal, was eigentlich los ist.«

Und GON erzählte es ihm.

»Wie geht es jetzt weiter? Sollen wir für immer in Dunkelheit leben? Dann werden auch wir sterben«, jammerte Seshmosis resigniert.

»Die Götter lassen sich das nicht bieten. Sie versammeln sich schon, um Apophis in die Schranken zu weisen. Sei geduldig, mein kleiner Prophet, alles wird gut.«

Die Nachtbarke *Mesektet* erreichte Amentet, das Westland, das Land des Todes. Vorne am Bug Ra, zu seinem eigenen Standbild erstarrt durch die angehaltene Zeit. Neben ihm räkelte sich der Schlangendämon Apophis in der Gewissheit seines Sieges. Während der löwenköpfige Mahes immer noch das Steuer fest in den Pranken hielt, genossen der Herrscher der Zeit, Nehebkau, und die Herrscherin des Westens, Meresger, ihren Triumph. Für Letztere bedeutete die Ankunft die Rückkehr in ihre Heimat, in ihr ureigenes Reich.

Es ist für einen Sterblichen nicht einfach, eine Vorstellung vom Westland Amentet zu entwickeln. Ganz einfach, weil es selbst und alles darin jenseits des menschlichen Vorstellungsvermögens liegt. Zwar versuchen die ägyptischen Totenbücher Bilder jenes Reiches zu vermitteln, doch sie alle entspringen lediglich der Fantasie von Menschen. Sie glauben zum Beispiel, dass sie nach ihrem Tod in diesem Land wandeln und sich von ihren Uschebti bedienen lassen. Uschebti sind Jenseitsdiener, die man den Verstorbenen als mehr oder minder kunstvoll gefertigte Figuren mit ins Grab gibt.

Da aber das Westland Götterland ist, sieht es natürlich in Wirklichkeit ganz anders aus.

Erstaunlicherweise findet man hier durchaus Uschebti-Figuren, doch im Gegensatz zum allgemeinen Glauben dienen sie keineswegs den Verstorbenen, sondern stehen als dekorative, aber weiterhin leblose Figuren in den Wohnungen der westlichen Götter. Die wirklichen Uschebti, diejenigen also, die den Göttern hier dienen, sind nichts anderes als Verstorbene, die beim Totengericht weder erlöst noch im Krokodilmaul von Ammit oder gar zwischen den abertausend Zähnen von Babi gelandet sind. Und davon gibt es nicht wenige. Erlöste Menschen brauchen keine Diener, gelangweilte Götter schon.

Während im Land der Menschen immer noch die Nacht herrschte, obwohl die Sonne längst im Zenit stehen sollte, strahlte über Amentet ein warmes Licht. Keiner Gottheit wäre es eingefallen, das gesamte Westland in düsteren Farben zu gestalten, nur weil die Menschen dies erwarteten. Schließlich handelte es sich hier um ihren Arbeitsplatz für Jahrtausende, und den wollten sie so angenehm wie möglich gestalten.

Lediglich das imposante Tor zur Unterwelt, der Eingangsbereich zum Totengericht und die große Halle mit der Waage beeindruckten durch eine entsprechende Architektur und Dekoration der Düsternis und des Schreckens. Man wusste schließlich, was man den Erwartungshaltungen der Gläubigen schuldig war.

Der große Rest der göttlichen Ansiedlung kam mehr den touristischen Vorstellungen von einer adretten, erholsamen Kleinstadt entgegen. Lediglich die Tempel fehlten, aber wen sollten die Götter darin schon verehren?

Die Nachtbarke raste auf das Kai zu, eine riesige schwarze Welle nachziehend. Jedes menschliche Schiff hätte sich bei dieser Geschwindigkeit in die Mauer gebohrt, doch die *Mesektet* legte zentimetergenau an.

Apophis konnte eine gewisse Anspannung nicht leugnen. Er wusste, dass die Götter seinen Angriff auf Ra bemerken und auch sicher etwas gegen ihn unternehmen würden. Allerdings hatte er keine Vorstellung, welche Reaktionen ihn erwarteten. Doch er wähnte sich in einer starken Position, schließlich befanden sich Ra und die Sonne in seiner Gewalt.

Gespannt blickte der Schlangendämon zum Ufer. Er rechnete mit einer Abordnung aller großen Götter, umgeben von allen kleinen Göttern Ober- und Unterägyptens.

In Vorfreude seines großen Auftritts züngelte und zischelte er aufgeregt.

Doch zu seinem Erstaunen war die Anlegestelle leer.

Hätte Apophis Hände gehabt, wäre nun die Zeit gewesen, sich die Augen zu reiben. So blieb ihm nur, Hilfe suchend zu seinen Gefährten zu blicken, doch die schienen genauso ratlos wie er.

Dann nahm er eine Bewegung am Ufer wahr.

Ein Hase hoppelte auf die Barke zu.

»Unut«, zischte Meresger, die neben ihm stand.

»Unut? Du meinst, bei allem, was wir angerichtet haben, schicken sie uns lediglich diese völlig unbedeutende Hasenzwergin? Einen völlig nebensächlichen Unterweltsdämon? Sie wollen mich provozieren. Sie wollen mich demütigen!« Apophis war außer sich.

Inzwischen erreichte die Häsin die Barke und richtete sich auf. »Man erwartet euch in der großen Gerichtshalle. Und bringt Ra mit!«, sprach sie und hoppelte wieder davon.

Apophis heulte auf vor Zorn. Da beging er das größte Verbrechen in der Geschichte Ägyptens, und die Götter schickten zu seiner Begrüßung eine Hasendämonin von allerhöchstens lokaler Bedeutung. Er kochte, er schäumte, die Götter sollten ihn kennen lernen!

»Gehen wir?«, fragte Nehebkau.

»Ja. Mahes, trag du Ra. Wir wollen unsere wertvolle Fracht nicht zurücklassen. Am Schluss fallen noch Diebe über ihn her.«

Während Apophis mit seinen Gefährten zur großen Gerichtshalle im Westland zog, wunderte sich Kalala, dass die Nacht nicht enden wollte. Nicht, dass ihr die Gesellschaft von El Vis nicht behagte, ganz im Gegenteil, aber sie fand die Tatsache, dass die Sonne nicht aufging, überaus beunruhigend. Noch mehr wäre sie beunruhigt gewesen, wenn sie vom großen Sterben erfahren hätte, vom Sterben aller Erstgeborenen. Vor allem, weil sie, Kalala, die älteste Tochter ihres Vaters war. Doch Kalala stammte aus Nubien, und so ging der Kelch des ägyptischen Todes an ihr vorüber.

Ebenso am getreuen Tafa, der zwar weder Vater noch Mutter kannte, geschweige denn Geschwister und dennoch der Erstgeborene war. Und El Vis entstammte als siebter Spross einer Großfamilie aus dem Armenviertel von Memphis, in der selbst er hin und wieder den Überblick über die Zahl seiner Geschwister verlor.

Nicht weit von der *Windsbraut*, in der Taverne, beugte sich Snofur weinend über seinen toten Bruder Snafur. So lange sie sich kannten, und das taten sie schließlich von Geburt an, waren sie im Wettbewerb zueinander gestanden. Er, als der Jüngere, war stets dem großen Bruder hinterhergehechelt. Und so hatten sie sich gegenseitig jeden Tag bis aufs Blut geärgert, sein besserwisserischer Bruder als Hafenmeister und er als sein ständig widersprechender Stellvertreter. Doch nun, da sein älterer Bruder tot vor ihm auf dem Boden der Schänke lag, weinte er bitterlich. Einfach umgefallen, und das, obwohl er nicht mehr als zwanzig Becher süßen Biers getrunken hatte.

Bei aller Selbstsicherheit war es Apophis doch ziemlich mulmig zumute, als er vor dem imposanten Tor der großen

Gerichtshalle stand. Er hielt kurz inne, dann nickte er seinen Gefährten zu, ihm zu folgen. Die großen Flügeltüren schwangen auf, und Apophis betrat den hell erleuchteten Saal.

Es musste die größte Götterversammlung sein, die es je in Ägypten gegeben hatte.

In den mehrfach gestaffelten, dicht besetzten Reihen links und rechts vor den Hallenwänden erspähte Apophis Gestalten, die ihm noch nie vorher begegnet waren, ja, von denen er noch nicht einmal gehört hatte, dass es sie gab. Seine Unsicherheit wich dem Triumph, als er diese riesige Versammlung sah. Seine Tat zeigte nun endlich die angemessene Wirkung.

Ganz am Ende des gewaltigen Raums befand sich der Richtertisch. Dort saßen Isis und Osiris, die sich sonst äußerst selten sehen ließen, ihr Sohn, der falkenköpfige Horus, Amun, Toth und Anubis. Letzterer führte wohl den Vorsitz, denn er erhob sich, als die Bande die Mitte des Saals erreichte.

»Halt! Nicht näher, euer Gestank beleidigt uns!«, grollte er. Das Gemurmel im Saal verstummte, als der schakalköpfige Totengott sein Zepter hob.

»Apophis, Nehebkau, Mahes und Meresger, ihr seid des abscheulichsten Verbrechens seit Bestehen der Welt schuldig!«

Anubis schleuderte ihnen diesen Satz voll Verachtung entgegen.

»Gemach, gemach, du übereifriger Totenhund«, sagte Apophis ruhig. Er wusste, dass es für den schakalköpfigen Anubis keine schlimmere Beleidigung gab, als ihn mit einem Hund gleichzusetzen. »Die Sonne scheint doch für alle. Wir haben uns lediglich etwas ausgeliehen, das sowieso allen gehört. Bedauerlicherweise mussten wir dafür euren Freund hier«, er deutete mit dem Kopf Richtung Ra, »für eine gewisse Zeit aus dem Verkehr ziehen.«

»Schändlicher! Du Wurm hast es gewagt, einen Gott anzugreifen!«, ereiferte sich Amun, dessen sonst hellblauer Teint sich im Zorn zu Violett verfärbte. Außerdem erschien er heute nicht in seiner menschlichen Gestalt, sondern widderköpfig. Dadurch wirkte er wesentlich martialischer.

»Götter angreifen ist doch nichts Außergewöhnliches, nicht wahr, Osiris? Das kennst du doch von Seth zur Genüge«, entgegnete Apophis hämisch. »Ich pflege lediglich die alten ägyptischen Traditionen.«

»Warum hast du das getan?«, wollte Anubis wissen.

»Jetzt kommen wir der Sache schon näher, Hundskopf.«

Der Totengott knurrte für alle hörbar. Die Versammlung hielt den Atem an. Nur mit Mühe bewahrte Anubis seine Fassung.

Apophis genoss sichtlich die Wirkung seiner Beleidigungen. »Bleibt ruhig«, sagte er. »Wir besitzen etwas, das ihr wollt. Also verhandeln wir.«

»Wie lauten eure Forderungen?«, fragte Isis sanft, die zur Überraschung aller das Wort ergriff.

»Das hört sich schon viel freundlicher an, o Huldvolle«, zischelte Apophis.

»Nun, ich fordere für mich und meine Gefährten nichts, was nicht erfüllbar wäre. Wir wollen nicht mehr als die

Herrschaft über die Nacht. Und dazu für mich den Status eines Gottes.«

Ein Tumult brach in der Halle aus. Alle Gottheiten schrien, knurrten, schnatterten, zischten, brüllten, muhten, meckerten, kreischten und krächzten wild durcheinander.

Anubis hob sein Zepter und forderte Ruhe. Die bunte Götterschar folgte seiner Aufforderung nur zögernd. Erneut hob er das Symbol seiner Macht, bis endlich alle schwiegen.

»Wir wollen doch die Würde bewahren, liebe Freunde. Lassen wir nun Toth für den Obersten Rat sprechen.«

Toth erhob sich in seiner ibisköpfigen Gestalt, sie erschien ihm bei diesem Ereignis angemessener als ein Auftritt als Pavian.

»Du beanspruchst also nicht weniger als die Hälfte der Zeit, Apophis?«

»So könnte man es ausdrücken«, zischte der Schlangendämon.

»Und wie gedenkst du, diese Hälfte zu gestalten?«, wollte Toth wissen.

»Beeindruckend, überaus beeindruckend. Fantasievoll mit Angst und Schrecken, wie es sich für einen Herrscher der Finsternis gebührt.«

»Und wenn wir ablehnen?«, frage Toth mit ruhiger Stimme.

»Wir haben Ra und mit ihm die Gewalt über die Sonne. Wenn ihr uns nicht die Hälfte gebt, dann behalten wir das Ganze. Die immerwährende Nacht ohne Tag.«

Wieder kam Unruhe im Saal auf. Gerade die niederen

Götter begannen untereinander zu flüstern und zu tuscheln. Eine Handbewegung von Toth brachte sie zum Schweigen.

»Du glaubst also, uns erpressen zu können?«

»So könnte man es ausdrücken, Vogelkopf.« Apophis gewann mehr und mehr Oberwasser.

Toth zeigte sich ob der Beleidigung unbeeindruckt und fuhr in sachlichem Ton fort: »Apophis, wir wissen, dass du als Dämon schrecklich sein musst, das ist deine Natur, gottgewollt sozusagen. Deshalb wäre der Oberste Rat der Obersten Götter bereit, die Sache auf sich beruhen zu lassen und von einer Bestrafung abzusehen. Wir fordern dich daher zum letzten und einzigen Mal auf, versetze Ra in seinen normalen Zustand zurück und beende dieses widerliche Schauspiel!«

»Und wenn nicht?«, fragte Apophis hämisch.

»Dann müssten wir gewisse Maßnahmen ergreifen.«

»Welche Maßnahmen?«

»Du wirst es früh genug merken. Also, wie entscheidet ihr euch? Gebt ihr auf und geht in Frieden aus dieser Halle, oder beharrt ihr auf euren Forderungen?«

Toths Selbstsicherheit verunsicherte Apophis. Er blickte jedem seiner Gefährten ins Gesicht. Ihm war klar, dass diese sich dem Druck der Obersten Götter sofort beugen würden. Höchstwahrscheinlich bereuten sie schon jetzt ihre Unterstützung für ihn.

»Was könnt ihr mir schon anhaben, solange Ra in meiner Gewalt ist?«

Apophis spielte jetzt auf Zeit. Irgendetwas war hier im Gange, und er wusste nicht, was.

»Gibst du auf oder nicht?«, fragte Toth lauernd. »Ja oder nein? Kein Handeln mehr und auch keine Ausflüchte.«

Bei den letzten Worten Toths bewegten sich die sieben Skorpione der Isis, die bisher unter dem Richtertisch lagen, auf Apophis zu, die Stachel zum Angriff erhoben. Die sieben Skorpione namens Befen, Mesetet, Mesetetef, Matet, Petet, Tefen und Tjetet traten äußerst selten in Erscheinung. Eigentlich verabscheute Isis Gewalt, doch wenn sie sich nicht vermeiden ließ, setzte sie ihre Skorpione ein.

»Glaubt ihr, ein paar Skorpione können mich, Apophis, erschrecken?«

»Skorpione vielleicht nicht, aber vielleicht ein Rudel Seth-Tiere?« Die Stimme hinter Apophis klang eiskalt und mächtig. Die Temperatur im Saal fiel schlagartig um einige Grad.

Vorsichtig wandte Apophis den Kopf. Seine Gefährten Mahes, Meresger und Nehebkau waren verschwunden. Dafür stand Seth hinter ihm, umgeben von wohl zwei Dutzend Seth-Tieren.

»Hat es dir die Sprache verschlagen, Schlangenkopf?« Seths Stimme klang wie Eis.

»Ich fürchte dich nicht, du Untoter der Wüste. Solange sich Ra in meiner Gewalt befindet, könnt ihr mir nichts anhaben«, sagte Apophis, aber in erster Linie wollte er sich selbst beruhigen.

»So, so. Und wo ist Ra?« Seth neigte bei dieser Frage leicht den Kopf. »Siehst du ihn irgendwo? Hast du ihn vielleicht verschluckt?«

Besorgt suchten Apophis' Augen nach seinen Gefährten und Ra. Wo, bei allen Dämonen der Nacht, steckten sie nur? Waren sie vielleicht übergelaufen?

»Sieht so aus, als hättest du soeben deinen Trumpf verloren«, stellte Seth fest.

»Es nützt euch nichts, auch wenn ihr ihn habt. Nur ich kann ihn aus seiner Starre befreien.«

Apophis wusste, dies war sein letzter Versuch.

»Was meinst du, was von einem großen Schlangendämon übrig bleibt, wenn meine Seth-Tiere mit ihm fertig sind? Ein paar Nilwürmer? Einige Aas-Maden? Staubmilben? Oder gar nichts?«

»Wenn ihr mich tötet, bleibt es auf immer Nacht!«

»Oder es wird doch wieder Tag, und die Nächte werden schöner als je zuvor«, sagte eine Stimme von rechts. Der falkenköpfige Ra trat aus der Reihe der niederen Götter und breitete seine Hände aus. Neben ihm stand Nehebkau, der Herrscher der Zeit, und blickte schulterzuckend und verlegen zu Apophis: »Tut mir Leid, ich konnte nicht anders. Die Seth-Tiere knabberten schon an meinem Leib.«

Apophis brach innerlich zusammen. Dann raffte er sich auf: »Gut, wie war euer Angebot? Ich gebe auf, und wir vergessen die ganze Sache. Einverstanden?«

Die Götter am Richtertisch brachen in schallendes Gelächter aus, in das nach und nach alle anderen Götter und Dämonen in den Reihen einfielen.

Apophis krümmte sich vor Wut.

»Wir werden dir den Prozess machen, Apophis. Aber keine Sorge, er wird nicht lange dauern«, sagte Toth. »Anubis ist der Ankläger.«

Dieser erhob sich sofort. »Götter und Dämonen Ägyptens! Ihr alle wisst, was Apophis verbrochen hat. An seiner Schuld besteht kein Zweifel. Unser Gesetz kennt für solche Verbrechen nur zwei Strafen – Auslöschung oder Verbannung.«

»Werft ihn den Seth-Tieren vor!«, erscholl es aus der Menge.

Der Schlangendämon zitterte. Das erste Mal, seit er existierte, fürchtete er um sein Leben.

»Als erster Ankläger der Götter fordere ich den Tod für diesen nichtswürdigen Wurm!« Anubis sah hier die Chance für seine persönliche Rache. Er hasste es wirklich, wenn man ihn mit einem Hund verglich.

»Tötet ihn! Vernichtet ihn!« Die Menge war sich einig.

Nach einiger Zeit des Geschreis und Gebrülls erhob sich Osiris und sprach zum ersten Mal seit langer, langer Zeit. »Selbst wenn die Seth-Tiere ihn zermalmen, er würde wiederkehren. So wie alle Götter und Dämonen immer wiederkehren seit Anbeginn der Zeit. Keiner von uns kann endgültig ausgelöscht werden. So sehr ich auch Apophis einen Ausflug durch die Kiefer und den Verdauungstrakt der Seth-Tiere gönne, scheint mir die Verbannung doch viel schlimmer für ihn zu sein. Schicken wir ihn zu den Völkern jenseits der östlichen Wüste. Sopdu, der Falkengott und Herr der Fremdländer, soll darüber wachen, dass Apophis nie mehr nach Ägypten zurückkehren kann. Überlassen wir ihn dem Schicksal in der Fremde. Mögen sie Apophis dort als Dämon oder als Gott fürchten, seine Zeit in Ägypten ist für immer abgelaufen.«

Anubis wollte widersprechen, zögerte aber und schwieg.

Osiris war schlau und gerissen und trotz seines Götterstatus immer noch ein Ägypter aus vollem Herzen. Indem er Apophis nach Asien verbannte, schuf er nicht nur Ruhe im eigenen Land, er strafte damit auch die aufmüpfigen Stämme und Völker in Kanaan und Mesopotamien, die Hyksos, Hethiter und Assyrier. Deshalb sagte der Totengott: »Ich stimme zu. So sei es.«

Damit war das Urteil rechtskräftig. Alle Götter des Obersten Rats führten gleichzeitig eine Bewegung mit ihren Zeptern aus, und Apophis verschwand lautlos aus der Gerichtshalle.

Isis erhob sich. »Wir haben beschlossen, Nehebkau, Mahes und Meresger nicht zu bestrafen, wenn sie helfen, den Schaden wieder gutzumachen. Denn nun wartet eine sehr schwierige Aufgabe auf uns. Wir müssen die Folgen von Apophis' schändlicher Tat rückgängig machen. Das ist die größte Aufgabe, die wir Götter Ägyptens je lösen mussten.«

Als die Sonne gegen Mittag schließlich doch über Sauti aufging, blinzelte der alte Hahn verärgert zum Horizont. Anscheinend konnte man sich wirklich auf nichts mehr verlassen. Er überlegte kurz, ob er wegen der besonderen Umstände eine Sonderschicht einlegen sollte, also ein zweites Mal krähen. Aber dann dachte er sich, ich habe pünktlich wie immer gekräht, und basta! Er war eben wirklich ein Hahn mit Prinzipien.

Die Sonne brachte für die Menschen in Sauti das ganze Ausmaß der Katastrophe ans Licht. Nicht nur, dass all ihre Erstgeborenen tot in den Häusern lagen, auch beim Vieh in den Ställen und auf den Weiden hatte der Tod reichlich Ernte gehalten. Die ganze Stadt erfüllte sich mit solchem Wehklagen, dass Kalala sich die Ohren zuhielt.

Der verspätete Sonnenaufgang stimmte die Tajarim freudig, und sie versammelten sich in der Mitte des Lagers. Seshmosis sandte Kundschafter in die Stadt, und als diese mit den Schreckensbotschaften zurückkehrten, dankten die Tajarim ihrem Gott, dass er sie beschützt habe. Seshmosis gesellschaftliches Ansehen stieg enorm, und er schlenderte mit stolz geschwellter Brust durchs Lager, als wäre er höchstpersönlich der Beschützer des Stammes.

Die Stimme in seinem Zelt holte ihn auf den Boden der Tatsachen zurück. »Es ist noch nicht vorbei. Ganz im Gegenteil, für euch geht es jetzt erst richtig los. Die Menschen in Ägypten werden Schuldige suchen. Und ihr seid ausgezeichnete Schuldige. Es ist sozusagen das, was ihr am allerbesten könnt: schuldig sein.«

Ungläubig blickte Seshmosis auf die winzige Ziege in seinem Zelt. Zweifellos hatte sie gesprochen, und genauso zweifellos handelte es sich um seinen Gott.

»Warum um Himmels und deiner selbst willen erscheinst du mir als Ziege?«, fragte der Schreiber fassungslos.

»Ich dachte, es wäre der Situation angemessen. Ich liebe die bildhafte Kommunikation, und so wählte ich eben die Gestalt des Sündenbocks.«

GON schien sehr stolz auf diesen Einfall zu sein.

Seshmosis schluckte hörbar. »Weißt du, ich bin wirklich ein offener, toleranter Mensch. Ich habe absolut nichts gegen Andersartige, ob Menschen oder Götter. Ich bin einer, der bereit ist, mit jedem zu reden. Oder mit allem. Aber es ist für mich sehr gewöhnungsbedürftig, mit Katzen oder Ziegen zu sprechen. Vor allem, wenn sie nicht nur zuhören, sondern auch antworten. Könnten wir uns nicht auf eine einzige Gestalt einigen, in der du zu mir sprichst?«

»Nein.«

»Es würde aber meine Nerven schonen.«

»Nein. Ich denke nicht daran, wegen deiner Überempfindlichkeit die Entfaltung meiner Persönlichkeit einzuschränken.«

»Das heißt, ich muss weiterhin damit rechnen, dass in meinem Zelt dreißig Zentimeter große Katzen, Ziegen, Nilpferde, Krokodile oder was auch immer zu mir sprechen?«

»Korrekt. Du hast es erfasst. Und hüte dich vor dem Tag, an dem ich dir als dein Schatten erscheine!«

Seshmosis schüttelte den Kopf und dachte sich: Der Herr, mein Gott, ist ein sturer Gott.

In der großen Gerichtshalle von Amentet übernahm nun endgültig Isis das Kommando.

Die Götter aus dem Fachbereich »Geburt und Leben« assistierten ihr: Renenutet, die Nährschlange und Göttin der Kinder; der zwergenhafte Bes, Beschützer der Säuglinge; die nilpferdgestaltige Geburtsgöttin Ipet und der widderköpfige Schöpfergott Chnum.

»Wir müssen einen Toten stellvertretend für alle wiedererwecken, auf dass alle in dieser Nacht gestorbenen Erstgeborenen wieder auf Erden wandeln«, sagte Isis. »Bringt mir einen Verstorbenen!«

Zwei Uschebti, die sich ihr Jenseitsleben auch anders vorgestellt hatten, trugen einen Leichnam in die große Halle und legten ihn den Göttern zu Füßen. Es war Snafur.

Der Zufall oder die starke Ausdünstung wollte es, dass die beiden Jenseitsdiener ausgerechnet den Hafenmeister von Sauti ergriffen, damit die Götter ihr großes Werk vollbringen konnten.

Isis blickte auf den Körper und forderte Toth auf: »Sprich die Große Unschuldsbeteuerung, auf dass wir keinen Ungerechten erwecken.«

Und Toth sprach in monotonem Singsang:

O du mit den langen Schritten, der du erscheinest in Iunu; ich bin kein Übeltäter.
O du, der das Feuer hält und in Cheraba erscheinet; ich bin kein Mann der Gewalt.
O du mit der Nase, der du in Ba'c'h erscheinest; ich habe keinen bösen Sinn.

O Esser des Schattens, der in Syene erscheinet; ich bin nicht habgierig.

O du grimmig blickender Gott, der in Rosetau erscheinest; ich bin kein Totschläger.

O du Löwengestaltiger, der du im Himmel erscheinest; ich betrüge nicht mit dem Kornmaß.

O du, dessen Augen scharf sind wie Schwerter, der du in Iunit Senet erscheinest; ich verübe keinen Betrug.

O du mit dem Feuerantlitz, der sich rückwärts beweget; ich raube keinen geheiligten Besitz.

O Knochenbrecher, der in Henen Nesu erscheinet; ich bin kein Lügner.

O du, der über die Flamme gebietet und in Memphis erscheinet; ich raube keine Nahrung.

O du von den Zwei Höhlen, der du in Amentet erscheinest; ich bin nicht müßig.

O du mit den Leuchtenden Zähnen, der im Unsichtbaren Lande erscheinet; ich bin kein Lästerer.

O Bluttrinker, der du am Schlachtblock erscheinest; ich habe keine heiligen Tiere geschlachtet.

O Leberesser, der am Hof der Dreißig erscheinet; ich mache keine betrügerischen Geschäfte.

O Herr der Rechtschaffenheit, der du an der Stätte der Beiden Maat erscheinest; ich bin kein Landraffer.

O du, der du den Rücken wendest und in Bast erscheinest; ich bin kein heimlicher Lauscher.

O Bleicher, der du in Iunu erscheinest; ich habe keine böse Zunge.

O Viper, die du in Busiris erscheinest; ich kümmere mich nur um meine eigenen Angelegenheiten.

O Schlange, die am Block erscheinet; ich begehe nicht Ehebruch mit eines anderen Weib.

O Seher, der im Haus des Min erscheinet; ich bin mit niemandem unkeusch.

O du, der du über all den Fürsten stehest und der du in Imu erscheinest; ich verursache keinen Schrecken.

O Angreifer, der in Kauu erscheinet; ich bin kein Lästerer.

O du, der du deine Stimme erhebest und in Wryt erscheinest; ich führe keine hitzigen Reden.

O göttliches Kind, das in Bast erscheinet; ich verschließe nicht mein Ohr der Gerechtigkeit.

O du mit der lauten Stimme, der in Wnsy erscheinet; ich führe mich nicht prahlerisch auf.

O du aus Bubastis, die du aus deiner Gruft kommst; ich bringe niemand zum Weinen.

O du, dessen Gesicht hinter dir ist und der du in deiner Höhle erscheinest; ich habe keine unnatürlichen Gelüste.

O du Heißfüßiger, der im Zwielicht erscheinet; ich ergebe mich nicht dem Zorn.

O Dunkler, der aus der Dunkelheit kommet; ich lasse mich nicht zum Fluchen hinreißen.

O du, der seine eigenen Opfergaben trägt und in Sais erscheinet; ich habe keine lose Hand.

O du mit den verschiedenen Gesichtern, der du in Netefit erscheinest; ich bin nicht wankelmütig.

O Vielbeschäftigter, der in Wenet erscheinet; ich stehle nicht die Häute heiliger Tiere.

O du Gehörnte, die in Sauti erscheinet; ich führe keine lauten Reden.

O Nefertem, der in Memphis erscheinet; ich bin weder ein Lügner noch ein Missetäter.
O du, die niemanden überleben lässt, die in Djedu erscheinet; ich bin keiner, der dem Pharao flucht.
O du, der ganz nach eigenem Willen handelt und in Tjebu erscheinet; ich halte das Wasser in seinem Laufe nicht auf.
O du Zuschlagender, der du im Himmel erscheinest; ich bin kein Schreier.
O du, der Sterbliche gedeihen lässt und aus seiner Wohnstatt kommt; ich fluche keinem Gott.
O du mit der schönen Schulter, die du in Qena erscheinest; ich blähe mich nicht auf vor Stolz.
O Vereiner der Embleme, der du in deiner Wohnstatt erscheinest; ich bevorzuge niemand zu Unrecht.
O du mit dem erhobenen Haupt, der du in deiner Höhle erscheinest; ich begehre nichts, was nicht mir gehört.
O du mit dem erhobenen Arm, der du in der Unterwelt erscheinest; ich tue nichts, was den Gott meiner Heimat beleidigen könnte.

Nach dieser Litanei versammelten sich alle anwesenden Götter im Kreis um den Leichnam, um den wichtigsten Teil der Zeremonie zu unterstützen.

»Ihr Götter der großen Versammlung, es ist Zeit für die *Sprüche für das Herausgehen bei Tage*. Sprecht nun mit mir die magischen Formeln der Auferstehung«, forderte Isis auf. Und aus allen Mündern, Mäulern und Schnäbeln kamen die gleichen Worte:

Dem Menschen in der Unterwelt das Herz nicht wegnehmen.

Die Luft der Unterwelt atmen und Macht über das Wasser in Amentet haben.

In der Unterwelt nicht verwesen.

Nicht untergehen und in der Unterwelt zum Leben erwachen.

Den Kopf nicht auf den Richtblock legen.

Dem Menschen in der Unterwelt nicht den Kopf abschneiden.

In der Unterwelt nicht nach Osten segeln.

Die Seele in der Unterwelt mit dem Körper vereinigen.

Auf dass die Seelen aller in der Unterwelt nicht versklavt werden.

Der Seele und dem Schatten des Osiris das Grab öffnen.

Die Füße heben und auf die Erde hervorkommen.

Nach der Wanderung durch das Grab hervortreten bei Tage.

Auf dass der Mensch zurückkehre und sein Haus auf Erden wiedersehe.

Snafur schlug die Augen auf und rülpste.

»Wo bin ich?«

Isis, die über ihn gebeugt stand, fächelte sich Luft zu. »Der Kerl stinkt bestialisch. Den hat nicht Apophis umgebracht, sondern der Alkohol.«

Toth lachte. »Nach meinen Aufzeichnungen ist er Snafur, ein Hafenmeister aus Sauti. Die saufen alle. Der säuft sogar ein Nilpferd unter den Tisch. Ich bin sicher, dass auch er ein Opfer von Apophis ist.«

»Ich verstehe überhaupt nichts«, jammerte Snafur. »Eben saß ich noch in meiner Lieblingsschänke, *Der Jungfrau vom Nil,* und löschte meinen Durst mit ein paar Bechern Henket. Plötzlich fiel ich um, und jetzt erinnere ich mich an nichts mehr. Wo bin ich eigentlich? Und wer seid ihr?«

»Du solltest mich kennen, Snafur. Ich bin Isis, deine Göttin.«

Snafur verlor erneut das Bewusstsein. Isis berührte ihn leicht an der Wange, und er schlug die Augen wieder auf.

Snafur schaute in das freundliche Gesicht von Isis und beruhigte sich ein wenig. Vielleicht habe ich ein wenig zu viel getrunken, dachte er. Es soll ja Menschen geben, die nach dem Genuss von zu viel Bier weiße Nilpferde sehen.

Dann wandte er den Kopf nach rechts und erschauderte. Da stand der schakalköpfige Totengott Anubis.

Snafur drohte abermals ohnmächtig zu werden, und so hielt ihn Isis vorsichtshalber an der Hand. »Du bist in der großen Gerichtshalle. Aber keine Angst, du bist nicht tot. Zumindest nicht mehr. Schreckliches ist geschehen, doch nun kannst du bei Tage hinaustreten und in dein Haus zurückkehren.«

»Oder in die Taverne«, ergänzte Toth grinsend, der nun wieder seine Paviangestalt angenommen hatte. »Schicken wir ihn zurück. Und alle anderen Menschen und Tiere auch«, sagte er.

Isis nickte zustimmend.

Alle Götter traten in einen Kreis. Die Luft in der Mitte flirrte. Dann machte es leise »Plop«, und Snafur war verschwunden.

Am Nachmittag berief Seshmosis eine Versammlung ein. Alle Tajarim trafen sich in der Lagermitte.

»Liebe Freunde, GON, der über uns wacht, gab mir eine Warnung. Wir dürfen uns keineswegs als Hyksos zu erkennen geben. Die Shofarhörner sollen stumm bleiben, und nehmt euch selbst ägyptische Namen, sofern ihr noch keine habt. Denn GON prophezeite, dass die Ägypter uns für die Schrecknisse und das Sterben verantwortlich machen werden. Also: Hütet eure Zungen, auf dass sie lange in euren Mündern wohnen mögen!«

Bald darauf machten sich Zerberuh, Barsil und Melmak auf den Weg nach Sauti.

Zerberuh konnte den Verlust seines Schiffs *Windsbraut* immer noch nicht überwinden und hatte einen Plan, bei dessen Ausführung ihm die anderen beiden helfen sollten.

Bald erreichten sie den Hafen von Sauti und die *Windsbraut*.

Vom Ufer aus beobachteten sie Warn'keter, der mit einem ihnen unbekannten Mann sprach. Es war Snofur, der stellvertretende Hafenmeister, der mit dem Schiffseigner um die Liegegebühr feilschte. Da der Hafenmeister und sein Stellvertreter von der Stadt keinen Lohn erhielten, sondern von ihrem Anteil an den Liege-, Lade- und Löschgebühren lebten, legten sie natürlich größten Wert darauf, dass diese pünktlich bezahlt wurden. Weil sie nun schon etliche Wochen in Sauti lagen, versuchte Warn'keter den Preis zu drücken.

Als Snofur das Schiff verließ, gab Zerberuh seinen Gefährten ein Zeichen, sich bereitzuhalten. Er selbst betrat die Planke, um an Bord zu gelangen. Doch das verhinderte Tafa, der wie aus dem Nichts an der Reling auftauchte und Zerberuh den Weg versperrte.

»Wer seid Ihr, und was wollt Ihr?«, fragte der hünenhafte Nubier barsch.

Zerberuh schluckte. Zwar besaß er ein großes Herz, aber sein Körper konnte da nicht mithalten. Er galt als einer der Kleinsten unter den Tajarim und reichte selbst Seshmosis nur bis zum Kinn.

»Ich bin ein alter Bekannter von Warn'keter, ein Kollege sozusagen, er kennt mich, frag ihn, mein Guter, er kennt mich wirklich«, stotterte Zerberuh.

Da trat der neue Besitzer der *Windsbraut* schon hinzu.

»Zerberuh! Mein Lieblingskonkurrent! Wie klein doch die Welt ist!«

»Schai und Renenutet mögen mit dir sein«, grüßte der Tajarim.

»Und ebenso mit dir«, erwiderte Warn'keter. »Was führt Euch zu mir? Habt Ihr Sehnsucht nach Eurem alten Boot?«

»Genauso ist es. Seit Wochen laufe ich durch die Wüste, und mir fehlen die Planken unter den Füßen. Ich wünsche mir nichts mehr, als wieder einmal an Bord zu sein.«

»Und sonst keine Wünsche, mein Lieber?«

»Was meint Ihr?«, fragte Zerberuh nur scheinbar naiv.

»Ich kenne Euch seit vielen Jahren. Noch nie seid Ihr einen unnötigen Schritt zu Fuß gegangen. Jetzt wollt Ihr mir erzählen, dass Ihr den weiten Weg hierher nur gemacht habt, um Euer altes Schiff wiederzusehen. So sentimental?«

»Ihr kennt mich gut, mein Bester. Ich habe wirklich ein

klitzekleines Anliegen, das ich mit Euch besprechen möchte. Allerdings unter vier Augen, wenn Ihr versteht«, sagte Zerberuh mit einem Seitenblick auf Tafa.

Warn'keter nickte dem Nubier zu, der sich sofort zurückzog.

Die beiden Konkurrenten gingen zum Bug, um sich ungestört zu unterhalten.

»Also, was wollt Ihr wirklich, Zerberuh?«

»Mein Schiff.«

Warn'keter brach in schallendes Gelächter aus. »Seid Ihr recht bei Trost? Ihr kommt allen Ernstes aus der Wüste und verlangt die *Windsbraut* zurück? Erinnert Ihr Euch nicht, Ihr habt mir das Schiff in Theben verkauft. Mit Brief und Siegel. Euer Freund Seshmosis schrieb den Kaufvertrag.«

»Nun, die Situation zwang mich dazu. Aber inzwischen hat sich einiges geändert. Wir leben in bewegten Zeiten.«

Zerberuhs Sicherheit irritierte den Reeder. Er beschloss, in die Offensive zu gehen.

»Heißt das, Ihr wollt das Boot zurückkaufen?«

»Halb und halb.«

»Halb und halb? Wie meint Ihr das?«

»Halb richtig und halb falsch. Richtig, ich will das Boot zurück; falsch, ich will es nicht kaufen.«

»Ihr seid zu lange durch die Wüste gelaufen. Die Sonne muss Euer Hirn verbrannt haben. Oder die Sandwürmer fraßen es zum Nachtmahl.« Warn'keter schüttelte ungläubig den Kopf.

»Nein, gewiss nicht. Die ungewohnte Tätigkeit des Gehens half meinem Denkvermögen ungeheuer. Noch mehr stellte sich allerdings bei mir ein, als ich vor nicht allzu langer Zeit dort drüben stand.«

Zerberuh deutete mit ausgestrecktem Zeigefinger auf das gegenüberliegende Nilufer.

»Was soll das, Zerberuh? Mir ist nicht zum Scherzen. Verschwendet nicht meine Zeit.«

»Ich scherze nicht, Ihr Schande aller ehrbaren Nilschiffer. Von dort sah ich, dass Ihr nicht nur diesen schwarzen Riesen als Passagier habt.«

Warn'keter schwante Böses.

»Was glaubt Ihr, was Statthalter Kamoses dazu sagt, wenn er erfährt, dass seine über alles geliebte Kalala nicht unterwegs zum zweiten Katerakt ist, sondern in Sauti ankert? Und wie vor allem sein weniger geliebtes Weib Psuta reagieren wird, wenn sie erfährt, dass ihre verhasste Rivalin noch in Ägypten weilt?«

Warn'keter bekam Schweißausbrüche.

Zerberuh fuhr fort, ihn zu quälen. »Ich denke, Kamoses würde mehr als den Preis für die Schiffspassage zurückfordern. Vielleicht zusätzlich einen schönen Weidenkorb mit Eurem Kopf darin?«

»Das ist Erpressung!«, keuchte Warn'keter.

»Genau, das ist es. Aber es kümmert mich nicht. Ich will mein Schiff zurück.«

Der Ägypter überlegte fieberhaft. Er wusste, wie sehr Zerberuh sein Schiff liebte und dass er alles, wirklich alles dafür tun würde. Ihn ans Messer zu liefern, war dabei noch das Wenigste.

»Keiner wird der Aussage eines Hyksos glauben«, versuchte er das Unheil abzuwenden.

»Einem Hyksos vielleicht nicht. Aber seht Ihr die Männer dort?« Er deutete auf Barsil und Melmak am Ufer, die sich hüteten, ihre Gesichter zu zeigen. »Das sind ehrenwerte Bürger aus Sauti. Sie werden meine Worte ebenso bezeugen wie der Hafenmeister und sein Stellvertreter.«

»Werdet Ihr schweigen, für immer schweigen, wenn ich Euch das Schiff zurückgebe?«

»So wahr ich mein Schiff liebe. Gebt es zurück, und ich weiß von nichts mehr.«

Warn'keter überlegte. Es blieb ihm keine andere Wahl. Außerdem glaubte er dem Hyksos. Sein Schiff war ihm das Wichtigste. Er würde alles tun, um es nicht wieder zu verlieren, und ihn deshalb auch nicht betrügen.

»Ihr seid ein übler Schuft, aber ich hänge am Leben. Doch eines müsst Ihr mir versprechen: Übernehmt meine beiden Passagiere.«

»Kein Problem. Wohin wollen denn die Herrschaften?«

»Fragt sie doch selbst. Und nun geht mir aus dem Weg, Ihr widerlicher Erpresser, ich will meine Sachen packen.«

Während in Sauti die Menschen über die Auferstehung von Mensch und Tier jubilierten, sammelten sich die Tajarim in der Mitte ihres Lagers. Seshmosis beauftragte Schedrach mit dem Bau eines Schreins nach den Wünschen von GON.

»Bau den Kasten schnell. Wir wollen bald aufbrechen«, wies er den Karrenbauer an.

»Und wozu soll das gut sein?«, wollte der wissen.

»Unser Gott braucht eine Wohnstatt, damit er uns auf unserer Reise angemessen begleiten kann.«

»Na ja, ich habe eine Schmuckkiste in der Größe. Da kann ich noch ein paar hübsche Beschläge dranmachen. Heute Nachmittag ist das Ding fertig.«

Seshmosis ließ den Blick über die versammelten Männer schweifen. Ein flaues Gefühl machte sich in seiner Magengegend breit, aber er wusste, die nächsten Minuten würden das weitere Schicksal der Tajarim entscheidend beeinflussen.

»Freunde! Ich erzählte euch von GONs Warnung, dass wir vorsichtig sein müssen. Wir dürfen uns nicht den kleinsten Fehler leisten. Wir können es nicht riskieren, dass ein grün schimmernder Mensch alle Blicke auf sich zieht.« Dabei blickte er eindringlich zu Raffim. Der wollte schon protestieren, doch Seshmosis fuhr fort. »Das heißt keineswegs, dass wir dich verstoßen wollen, Raffim. Wir müssen nur endlich dein Problem mit dem Ankh lösen!«

»Ich habe kein Problem mit dem Ankh«, maulte Raffim.

»Doch, hast du! Du ärgerst dich doch hundert Mal am Tag, dass du keinen Appetit mehr hast. Lass dir doch helfen, damit du wieder normal wirst. Du bist eine Gefahr für uns alle, aber vor allem für dich selbst. Die Menschen mögen dir nichts anhaben können, aber die Götter bestimmt. Wir alle haben erlebt, wie mächtig sie sind. Und wie grausam dazu. Willst du, dass sie sich dir zuwenden, Raffim?«

Raffim wollte nicht.

»Und was soll ich tun? Ich werde das Ding doch nicht mehr los.«

»Ich habe eine Idee.« Seshmosis gewann an Zuversicht. »Wir machen auf unserem Weg zu den Pyramiden einen Umweg über Arsinoe, das große Heiligtum des Krokodilgottes Suchos. Dort wirst du sein Ankh sicher los.«

Die anderen Tajarim nickten zustimmend.

So beschlossen sie, einige Alte, Gebrechliche und Kinder mit der *Windsbraut* auf dem Nil nach Norden zu schicken, während die anderen als Karawane parallel zum Fluss Bahr Yusuf ziehen wollten, einem Nebenarm des Nils. Das hatte vor allem den Vorteil, dass sie abseits der Hauptverkehrsader Nil ins Faijum, das große fruchtbare Land mit dem See Moeris, reisen konnten. So würden sie weniger Aufsehen erregen.

Allerdings wusste Seshmosis, dass die Augen der Götter leider auch auf die Nebenwege schauten. Aber er hoffte auf GON und darauf, dass der kleine Gott das Schlimmste von ihnen abwenden würde.

Abseits vom Versammlungsplatz standen Apis und Methyer im provisorischen Pferch und nickten einander zu. Obwohl das Problem mit dem Ankh scheinbar gelöst war, würden sie bis zur Geburt ihres göttlichen Kindes bei den Tajarim bleiben.

Kalala, Prinzessin von Gebel Abjad, schwarze Perle Nubiens, Stern der Oase Salima, war es egal, wer der Kapitän der *Windsbraut* war und auch, welche Passagiere an Bord kamen. Hauptsache, ihr trautes Zusammensein mit El Vis wurde nicht gestört.

Zerberuh vergatterte alle Tajarim, der Prinzessin, ihrem Freund und ihrem nubischen Leibwächter keinesfalls ins Gehege zu kommen. Tafas mächtige Erscheinung machte es leicht, dieser Aufforderung Folge zu leisten.

Ohne weitere Verzögerung ließ Zerberuh Segel setzen.

Der Seher und die Begegnung mit dem Krokodilgott

Nach drei Tagen erreichte die Karawane die Ortschaft Chmun, in der man hauptsächlich Toth verehrte. Die Tajarim lagerten ein wenig abseits der Häuser, um den direkten Kontakt mit den Einheimischen zu vermeiden. Raffim hüllte sich von Kopf bis Fuß in wallende Gewänder, sodass kein Hauch von Grün durch den Stoff schimmerte.

Die *Windsbraut* war indes mit ihren Passagieren weiter Richtung Norden unterwegs; man wollte sich in einigen Wochen in Memphis wieder treffen.

Seshmosis begab sich mit Mani, dem Stoffhändler, und seinem Freund Shamir, dem Bäcker, in die kleine Ansiedlung. Wie immer ging es dem Schreiber darum, zu sondieren, wie die Stimmung im Volk war. Die Bewohner standen wohl immer noch unter dem Schock der schrecklichen Nacht, als Apophis' Schandtat ihnen die Erstgeborenen geraubt hatte.

Auch in der ortsüblichen Schänke war keine Feindseligkeit zu spüren, woraufhin die drei Tajarim Platz nahmen und sich einen Krug Henket gönnten.

Da näherte sich eine merkwürdige Gestalt.

Sie war klein, klapperdürr und bucklig. Es war wohl ein

Mann. Er trug ein seltsames Gewand mit einer Kapuze, die sein Gesicht umhüllte. Was für ein Gesicht! Das rechte Auge saß viel tiefer als das linke und war noch dazu von einem verschwollenen Lid fast geschlossen. Die riesige, hakenförmige Nase hätte dem ibisköpfigen Toth alle Ehre gemacht. Die Lippen waren aufgeworfen und entblößten gewaltige Schneidezähne wie bei einem Nagetier.

Es war das hässlichste Gesicht, das Seshmosis je gesehen hatte.

»Verzeiht, Ihr Herren, wenn ich Euch störe.«

Die Stimme war krächzend und klang trotz aller Höflichkeit bedrohlich.

Seshmosis zwang sich zur Ruhe und fragte: »Was wünscht Ihr, mein Herr?«

»Einen Krug Henket und Eure Aufmerksamkeit, wenn es Euch recht ist.«

»Warum sollten wir einem Fremden das Bier bezahlen?«, rief Mani ziemlich unwirsch.

»Weil der Fremde Euch etwas Wichtiges zu sagen hat, mein Herr.«

Seshmosis spürte, dass er dem Mann zuhören sollte, und nickte.

»Einverstanden. Nehmt Platz und sprecht!«

Er bedeutete dem Wirt, noch einen Krug Henket zu bringen, und wandte sich wieder dem hässlichen Fremden zu.

»Mein Name ist Nostr'tut-Amus, und ich bin ein Schüler von Toth.«

»Ein Schüler? Ihr meint wohl Priester?«, fragte Seshmosis unsicher.

»Ihr habt schon richtig gehört: ein Schüler. Toth hat viele Priester, aber nur wenige Schüler. Und ich bin einer von ihnen. Manche nennen mich auch einen Seher.«

»Ein Seher?«, echote Shamir, in dem sofort seine Begeisterung für alles Mystische ausbrach. »Wahrhaftig ein Seher?«

»Ja, ein Seher. Aber brüllt nicht so, es muss ja nicht gleich jeder hören.«

Seshmosis blieb misstrauisch. »Schön für Euch, aber was haben wir damit zu schaffen?«

»Nun, Ihr seid etwas Besonderes. Gerade Ihr!« Der Zeigefinger des Fremden stieß in Richtung Seshmosis wie die Klaue eines Raubvogels.

Wie so oft in den letzten Tagen schrie Seshmosis' Magen um Hilfe. Er musste unbedingt Ruhe bewahren.

»Guter Mann, was genau wollt Ihr uns sagen?«, trat er die Flucht nach vorne an.

»Es geschehen seltsame Dinge in diesem Land. Plagen und Tod suchen die Menschen heim.«

Seshmosis winkte wegwerfend mit der Hand. »Das ist wohl nicht zu übersehen. Dazu braucht es keinen Seher.«

»Wohl wahr, um die Dinge zu sehen, braucht es keinen, wohl aber, um hinter die Dinge zu sehen!«

»Und was seht Ihr hinter den Dingen?« Seshmosis klang gelangweilter, als er es war.

»Ich sehe Tempel stürzen und einen Menschen, der zum Halbgott wird. Ich sehe einen Mann, der auf einen Gott trifft. Ich sehe zwei Götter, die mit den Menschen wandeln. Ich sehe eine große Karawane mit einem Gott nach Osten ziehen. Ich sehe eine kleine Karawane mit einem Gott nach

Norden ziehen. Ich sehe, dass ein neuer Gott geboren wird.« Der Seher hielt inne.

Seshmosis schluckte. Dann sagte er: »Ihr seht sehr viel, Nostr'tut-Amus. Doch was hat das alles mit uns zu tun?«

»Nicht alles hat mit Euch zu tun. Aber einiges. Ihr solltet an Eure Zukunft denken.«

»Haben wir eine?«, fragte Seshmosis sarkastisch.

»Zukunft ist immer«, entgegnete der Seher ruhig. »Sie ist nur nicht immer angenehm.«

»Und Ihr seid bereit, uns für einen Krug Henket oder vielleicht zwei unsere Zukunft zu verraten?« Seshmosis traute der Sache immer noch nicht.

»Mir geht es weder um Bier noch um Gold, obwohl ich beides schätze. Ich schlage Euch einen Handel vor«, Nostr'tut-Amus zögerte.

»Nur zu«, ermunterte ihn Seshmosis, »lasst hören, was Ihr zu bieten habt.«

»Seht, ich bin ein Krüppel. Ich wurde schon so oft geschlagen, überfallen und ausgeraubt, dass ich es nicht mehr zu zählen vermag. In Zeiten wie diesen leben Außenseiter gefährlich. Deshalb suche ich den Schutz einer Gruppe. Dafür biete ich meine Dienste.«

»Wie kommt Ihr darauf, dass wir Euch schützen könnten? Und wenn ja, was habt Ihr uns zu bieten?« Seshmosis wurde hellhörig. Besorgt ließ er den Blick durch die Schänke schweifen, ob sie jemand belauschte. Das schien aber nicht der Fall zu sein.

»Ihr seid Außenseiter wie ich, deshalb bin ich Euresgleichen. Und Ihr habt einen starken Schutz, denn ein Gott ist bei Euch.«

Seshmosis hielt den Atem an. Der Mann wusste wirklich Dinge, die er unmöglich wissen konnte. Der Schreiber kniff die Augen zusammen und betrachtete genau das Gesicht des Fremden. Er fand darin jedoch keine Antwort.

»Woher wisst Ihr …?« Seshmosis unterbrach sich. In dem Moment, wo er die Frage stellte, wurde ihm ihre Unsinnigkeit bewusst. Woher wusste ein Seher? Er wusste eben.

Nostr'tut-Amus nickte nur, so als hätte er Seshmosis' Gedanken gelesen.

»Euer Gott ist stark. Aber auch er weiß nicht alles. Ich kann Euch helfen, Euer Ziel zu erreichen. Wo immer es sein mag«, sagte er achselzuckend.

»Ihr könnt uns helfen, unser Ziel zu erreichen, aber Ihr wisst nicht, wo dieses Ziel ist«, sagte Seshmosis befremdet. »Was seid Ihr für ein Seher?«

»Daran seid Ihr selbst schuld. Euer Ziel ist so wirr, dass es noch in keiner Schicksalsbahn verzeichnet ist. Es ist absurd, aber ich bekomme stets nur ein paar Fetzen zu greifen, und selbst die lösen sich immer wieder in Nebel auf.«

Seshmosis glaubte dem Seher. Seit sie unterwegs waren, kannten sie nur Zwischenstationen, der Rest waren chaotische Sehnsüchte, nicht mehr.

»Wie steht es? Darf ich mit Euch ziehen?« Der Seher wollte eine Entscheidung.

Seshmosis blickte zu seinen Gefährten, die aber noch unschlüssiger waren als er.

»In Ordnung, Ihr könnt mitkommen. Ich möchte mich im Lager in Ruhe mit Euch unterhalten.«

Im Lager stand Melmak mit der Hirtin Isbel am Pferch und blickte auf seine Herde. Sein Prachtstier Apis stand schwarz glänzend in der Sonne. Nur an zwei Stellen wurde das Schwarz unterbrochen: Auf der Stirn befand sich ein weißes Dreieck, und auf der rechten Seite besaß er einen Fleck in Form eines zunehmenden sichelförmigen Mondes. Er sah aus wie die Reinkarnation des Stiergottes. Kein Wunder, aber das wusste Melmak nicht. Die in der Nacht von Qena plötzlich aufgetauchte Kuh hielt sich heute etwas abseits und starrte ebenso in die Ferne wie der Stier. Das irritierte Melmak, und deshalb fragte er Isbel um Rat. Sie kannte sich wie keine andere mit dem Verhalten von Herdentieren aus, egal, ob es sich um Rinder, Gazellen, Schafe oder Ziegen handelte.

»Warum starren sie so? Sie starren seit Sonnenaufgang auf den gleichen Punkt. Was ist dort?«

Statt einer Antwort schlüpfte Isbel in den Pferch, stellte sich neben die gewaltige Kuh, die in Wirklichkeit die Göttin Methyer war, und versuchte ihre Augen auf die Sichtlinie des Rindes zu bringen. Der Blick ging entgegengesetzt zum Bahr Yusuf Richtung Wüste.

So sehr sich Isbel auch bemühte, sie konnte nichts erkennen, außer einem leichten Flirren in der Luft, aber das war für die Wüste typisch.

Sie schüttelte den Kopf und verließ den Pferch. »Nichts. Ich kann nichts erkennen. Aber vielleicht sind Raubtiere dort draußen. Wir sollten Wachen aufstellen.«

Melmak nickte und beschloss, in dieser Nacht den Pferch nicht unbeaufsichtigt zu lassen.

In der Zwischenzeit waren Seshmosis, Mani und Shamir mit Nostr'tut-Amus im Schlepptau im Lager eingetroffen. Bevor der Schreiber sich mit dem Seher in sein Zelt zurückzog, stellte er ihn einigen Leuten vor und erklärte, dass dieser sich der Karawane anschließen wolle.

In der Zeltmitte stand der Schrein von GON. Schedrach hatte gute Arbeit geleistet, die ehemalige Schmuckkiste war frisch poliert, und alle Ecken und Kanten wurden von bronzenen Beschlägen geschützt. Oben verschloss ein Deckel mit Knauf die Kiste.

Der Seher warf einen kurzen Blick auf den Schrein und nickte. Anscheinend entsprach das Gesehene seinen Erwartungen.

Seshmosis forderte Nostr'tut-Amus auf, Platz zu nehmen, und setzte sich selbst auf sein Lieblingskissen.

»So, mein Bester, und jetzt bitte ohne Umschweife, was habt Ihr mir zu sagen?«

»Der dort soll mein Zeuge sein«, der Seher deutete mit seinem imposanten Krallenfinger auf GONs Schrein. »Ich spreche die Wahrheit.«

»Gut, dann sprecht endlich!«

»Erst gestern braute ich mir einen Sud, der sehend macht. Die Rezeptur stammt von Toth selbst! Und kaum hatte ich den Becher geleert, da sah ich Euch und ihn.« Wieder deutete er auf den Schrein.

In diesem Moment materialisierte eine widderköpfige Sphinx auf dem Schrein.

»Lasst euch nicht stören. Ich dachte nur, da sowieso von mir die Rede ist, kann ich auch optisch anwesend sein.«

Der Seher verneigte sich ehrerbietig vor GON: »Es freut mich, Euch zu sehen.«

»Ganz meinerseits. Doch nun hurtig voran. Auch ein Gott ist neugierig.«

»In meiner Vision schient Ihr mir eine Katze zu sein«, der Seher wirkte etwas beunruhigt. »Aber egal, wie es Euch beliebt. Ich sah also Euch und jenen Propheten, und dann sah ich einen grünen Mann und den Krokodilgott Suchos. Sie umarmten einander, und der Gott weinte eine Träne, die der Mann mit seiner Hand auffing.«

»Typisch Raffim!«, kommentierte Seshmosis.

Nostr'tut-Amus blickte ihn vorwurfsvoll an.

»Unterbrecht mich nicht! Denn ich sah Euch, Seshmosis, vor dem Pharao knien, und der erhob eine Streitaxt über Eurem Kopf.«

Seshmosis zuckte zusammen. »Eine Axt? Über meinem Kopf? Hat er zugeschlagen?«

»Nein. Zumindest nicht in meiner Vision. Aber ich habe noch mehr gesehen. Ich sah Euch und Eure Leute bei den Pyramiden. Und einige von Euch sogar in ihnen. Da erschien Osiris auf einer Insel im Wasser in einer Höhle. Und er gab Euch einen Segen und einen Fluch. Ziehen sah ich Eure Karawane durch die östliche Wüste, und ich sah ein goldenes Kalb. Und eine größere Karawane sah ich und einen zornigen Mann, der aus einem brennenden Dornbusch kroch. Mauern sah ich stürzen von Posaunenschall und Männer und Greise und Weiber und Kinder, alle erschlagen auf dem Feld.«

Nostr'tut-Amus rang nach Atem. Die Sache schien ihn anzustrengen. Seshmosis blickte zu GON, doch das Widdergesicht zeigte keine Regung. Zumindest für ihn, aber er musste zugeben, dass er sich bisher noch nie sonderlich für die Mimik von Widdern interessiert hatte. Zur Überraschung des Schreibers ergriff GON das Wort.

»Wie ist das mit der Reihenfolge bei den Visionen? Stimmt die mit der Abfolge der Geschehnisse überein?«

»Manchmal ja, manchmal nein. Der Sud ist ziemlich stark, und oft überschneiden sich die Bilder in meinem Kopf.«

»Habt Ihr noch mehr gesehen?«, wollte Seshmosis wissen.

»Ja, aber es wurde immer wirrer. So viele Schlachten, so viele Tote. Aber Euch sah ich am Meeresstrand.« Er deutete auf Seshmosis.

»Dann hat mich der Pharao doch nicht erschlagen!«, rief er erleichtert aus. »Aber wir sollten auf keinen Fall der anderen Karawane mit dem zornigen Mann begegnen.«

»Ja«, stimmte GON zu. »Ihr müsst ihnen aus dem Weg gehen. Ich danke dir, Nostr'tut-Amus, für deine Visionen. Eigentlich dachte ich, dass es gut wäre, wenn die beiden Karawanen sich in der östlichen Wüste vereinigen. Aber das erscheint mir nun doch zu riskant.«

»Ich danke Euch, o Gott, für die Gnade, Euch sehen zu dürfen!«, rief der Seher.

Doch GON war bereits verschwunden.

»Ich glaube, wir sind Euch etwas schuldig«, sagte Seshmosis zum Seher. »Ich freue mich jedenfalls, dass Ihr mit uns zieht.«

Rund sieben Kilometer westlich vom Lager der Tajarim, direkt am Wüstenrand, bildeten einige Dutzend Lehmhütten und eine einsame Steinstele den Ort Tuna el-Gebel. Normalerweise trafen sich hier in der Dämmerung die Männer bei einem Krug Henket und die Frauen zu einem Plausch am Brunnen. Doch nicht so heute. Heute war nichts normal. Das Dorf befand sich nämlich genau an jenem Punkt, auf den Apis und Methyer den ganzen Tag gestarrt hatten.

Schon seit dem Morgengrauen war das Dorf verlassen. Seit der erste Einwohner, ein Hirtenknabe von elf Jahren, ein Seth-Tier gesehen hatte. Zwar waren die göttlichen Tiere nicht wegen der Menschen hier, doch das war überhaupt kein Grund, sie nicht zu fressen. Nun streunte ein ganzes Rudel zwischen den verlassenen Häusern, und ihr Herr und Meister saß auf der gemauerten Brunnenumfassung und blickte nach Chmun.

Seth bedeutet »Dürre«, und das traf sowohl auf seine Gestalt als auch auf sein Herrschaftsgebiet, die Wüste, zu. Schon lange hatte er sich nicht mehr so wohl gefühlt wie jetzt. Den Anschlag von Apophis auf Ra fand er eigentlich recht amüsant, immerhin war er, Seth, der Gott des Chaos. Aber die bestehende Ordnung war doch zu sehr durcheinander geraten, und so hatte er sich letztendlich entschlossen, den anderen Göttern zu helfen. Dafür waren sie ihm einiges schuldig, und er würde sich diese Schuld bezahlen lassen, bis auf das letzte Staubkorn. Und

Seth hatte sich bereits eine Belohnung ausgesucht: Methyer.

Vor langer Zeit hatte er Hathor beim Baden gesehen, und ihre Schönheit hatte ihn so übermannt, dass er sie vergewaltigt hatte. Fruchtbarkeitsgöttinnen erregten ihn ungeheuer. Natürlich hatten ihn damals die anderen Götter dafür bestraft. Aber diesmal würde es anders kommen. Methyer sollte sein Preis für seinen Beitrag beim Kampf gegen Apophis sein. Deshalb, und nur deshalb, war er hier.

Die Kunde, dass nicht weit vom Lager ein Seth-Tier gesehen wurde, erreichte auch die Tajarim. Die Angst griff schnell um sich und drohte in Panik umzuschlagen. Seshmosis begab sich in sein Zelt, er wollte mit GON sprechen.

Trübsinnig klopfte er sein Lieblingskissen zurecht und ließ sich darauf nieder.

»GON, ich brauche deinen Rat!«

»Das dachte ich mir«, sagte die rot getigerte Katze, die neben dem Schrein materialisierte.

»Alles ist so furchtbar. Die Ägypter mögen uns nicht. Die ägyptischen Götter mögen uns nicht. Was sollen wir nur tun?«

»Ruhe bewahren. Seth hat es nicht auf euch abgesehen. Er will nur etwas, das ihr habt und er unbedingt möchte.«

»Was könnte das sein?«, wollte der Schreiber wissen.

»Die Prachtkuh von Melmak.«

»Was will Seth mit einer Kuh?«, fragte Seshmosis verwirrt.

»Nun, auch Götter haben gewisse Vorlieben. Da war mal eine Geschichte mit Seth und Hathor. Die bekam Seth gar nicht gut. Zur Strafe befiel ihn eine schreckliche Krankheit, die nur Isis heilen konnte.«

»Du weißt wirklich viel über deine Kollegen.«

»Nun, ich hatte viel Zeit zum Beobachten. Wie auch immer, es kann sehr unangenehm werden, wenn man etwas besitzt, was ein Gott haben will.«

»Und was sollen wir deiner Meinung nach tun? Die Kuh in die Wüste treiben?«

»Ich bezweifle, dass sich diese Kuh von euch irgendwo hintreiben lässt. Auch ihr Stier dürfte etwas dagegen haben.«

»GON, du sprichst in Rätseln. Schau, ich bin nur ein armseliges Menschlein. Ich weiß nichts von den Göttern, ihren Affären, ihren Begierden. Ich bin schon froh, wenn ich mit den Menschen einigermaßen klarkomme.«

»Leider darf ich dir nicht alles verraten. Auch unter Göttern gibt es Spielregeln. Aber ich lege dir ans Herz, Seth nicht in die Quere zu kommen!«

»Das hatte ich auch nicht vor.«

»Melmak soll die Wachen abziehen und die Rinder sich selbst überlassen. Dann wird keinem Tajarim etwas geschehen.«

»GON, ich danke dir. Ich werde sofort allen sagen, dass sie sich heute Nacht vom Pferch fern halten sollen.«

Seshmosis glaubte ein leises Plop zu hören, als die Katze verschwand.

Erleichtert verließ er sein Zelt und informierte die Tajarim. Nach anfänglichem Zaudern war Melmak bereit, die Rinder unbewacht zu lassen. Lieber verlor er ein paar Tiere als sein Leben.

Das m'm-Tier hatte sich inzwischen wieder einigermaßen erholt, das heißt, seine Übellaunigkeit war zurückgekehrt. Als der Käfer Chepre die Sonne in die Werkstatt rollte, runzelte es angewidert das Schnäuzchen, und seine Schnurrhaare stellten sich nach oben. »Wie sieht die denn wieder aus? Könnt ihr denn nicht ein bisschen besser aufpassen? Es ist schwer genug, die Sonne in einer Nacht wieder auf Hochglanz zu bringen, da müsst ihr nicht zusätzlich Beulen reinschlagen.«

Sprach es und machte sich kopfschüttelnd an die Arbeit.

Währenddessen stand der Mond als schmale Sichel über Chmun und Melmaks Pferch. Chons, der Wanderer, seines Zeichens Mondgott, wollte sich nicht länger als not wendig über diesem Ort aufhalten, doch etwas auf der Erdoberfläche ließ ihn innehalten. So stand der Mond in dieser Nacht ausnahmsweise etwas länger über dem kleinen Wüstenort.

Seth schlenderte, begleitet von gut einem Dutzend seiner Tiere, am Pferch entlang.

»Ich grüße euch, holde Methyer, hallo Apis! Wie lebt es sich so als Tier unter Menschen?«

Apis schnaubte laut. »Was willst du hier, Dürrer?«

»Ich wollte mich nur nach eurem Befinden erkundigen.«

»Das glaub ich nicht. Dich hat noch nie interessiert, wie es anderen geht«, knurrte der Stier.

»Nun, ich gestehe, ich bin nicht wegen dir hier, Apis, sondern wegen deiner überaus attraktiven Begleiterin.«

»Hast du Sehnsucht nach einer ekelhaften Krankheit?«, höhnte Apis und spielte auf Hathors Vergewaltigung an.

»Nicht doch, nicht doch. Wer wird denn die alten Geschichten aufwärmen? Ich komme in aller Freundschaft. Die Götter schulden mir etwas. Um nicht zu sagen, sie schulden mir sehr viel. Ich möchte mir nur meine Belohnung ansehen.«

»Du wirst mich nie bekommen, du widerliche Wüstenratte!« Methyer fauchte fast wie eine Katze, wenn auch wie eine sehr große.

»Nur Geduld, meine Liebe. Die Zeit wird unsere Wege zusammenführen. Nicht heute Nacht, nicht an diesem Ort. Aber eines Tages wirst du mir dankbar sein, wenn ich bei dir bin.« Mit diesen Worten wandte sich Seth in Richtung Wüste, und seine Tiere folgten ihm.

Apis schüttelte wütend den mächtigen Schädel. »Der Kerl hat etwas vor. Wir müssen auf der Hut sein.«

Am nächsten Morgen brach die Karawane der Tajarim nach Norden auf, und ohne weitere Zwischenfälle erreichte sie das fruchtbare Faijum und die Stadt Arsinoe, die man dereinst Krokodilopolis nennen würde.

Denn hier befand sich das Zentrum des Kults von Suchos, quasi das Wohnzimmer des Gottes. Ein Wohnzimmer von beeindruckenden Ausmaßen: eine Vielzahl ineinander geschachtelter, prächtiger Tempel, verbunden mit sphinxgeschmückten Alleen und prächtigen Arkadengängen. Um die Tempelanlage gruppierten sich die repräsentativen Häuser der Priester, die imposante Kaserne der Tempelwache und jede Menge Herbergen und Schänken.

Wie immer in den letzten Wochen, lagerten die Tajarim etwas außerhalb der Stadt, um nicht die Aufmerksamkeit auf sich zu ziehen. Allerdings besuchten so viele Pilger Arsinoe, dass ein paar hundert Fremde mehr sicher nicht auffielen.

Seshmosis hatte beschlossen, seinen Plan mit möglichst wenig Leuten auszuführen. Natürlich musste Raffim als Hauptperson dabei sein. Der bestand seinerseits auf angemessene Begleitung und wollte keinesfalls ohne seine Diener Jabul, Jebul und Jubul gehen. Als Verstärkung wählte Seshmosis zwei der stärksten Tajarim aus: den Ochsentreiber Almak und den Steinbrucharbeiter Mumal. Man konnte ja nie wissen, ob die Situation nicht gewisse körperliche Qualitäten erfordern würde. Außerdem bestand Nostr'tut-Amus darauf, sie zu begleiten. Er begründete dies damit, dass er endlich eine erfüllte Prophezeiung erleben wolle.

Zu acht erreichten sie den Tempelbezirk und bahnten sich ihren Weg durch die Massen Richtung Zentralheiligtum. Ihr Ziel war das riesige Suchos-Standbild im Innenhof des größten Tempels.

Raffim geriet ins Schwärmen über die gigantische Tempelanlage des Krokodilgottes.

Hier an diesem wunderbaren Ort mit Tausenden von Besuchern einen Devotionalienhandel zu betreiben, das wäre das Tor zu unermesslichem Reichtum. Doch statt sein Hab und Gut zu mehren, musste er sich unter einer Kutte verbergen, damit man sein grünes Leuchten nicht sehen konnte. »Eine Schande«, seufzte er.

Als die Tajarim durch die Menschenmassen endlich den Platz mit dem großen Standbild erreichten, stand die Sonne fast im Zenit. Ihre Strahlen wurden vom Gold der Statue reflektiert und in Hunderten von Edelsteinen gebrochen.

Seshmosis sondierte die Lage. Sein Ziel war es, so nahe an das Standbild heranzukommen, dass Raffim es berühren konnte. Dann müsste, zumindest nach seinem Plan, das Ankh wieder an den Gott zurückgehen. Doch immer noch befanden sich zwischen ihnen und Suchos viele Pilger. Und vor allem eine Einheit von grimmig blickenden Tempelwachen, die dafür sorgten, dass die Gläubigen ihrem Gott nicht die Edelsteine aus dem Gewand brachen. Wie sollten sie diesen mit Speeren bewaffneten Männern klar machen, dass sie dem Gott nichts stehlen, sondern etwas bringen wollten?

Hilfe suchend blickte sich Seshmosis um. Dann hatte er eine Idee.

»Raffim, leg dein Gewand ab!«

»Bist du verrückt? Ich kann mich doch nicht vor all den Menschen nackt ausziehen!«

»Dein Lendentuch kannst du anbehalten. Aber sie müssen dich leuchten sehen. Erhebe das Ankh zur Statue und gehe gerade darauf zu. Lass dich nicht aufhalten.«

»Und wenn sie auf mich einstechen?«

»Solange du das Ankh hast, kann dir nichts geschehen. Also los!«

Nostr'tut-Amus nickte zustimmend, was bei seiner Nase so aussah, als hacke ein Raubvogel in die Luft.

Zähneknirschend legte Raffim in geduckter Haltung sein Kapuzengewand ab. Dann sprang er auf, reckte das Ankh zum Himmel, stürmte auf die Statue zu und rief: »Für Suchos!«

Die Tempelwachen hatten große Erfahrung mit religiösem Wahnsinn. Mindestens einmal pro Woche drehte ein Pilger durch. Als hervorragendes, schnell wirkendes Heilmittel bei diesen Anfällen erwiesen sich Speerspitzen. Richtig platziert, holten sie den Patienten umgehend in die blutige Wirklichkeit zurück.

Doch diesmal war etwas anders als sonst. Der durchgedrehte Pilger leuchtete intensiv grün, das taten die anderen nie. Und als ihn die Speere trafen, sanken sie nicht routinemäßig ins Fleisch, sondern prallten ab. Doch nicht nur das – die Wachen, die zugestoßen hatten, fielen auch noch bewusstlos zu Boden.

Doch Raffim beachtete sie nicht weiter. Unbeirrt setzte er seinen Weg zur Statue fort. So bemerkte er gar nicht, dass niemand mehr versuchte, ihn aufzuhalten. Wer von den Tempelwachen noch auf den Beinen war, verfolgte die Szene staunend mit offenem Mund.

Das Staunen wurde noch größer, als Raffim mit dem ausgestreckten Ankh das Standbild berührte. Statue und Raffim wurden augenblicklich von einem grünen Wabern umhüllt. Im Innern dieser Blase zuckten Blitze, die Luft flirrte, doch es war kein Ton zu hören.

Die Menge hielt den Atem an. Und Seshmosis ebenfalls. Er sorgte sich um Raffim, obwohl dieser ihn zeitlebens schikaniert hatte.

Die Statue erwachte zum Leben. Suchos selbst fuhr in sie. Er hob die Hand mit dem grün leuchtenden Ankh zum Himmel und öffnete seinen schrecklichen Rachen.

Ein unirdischer Ton erklang, der lauter und lauter wurde. Die Menschen pressten sich die Hände auf die Ohren, doch es nutzte nichts, der Ton schien inmitten der Köpfe zu entstehen. Nach und nach fielen alle auf die Knie, taub und blind.

Seltsamerweise waren weder die Tajarim noch Nostr'tut-Amus von diesem Phänomen betroffen. Seshmosis starrte auf den lebendig gewordenen Gott und den Mann zu seinen Füßen, der trotz seiner Körperfülle winzig aussah.

Suchos berührte Raffim mit seinem wiedergewonnenen Ankh und ließ eine Träne aus seinem linken Auge auf ihn rollen. Dann gab er der reglosen Gestalt mit dem Fuß einen kleinen Schubs, sodass sie Richtung Seshmosis rollte.

»Schnell!«, rief dieser. »Almak, Mumal, hebt ihn auf! Wir müssen verschwinden, bevor die Menge wieder zum Leben erwacht.«

Die beiden kräftigen Tajarim packten Raffim, und gemeinsam eilten sie aus dem Innenhof. Niemand machte Anstalten, sie aufzuhalten.

Erst als sie den Bezirk mit den Herbergen erreichten, hielten sie keuchend an. Almak und Mumal ließen Raffim ziemlich unsanft auf den Boden plumpsen. Der Seher beugte sich über den immer noch leblosen Mann und kniff ihm in die Wange. Als dies keine Wirkung zeigte, gab er ihm ein paar Ohrfeigen.

»Au! Lass das!« Raffim schüttelte entrüstet den Kopf. Dann sah er an sich herab. Seine normale Farbe war ziemlich zurückgekehrt. Und auch das Ankh in seiner Hand war verschwunden. Er seufzte. Doch statt des Ankh war etwas anderes in seiner Hand, eine große Träne, matt schimmernd wie eine kostbare Perle.

»Stellt ihn auf die Beine und lasst uns laufen. Sie werden bestimmt nach uns suchen«, befahl Seshmosis. »Ich habe keine Lust, den Priestern zu erklären, was mit ihrem Gott passiert ist.«

Eilig machten sie sich auf den Weg zum Lager, wo man sie schon sehnsüchtig erwartete.

Kein Tajarim wollte länger als nötig an diesem Ort bleiben, und so brachen sie noch am selben Nachmittag ihre Zelte ab und machten sich auf in Richtung Memphis.

Die Höhle unter den Pyramiden

Die Ägypter waren in diesen Tagen zu sehr mit sich selbst beschäftigt, um auf eine kleine, nicht besonders prächtige Karawane zu achten. So erreichten die Tajarim unbeachtet und vor allem unbehelligt Memphis, die Metropole des ersten unterägyptischen Gaus.

Die Stadt war einer der volkreichsten und angesehensten Orte Ägyptens, ihr Hafen ein Umschlagplatz für Güter aller Art.

Hier ankerte seit Tagen die *Windsbraut,* und ihre Passagiere warteten auf die Ankunft der anderen Tajarim.

Prinzessin Kalala genoss es sichtlich, in einer Großstadt zu sein. Täglich ging sie, von ihrem Leibwächter Tafa begleitet, in die Basare und kaufte, was ihr unter die Augen und in die Finger kam. El Vis dagegen wagte nicht, das Schiff zu verlassen, und seine abendlichen Gesangseinlagen waren auffallend leise. Er hatte einfach Angst, gewissen Leuten in Memphis in die Hände zu fallen, die es diesmal sicher nicht bei einer Verbannung bewenden ließen. Und auf einen finalen Auftritt bei einem der großen öffentlichen Tempelrituale verspürte er überhaupt keine Lust.

Zerberuh freute sich riesig, als er die große Abordnung der Tajarim am Ufer sah.

Väter und Mütter umarmten ihre Kinder, Söhne und Töchter begrüßten ihre betagten Eltern, und man erkundigte sich nach dem Befinden der Gebrechlichen und Kleinkinder.

Währenddessen gingen Zerberuh, Seshmosis, Mani und Raffim, der inzwischen wieder wie früher aussah, in eine nahe Schänke. Hier wollten sie in Ruhe das weitere Vorgehen besprechen.

Um schneller vorwärts zu kommen, sollten die Alten, Gebrechlichen und Kleinkinder weiter auf der *Windsbraut* bleiben. Zerberuh besaß größtes Vertrauen in sein Boot und traute sich zu, vom Delta aus die Küste entlang und selbst im Mittelmeer zu segeln.

Man wollte versuchen, auf diese Art das Gebiet der Phönizier zu erreichen, die allgemein als weltoffen galten, weil sie Händler waren.

»Ich werde mich die Küste entlangtasten und bei jeder Gefahr nahe am Ufer ankern. So werden wir Byblos sicher erreichen«, sagte Zerberuh.

Seshmosis nickte. »So müsste es gehen. Und wir ziehen über den Sinai und versuchen den anderen aus dem Weg zu gehen. Aber vorher steht uns leider noch der Besuch der Pyramiden bevor, weil gewisse Leute unbedingt darauf bestehen.« Mit diesen Worten blickte er Raffim giftig an.

Der zuckte mit den Achseln. »Die Mehrheit will es. Und ich auch. Basta!«

»Es wird sich nicht vermeiden lassen. Vor allem, weil Nostr'tut-Amus uns in seinen Visionen bei den Pyramiden sah. Es soll wohl so sein.«

Resigniert schüttelte Seshmosis den Kopf. Er musste an einen anderen Teil der Vision denken, den Teil, in dem der Pharao eine Axt über seinem Kopf schwang. Ihm war ziemlich mulmig zumute. Was Seshmosis nicht wusste, war, dass die Axt des Pharaos eher ein dekorativer Teil der bevorstehenden Ereignisse sein würde. Und bei weitem der harmloseste.

Nur wenige Tajarim waren als Wachen im Lager zurückgeblieben. Alle anderen brachen in guter Stimmung zum Plateau von Gizeh auf, um die berühmten Pyramiden zu bewundern. Die ausgelassene Stimmung wich nach und nach ehrfürchtiger Bewunderung, als die spitzen Kolosse immer höher vor der Gruppe aufragten.

Vor rund tausend Jahren hatten die Pharaonen Chufu (Cheops), Chafre (Chephren) und Menkaure (Mykerinos) diese Monumente errichten lassen. Später vernachlässigten einige Dynastien das Areal, und es kam ziemlich herunter. Doch jetzt erstrahlte es im neuen alten Glanz, denn Pharao Ahmose galt als großer Pyramiden-Fan. Für ihn waren sie das Symbol der großen Zeit Ägyptens, die er wieder aufleben lassen wollte.

Pharao Ahmose hatte zwar erst vor drei Jahren unter nicht geklärten Umständen seinen Vorgänger und Bruder Kamose beerbt. Er konnte aber auf dessen Arbeit aufbauen, denn dieser war den Pyramiden ebenfalls sehr zugetan gewesen und hatte umfangreiche Renovierungsarbeiten begonnen.

Nun strahlten die großen drei also in der Morgensonne, und trotz der frühen Stunde waren die Rampen, die Pyramiden und Tempel als Aufwege verbanden, überaus belebt. Seshmosis war beeindruckt von der grandiosen Architektur, von den fugenlos mit weißen Kalksteinplatten verkleideten Wänden und vom polierten Rosengranit der Tempel. Diese hoch aufragenden Monumente schienen wirklich für die Ewigkeit gebaut, und er überlegte, mit welchen Gefühlen wohl die Menschen der Zukunft diese Pyramiden betrachten würden.

Während er so in seinen Gedanken versunken war, tippte ihm jemand auf die Schulter. Er blickte sich um und sah in das aufgeregte Gesicht von Sarah, der Tochter des Sandalenmachers Samil. »Rachel und Mumal sind verschwunden«, stammelte sie.

Seshmosis wollte sie beruhigen. »Das Gelände ist sehr weitläufig, und wie ich die beiden Turteltäubchen kenne, haben sie sich in eine stille Ecke verzogen.«

»Genau das ist es ja«, lamentierte Sarah. »Sie haben eine stille Ecke gefunden, besser gesagt, eine stille Höhle. Und ich stand davor, um aufzupassen, dass niemand kommt und die beiden stört.«

»Ja und?« Seshmosis verstand die Aufregung nicht.

»Nun, sie sind in die Höhle hinein-, aber nicht mehr herausgekommen.«

»Es kann manchmal schon etwas länger dauern, wenn man sich näher kommt.«

»So lange? Also bei mir«, Sarah brach errötend ab und setzte neu an. »Sie sind nicht mehr drin. Verstehst du denn nicht? Sie sind hineingegangen, nicht herausgekommen und sind auch nicht mehr drin!« Die Verzweiflung in ihrer Stimme nahm zu.

Seshmosis schüttelte den Kopf. »Ich verstehe gar nichts. Aber Mumal ist stark, sehr stark. Ich glaube nicht, dass den beiden etwas passiert ist.«

Er glaubte sich selber nicht. Irgendetwas stimmte hier nicht. Mit nervösem Blick suchte er in der Menge nach seinen Leuten. Die wandelten mit beglückten Touristengesichtern die prächtigen Rampen entlang. Seshmosis beschloss, einen Suchtrupp zu organisieren, und ging schnell in Richtung der anderen Tajarim.

Sarah führte die Gruppe von etwa einem Dutzend Tajarim zu einem kleinen Höhleneingang. Almak, der Ochsentreiber, war dabei, ebenso wie Elihofni, ein Kollege von Mumal aus dem Steinbruch, Schedrach, der Karrenbauer, der Fleischer Tabut und natürlich die drei von Raffims Leibgarde.

Seshmosis hatte kräftige Männer ausgewählt, man konnte nie wissen. Dazu den zwergenwüchsigen Ismail, weil es ja um eine Höhle ging.

Um Mumal machte sich Seshmosis eigentlich weniger Sorgen, der war so dumm, dass er nicht einmal wusste, wann er in Gefahr war. Aber um Rachel, die attraktive Handtuchhalterin aus dem Badehaus in Theben, tat es ihm Leid. Er war nur nicht sicher, was ihm mehr Leid tat, sie in Gefahr zu wissen oder in Mumals Armen.

Seshmosis konnte nie verstehen, warum sich die schönsten Mädchen immer mit den dümmsten Burschen einließen. Anscheinend verhielt sich männliche Anziehungskraft umgekehrt proportional zum Intellekt, sprich: je mehr Muskeln und je weniger Hirn, desto interessanter für das weibliche Geschlecht. Wenn dies ein Naturgesetz des menschlichen Zusammenlebens war, bekäme er nie eine Chance.

Dabei hatte er einmal, ein einziges Mal, einen ganz zarten Annäherungsversuch gegenüber Rachel gemacht. Aber der war von ihr wohl unbemerkt geblieben.

In einem für ihn völlig ungewohnten Anfall von Mut hatte sich Seshmosis aufgerafft und das Badehaus besucht, in dem Rachel gearbeitet hatte. Eigentlich konnte er sich solche Vergnügungen gar nicht leisten, aber die Versuchung war zu groß gewesen, um ihr zu widerstehen. Als er in dem Becken mit dem wunderbar klaren Wasser gesessen hatte, da hatte er sie, Rachel, gesehen, wie sie von Kadesch, der Göttin des Liebeslebens, erschaffen worden war. Makellos ihre Figur, anmutig ihre Bewegungen, und sie hatte nichts weiter als ein Handtuch getragen. In ihrer Hand. Seshmosis war trotz des angenehm kühlen Wassers ins Schwitzen gekommen, als sein Blick zwischen ihre Beine gefallen war. Kein Härchen hatte die Aussicht verschleiert, und Seshmosis hatte zehn Minuten ins Kaltwasserbecken gemusst, bevor er sich wieder herausgetraut hatte. Seither war er Rachel insgeheim verfallen, mit Haut und ohne Haar.

Als sie den Höhleneingang erreichten, bat Seshmosis den Ziegenhirten Ismail hineinzukriechen. Ismail war einer der wenigen erwachsenen Tajarim, der kleiner war als der Schreiber, denn er war ein Zwerg. Also ideal für diese Aufgabe.

»Siehst du etwas?«, rief Seshmosis ins Dunkel.

»Nein. Gar nichts. Mumal! Rachel! Wo seid ihr? Könnt ihr mich hören?«

Keine Antwort.

Ismail kam wieder aus der Höhle. »Ohne Fackeln haben wir keine Chance.«

Seshmosis überlegte fieberhaft. Zwar gab es auf dem Areal jede Menge Händler, die vor allem Devotionalien verkauften. Aber eine Grabräuberausrüstung fand sich bestimmt nicht im Angebot. Der Weg bis zum Lager war eine Stunde Fußmarsch, einfach. Und selbst wenn sie mit Fackeln anrückten, wären die Ägypter sicher dagegen, wenn sich ein Dutzend fremder Männer unter ihren Pyramiden herumtrieb. Die Lage war verzwickt.

»Versuch es noch mal, Ismail. Taste dich am Boden vorwärts und ruf die beiden.«

Mit den Worten »wenn du meinst« verschwand der Zwerg wieder in der Höhle.

Die Tajarim draußen hörten ihn immer wieder die Namen der beiden Verschwundenen rufen. Plötzlich schwieg er. Nur um kurz darauf noch lauter zu schreien: »Hier ist ein Loch im Boden!«

»Hoffentlich sind sie nicht abgestürzt«, seufzte Schedrach.

Dann hörten sie wieder Ismail: »Da unten ist ein Lichtschein!«

Schedrach zog ein Knäuel aus seinem Gewand: »Damit können wir uns zwar nicht sichern, aber wir können in Verbindung bleiben, wenn jeder mit einer Hand die Schnur festhält.« Sprach es, drückte Seshmosis ein Stück Schnur in die Hand und verschwand in der Höhle. Seshmosis verspürte wenig Lust, als Zweiter dem Karrenbauer hinterherzustürmen. Doch während er noch überlegte, wurde er von hinten in die Höhle geschoben. Schicksalsergeben hielt er mit einer Hand die Schnur und reichte das Knäuel seinem Hintermann.

»Freunde, ganz langsam gehen. Ismail, wo bist du?«, fragte Schedrach.

»Hier!«

»Wo ist hier?«

»Dort, wo ich bin.«

»Und wo bist du?«

»Na, hier!«

»Trottel!«

»Selber Trottel! Au!«

»Jetzt weiß ich, wo hier ist.« Der Karrenbauer lachte.

»Ich habe die Schritte vom Eingang bis hierher gezählt. Es sind vierzig. Also geht noch einmal zurück und zählt genau eure Schritte, damit ihr nicht in das Loch fallt.«

Schedrach bewies praktische Qualitäten. Aber die brauchte er als Handwerker wohl auch.

Nach und nach erreichte die gesamte Gruppe das Loch im Boden.

»Und wie kommen wir da runter?«, wollte Almak wissen.

»Hier sind Stufen zu ertasten. Es wird nicht einfach, aber es geht.« Schedrach war wirklich ein praktischer Mensch.

Der Abstieg in den Schacht kam Seshmosis endlos vor, und derweil überlegte er, was die Ägypter wohl mit Leuten machten, die unbefugt in ihre Nationalheiligtümer eindrangen. Doch seine Fantasie weigerte sich, über den Schuldspruch hinauszudenken.

Endlich erreichte er den Boden des Schachts. Und nun

sah er auch, woher der Lichtschein kam, der hier unten heller war.

Das Licht kam aus einem Raum, der hinter einem Durchgang lag.

Das war die Stunde der starken Männer, und so schickte Seshmosis Elihofni, den Steinbrucharbeiter, nach vorn. Ihm folgte Raffims Leibgarde, und der Schreiber schaffte es sogar, dass er noch hinter dem Zwerg als Letzter den Raum betrat.

Eigentlich betrat er ihn gar nicht, sondern lief auf seine Kameraden auf, die wie erstarrt vor ihm standen. Vorsichtig lugte Seshmosis zwischen den Schultern der anderen in den Raum. In die Wände waren Nischen gehauen, und in den Nischen standen riesige Sarkophage. Dies war eine Grabkammer.

Die Gedanken jagten durch Seshmosis' Gehirn. »Waren sie aus Versehen in eine Pyramide gelangt? Oder waren die Pyramiden gar nicht die Gräber, sondern dieser Raum hier?«

Erst jetzt sah er Rachel und Mumal auf einem der Sarkophage sitzen. Doch sie schauten nicht zu ihnen, sondern auf einen anderen Punkt der Grabkammer. Seshmosis versuchte ihren Blicken zu folgen. Dann erstarrte auch er.

Fast im Dunkel stand eine Gestalt. Eine löwenköpfige Gestalt.

Und die schaute ihn an. Gleichzeitig schaute sie aber auch Rachel und Mumal an, obwohl diese in der entgegengesetzten Richtung der Grabkammer saßen.

Dazu war nur einer fähig: Aker, der Erd- und Totengott, Herrscher des Labyrinths von Gizeh. Denn er besaß zwei Köpfe, von denen einer ins Diesseits, der andere ins Jenseits blickte. Dass dies ausgerechnet zwei Löwenköpfe waren, machte ihn nur noch schrecklicher.

Seshmosis' einziger Gedanke war Flucht, aber er konnte sich nicht bewegen. Seine zweitwichtigsten Körperteile, nach seinem Gehirn, versagten ihren Dienst: seine Beine.

Dann richteten sich zwei glühende Katzenaugen auf ihn, und eine hohle Stimme sprach: »Du, Seshmosis, folge mir!«

»Warum ausgerechnet immer ich?«, fragte sich Seshmosis. Warum legten die Götter so großen Wert darauf, ausgerechnet mit ihm Kontakt zu haben?

Resigniert ergab er sich seinem Schicksal und folgte dem Gott, der ihn mit seinem zweiten Gesicht immer im Blick hatte, in einen neuerlichen Schacht nach unten. Er war wesentlich kürzer als der erste, und so erreichten sie schnell ihr Ziel, einen weiteren Raum.

Aker blieb im Eingang stehen und zerrte Seshmosis an seine Seite, sodass dieser in den Raum sehen konnte. Und er erblickte ein Wunder.

Der ganze Raum war unwirklich mit glitzerndem Wasser bedeckt, in der Mitte befand sich eine rechteckige Insel, deren Ecken von vier mächtigen Säulen geschmückt wurden. Zwischen den Säulen, im Zentrum des Raums, stand ein großer, deckelloser Sarkophag. Und in ihm lag eine Gestalt.

Seshmosis schnürte es die Kehle zu.

»Der große Pharao?«, fragte er leise.

»Nein, viel größer«, antwortete die hohle Stimme Akers. »Osiris selbst ist es, der hier liegt.«

Osiris also, dachte Seshmosis, der den Seth getötet, seine Leiche in vierzehn Teile zerstückelt und über ganz Ägypten verstreut hatte. Nur mit der Hilfe weiterer Götter war es Isis gelungen, die Teile wiederzufinden und zusammenzusetzen. Allerdings blieb ein Teil für immer verschollen: der Penis des großen Gottes. Den hatte angeblich ein Fisch gefressen. Eine üble Sache für einen Fruchtbarkeitsgott, wenn ihm sein wichtigstes Werkzeug abhanden kommt.

Seshmosis überlegte, wie die Sache weitergegangen war. Immerhin hatte er seinen Lebensunterhalt mit dem Abschreiben und Vervielfältigen solcher Geschichten verdient.

Er erinnerte sich: Isis fertigte ein künstliches Glied, irgendwo stand etwas von einem Kuhhorn, und zeugte dann mit Osiris den Gott Horus. Osiris galt seit dieser Zeit als ziemlich depressiv und lief fortan nur noch in Mumienbinden umher, wenn er denn überhaupt einmal lief.

Seshmosis dämmerte es. Die Mumie dort war gar keine richtige Mumie, die reglose Gestalt war gar nicht tot. Wenn sie es wollte, konnte sie aufstehen und tun, was auch immer sie wollte. Immerhin lag vor ihm einer der allergrößten Götter von Ober- und Unterägypten. Seshmosis schauderte. Der Fluchtreflex in ihm schrie, und zu gern wäre er ihm gefolgt. Aber er konnte nicht. Irgendetwas, höchstwahrscheinlich Aker, bannte ihn an diesen Ort.

Seshmosis wagte nicht, zu dem doppelten Löwenkopf an seiner Seite zu blicken. Und selbst wenn er es gewagt hätte, seine Augen ließen sich nicht von der Gestalt im Sarkophag lösen, die nun noch zu allem Überfluss sich zu bewegen begann.

»GON steh mir bei!«, seufzte sein Inneres, nicht bedenkend, dass die Anrufung eines kleinen, mickrigen und vor allem fremden Gottes in Anwesenheit des mächtigen Osiris taktisch vielleicht etwas unklug war.

In diesem Moment begann sich die Mumie aufzurichten. Seshmosis erwartete, ein Ächzen zu hören. Seiner Meinung nach müsste eine Mumie, die sich aus einem Sarkophag erhob, ächzen. Sie tat es aber nicht. Erstaunlich leichtfüßig schwang sich die Gestalt aus dem Sarg und stellte sich daneben.

»Hier ist er, wie befohlen, Herr«, sagte die hohle Stimme Akers neben Seshmosis.

»Danke, guter Aker. Lass uns nun allein und geh zu seinen Gefährten!«, befahl Osiris mit einer kräftigen Stimme, die so gar nicht zu seinem angegriffenen Äußeren passen wollte.

Obwohl Seshmosis immer noch körperlich gelähmt war, arbeitete sein Verstand auf Hochtouren. Der Gott ihm gegenüber gab sich morbid und sah aus wie ein lebender Toter, aber seine Bewegungen und seine Stimme passten nicht zu diesem Bild. Der Schreiber erinnerte sich an GON und seine Vorliebe, in verschiedenen Gestalten zu erscheinen. Es war wohl eine göttliche Charaktereigenschaft, den Menschen etwas vorzugaukeln.

»Richtig, kleiner Mensch!«

Seshmosis zuckte zusammen. Natürlich, Osiris konnte seine Gedanken lesen.

»Nicht lesen, Seshmosis. Lesen habe ich nie gelernt. Dafür ist Toth zuständig. Aber ich kann deine Gedanken hören.«

Automatisch wollte Seshmosis den Mund bewegen, um zu antworten, aber nichts tat sich. Also dachte er: O großer Osiris, was wünscht du von mir kleinem, unbedeutendem Menschlein?

»Er ist bescheiden, wie schön. Nun, seit gewissen Vorfällen in der Vergangenheit habe ich mich aus dem Tagesgeschehen zurückgezogen und diese Angelegenheiten meinem Sohn Horus überlassen. Ein sehr begabter Junge, übrigens. Aber es gibt Dinge, die lassen selbst mich meine Meditationen in diesem wunderschönen Raum unterbrechen und in den Lauf der Geschehnisse eingreifen.« Er machte mit dem rechten Arm eine umfassende Kreisbewegung. »Ich weiß, dass du die alten Geschichten kennst, die Eifersüchteleien und den Streit der Götter untereinander. Wie ich dieses Verhalten satt habe. Aber das hat nichts mit dir zu tun. Ich ließ dich aus einem anderen Grund holen.«

Seshmosis' Anspannung stieg ins Unermessliche.

»Ich sorge mich immer noch um das Land, in dem ich einst als König herrschte, bevor ich in diese andere Lebensform wechselte. Ich hänge einfach an ihm, obwohl es kaum etwas Langweiligeres gibt als den Rhythmus der jährlichen Nilüberschwemmungen. Aber ich schweife ab. Dein Volk lebt nun schon einige Jahrhunderte in Ägypten. Zuerst wart ihr willkommene Arbeiter, Berater und Händler, dann seid ihr zu ungerechten Herrschern aufgestiegen, und jetzt seid ihr nur noch unwillkommene Fremdlinge. Es ist wirklich besser für euch, wenn ihr geht. Ich weiß, dass ihr das wollt, und ich bestärke euch darin. Ihr solltet nicht auf den Gedanken kommen, vielleicht doch in Ägypten zu bleiben, so wie das einige von euch bereits tun. Es wäre eine Katastrophe für euch, und zwar die letzte.

Natürlich weiß ich auch, dass euch eine kleine Entität hilft, die sich selbst für einen Gott hält und vielleicht sogar eines Tages einer werden wird. Aber ihre Hilfe wird nicht ausreichen, nie und nimmer. Vor allem dann nicht, wenn ich zornig werde. Also höre, du Prophet deines Volkes: Verlasst Ägypten, so schnell ihr könnt! Wenn nicht, wird von diesem Tage an mein Fluch über euch lasten! Du bist entlassen!«

Augenreibend stand Seshmosis vor dem Höhleneingang. Hatte er alles nur geträumt? Als er sich umblickte, sah er die anderen Tajarim, ebenso verwirrt wie er. Freudig registrierte er, dass sich unter ihnen auch Rachel und Mumal befanden.

»Was ist geschehen?«, wollte Schedrach wissen. »Gerade waren wir noch in der Höhle, und jetzt stehen wir hier.«

»Es ist alles in Ordnung, meine Freunde. Mir hat nur ein sehr großer Gott gerade klar gemacht, dass wir schwache Winzlinge sind und schnellstens aus diesem Land verschwinden sollten.«

Auf der *Windsbraut* im Hafen von Memphis diskutierten Zerberuh, Kalala und El Vis, wie es weitergehen sollte. Einerseits gefiel Kalala die Zunahme der Bordbevölkerung überhaupt nicht, andererseits verspürte sie keine Lust, auf einem Pferd durch die Wüste zu reiten. Alle ihre Versuche, Zerberuh durch weitere Zahlungen zu einer Reduzierung der Passagiere zu verleiten, scheiterten an dessen Loyalität gegenüber seinen Tajarim.

Zerberuh indes redete mit Engelszungen auf Ihre Hoheit ein.

»Verehrte Prinzessin von Gebel Abjad, schwarze Perle Nubiens, Stern der Oase Salima, verzeiht meinen Widerstand, aber wollt Ihr wirklich, dass diese Alten, Gebrechlichen und kleinen Kinder zu Fuß durch die schreckliche Wüste laufen? Bedenkt die Gefahren, die dort lauern. Was ist das schon gegen einige Unbequemlichkeiten bei der Reise?«

»Ich vermisse aber die lauschigen Sternennächte, ganz allein mit dem begnadeten El Vis«, entgegnete Kalala trotzig.

Der Sänger schlang den Arm um die Hüfte der Prinzessin und sagte: »Aber wir haben doch immer noch unsere Kajüte für uns, Teuerste. Ich könnte nicht mehr glücklich singen, wenn ich die Ärmsten in der Wüste wüsste«, wobei die Worte »Wüste wüsste« einen Schlangenzischlaut auslösten, der eines Apophis würdig gewesen wäre.

»Wenn du meinst«, willigte Kalala endlich ein. Weniger wegen der Ärmsten in der Wüste als wegen der Angst, ihren ganzen wertvollen Besitz unbeaufsichtigt auf dem Schiff zurückzulassen.

Zerberuh atmete erleichtert auf. »Dann lasst uns umgehend aufbrechen!«

Noch während Seshmosis überlegte, wie er seine über das ganze Plateau von Gizeh verstreuten Tajarim einsammeln sollte, hörte er hinter sich metallenes Geklapper.

»Oh, oh, das sieht gar nicht gut aus«, entfuhr es dem zwergenwüchsigen Ziegenhirten Ismail, als er die schwerbewaffneten ägyptischen Soldaten sah.

Jetzt kommt wohl die Sache mit der Axt, dachte sich Seshmosis. Hoffentlich behielt der alte Seher Recht.

»Mitkommen!«, befahl der Kommandant der Soldaten, und die Tajarim machten keine Anstalten, sich zu widersetzen.

Man führte sie zum Grab der Königin Chentkaus, das man auch die vierte Pyramide von Gizeh nannte. Dort löste sich Seshmosis' Problem, die anderen Tajarim zu finden – sie waren alle schon dort. Seshmosis blickte in verstörte und verängstigte Gesichter, der touristische Ausflug hatte eine dramatische Wendung genommen.

»Ich habe es dir gleich gesagt, Raffim, es war keine gute Idee, den Umweg über die Pyramiden zu machen. Wir könnten längst in Sicherheit sein.« Seshmosis' Stimme klang verbittert.

»Rechthaberischer Nörgler! Es war Schicksal, wir mussten hierher kommen. Ich bin unschuldig«, entgegnete Raffim und ließ noch ein »wie immer« nachklappern.

Bevor die beiden richtig in Streit geraten konnten, wurden alle Tajarim von den Soldaten unsanft auf die Knie gezwungen. Der Pharao persönlich nahte.

Dieser Mann wusste, wie man eine Situation inszenierte. Die Tajarim sahen aus einer kleinen Senke zu ihm auf, hinter ihm ragten die Pyramidengiganten des Chufu und des Chafre empor. Ein Bild wie für ein Historiengemälde.

Seshmosis spürte, wie seine Kehle immer trockener wurde.

»Wer ist euer Anführer?«, wollte der Kommandant der Soldaten wissen.

Seshmosis hoffte, dass sich Raffim wie immer vordrängen würde, aber er täuschte sich. Ganz im Gegenteil. Der Dicke deutete mit dem Finger auf ihn: »Der da!«

Seshmosis spürte einen Stoß gegen sein Hinterteil. »Steh auf!«

Schnell befolgte er den Befehl und stand nun mit gesenktem Haupt in der Sonne.

Pharao Ahmose selbst ergriff das Wort: »Wie ist dein Name?«

Seshmosis erschrak. Es war eine unglaublich hohe Stimme, die Stimme eines Kastraten. Wie wollte der eine Dynastie gründen? Dennoch riss sich der Schreiber zusammen.

»Seshmosis, hoher Herr.«

»Nicht Moses?«

»Nein. Seshmosis. Sesh und dann ein Mosis daran, ich bin der Sohn des Sesh, nicht Moses, hoher Herr.«

»Gibt es jetzt schon zwei von dieser Sorte?«

»Ich weiß nicht, wovon Ihr sprecht, hoher Herr.«

»Seid ihr das auserwählte Volk?«

»Ich weiß immer noch nicht, was Ihr meint, hoher Herr. Wir sind jedoch weder auserwählt noch ein Volk. Wir sind ein paar Leute aus Theben.«

»Ihr seid keine Ägypter!«

»Wie man es nimmt, hoher Herr. Ich wurde in Ägypten geboren wie auch mein Vater und der Vater meines Vaters. Bis vor ein paar Wochen kannte ich nichts anderes als Theben und seine Umgebung.«

»Und doch seid ihr Hyksos!«

»Wer weiß schon, wer er ist, hoher Herr? Außer Euch natürlich.«

Seshmosis' Schwitzen kam nicht nur von der prallen Sonne.

»Wollt ihr mit uns feilschen?« Drohend erhob der Pharao sein Zepter.

»Nein, keineswegs, hoher Herr. Ich meine nur, meine Vorfahren waren seit vielen, vielen Generationen in diesem Land. Wir lieben es.«

»Das können wir euch nicht mehr gestatten!« Ahmose blickte herrisch über die Schar der Tajarim. »Von nun an werdet ihr eure Schritte nur noch gen Sonnenaufgang richten. Wenn nicht«, der Pharao ergriff eine Ritualaxt, die ihm ein Hofschranze reichte, »wird unser Zorn über euch kommen. Wir selbst werden jedem Einzelnen von euch den Kopf abschlagen!«

Dabei schwenkte er die Axt über dem Kopf von Seshmosis hin und her.

Seshmosis musste an viele, viele Reliefs denken, die er gesehen hatte und in denen Pharaonen ihre Heldentaten verewigen ließen. Ihnen allen war gemeinsam, dass sie endlose Darstellungen von zerhackten Körpern und gespaltenen Schädeln zeigten.

»Wir werden unverzüglich aufbrechen, hoher Herr«, versicherte er schnell.

»Wir trauen euch nicht! Von nun an wird euch unsere Eskorte beobachten. Wehe dem, der seinen Schritt nach Sonnenuntergang richtet, denn ihn wird das Gericht der Mafdet treffen!«

Mafdet, die Göttin der rächenden Strafgewalt, genoss den Ruf besonders scharfer Werkzeuge zur Durchsetzung des Rechts. Vor allem des Rechts des Pharaos.

Seshmosis nickte stumm ergeben. Was soll's?, dachte er sich. Wir wollen sowieso weg. Ob sie uns dabei beobachten oder nicht, ist völlig egal.

Als er den Blick wieder nach oben richtete, war der Pharao samt Hofstaat verschwunden. Zurück blieben Soldaten, in deren Augen die Hoffnung glimmte, einer der Tajarim werde in die falsche Richtung gehen.

Der Auszug aus Ägypten

Die Eskorte der ägyptischen Soldaten erwies sich durchaus als Vorteil. Sie brauchten weder Diebstähle noch Überfälle fürchten. Das Vieh der Tajarim fand unterwegs im Nildelta genug zu fressen, und sie kamen schnell voran.

Die Tajarim schlugen ihr Lager an den Ufern des Sees Timsah auf, nördlich des Großen Bittersees. Östlich davon lag die Halbinsel Sinai mit ihrer unendlichen Steppe und darin einer lebensfeindlichen Wüste. Sie aber wollten von hier aus nordwärts ziehen, bis zur Küste des Mittelmeers und immer weiter nach Norden, bis sie hoffentlich eine Heimat fanden.

Neben den Tajarim machten hier viele andere Karawanen Station. Entweder erholten sie sich von ihrer Reise durch den Sinai, bevor sie ins Kernland zogen, oder sie rasteten ein letztes Mal, bevor sie das saftige Grün des Deltas hinter sich ließen.

Die Stimmung unter den Tajarim war ausnehmend gut, man war sich sicher, das Schlimmste überstanden zu haben. Ismail führte seine Ziegen zum Seeufer, wo sich die Tiere sofort über das Schilf hermachten.

Nicht weit entfernt von Ismails Herde brach eine ägyptische Karawane westwärts nach Bast ins Zentrum des Deltas auf. Ein langer Zug mit Menschen, Eseln, Rindern, Pferden, Schafen und Ziegen. Ziegen!

Das war die Stunde von Ahab.

Ahab war ein Ziegenbock, und zwar der geilste in der ganzen Herde von Ismail. Er war sozusagen die irdische Form von Ba-neb-dêdet, dem heiligen Ziegenbock, Symbol vergöttlichter Geilheit.

Seine feine Nase meldete ihm mindestens zwei läufige Ziegen in der westwärts ziehenden Karawane. Ahab stürmte los und Ismails ganze Herde hinterher. Und hinter ihr Ismail. Alle vorbei an den Zelten der Tajarim. Ismail brüllte, man solle ihm gefälligst helfen, die Ziegen einzufangen, worauf zwei Dutzend Tajarim hilfsbereit seinem Ruf folgten.

Als Ahab die Karawane fast erreicht hatte, tauchten die Soldaten der Eskorte auf. Schnell bildeten sie eine Linie und griffen zu allem, was ihnen an Waffen zur Verfügung stand. Doch das störte Ahab nicht. Erstens wusste er nicht, was Waffen waren, zweitens war ihm alles egal, solange er diesen betörenden Geruch in der Nase hatte.

So stürmte er durch die Linien der Ägypter.

Leider kam er dabei dem Gewand eines Soldaten zu nahe, eines seiner Hörner verfing sich darin, und der Ägypter ging zu Boden. Doch unbeirrt raste Ahab weiter.

»Ein Ausbruchsversuch!«, schrie einer.

»Haltet sie auf!«, ein anderer, als er die Ziegenherde und dahinter die Tajarim auf sich zustürmen sah.

Schwerter wurden gezückt, Pfeile in Sehnen gespannt. Das Massaker war nur noch eine Frage von Sekunden.

Die Ägypter konzentrierten sich auf die Tajarim, die Tajarim konzentrierten sich auf die Ziegen, und die Ziegen konzentrierten sich auf Ahab.

Die Stampede der sturen Paarhufer erreichte die ägyptische Linie. Der Aufprall verzögerte ihren Lauf nur um wenige Augenblicke. Zurück blieb ein halbes Dutzend stöhnender Soldaten.

Doch ihre Kameraden hatten keinen Blick für sie und erwarteten kühl die Tajarim.

Plötzlich blieben diese wie erstarrt stehen. Schienen mitten in der Bewegung eingefroren. Manche der Nomaden berührten nicht einmal mehr den Boden. Und während die Ägypter sich noch wunderten, erstarrten auch sie.

Seshmosis drängte sich zwischen Elimas und Almak hindurch, die in grotesker Verrenkung in der Luft hingen. In den Händen hielt er den Schrein von GON.

Ziemlich genau in der Mitte der beiden Gruppen blieb er stehen und setzte den Schrein ab. Sofort materialisierte GON, diesmal als Hirtenfigur mit Krummstab.

»Und nun?«, wollte Seshmosis wissen.

»Nun versuchen wir eine Katastrophe abzuwenden.«

»Wir?«

»Glaubst du, ich will alles alleine machen? Immerhin bist du mein Prophet, also streng dich an.«

»Und wie geht es jetzt weiter?«, fragte Seshmosis.

»Du musst die Ägypter überzeugen, dass es sich um ein Missverständnis handelt.«

»Warum machst du das nicht? Mir werden sie nicht glauben.«

»Und du meinst, sie glauben einem dreißig Zentimeter großen Hirten?«

»Kannst du nicht etwas Größeres zaubern?«

Seshmosis fühlte sich äußerst unbehaglich bei dem Gedanken, den ägyptischen Soldaten zu erklären, warum sie von einer Ziegenherde der Tajarim angegriffen worden waren, der auch noch zwei Dutzend schreiende, wild gestikulierende Nomaden hinterhergestürmt waren.

»Götter zaubern nicht, sie wirken!« GON klang eingeschnappt. Seshmosis wusste, dass er nun vorsichtiger sein musste. Am Ende würde der kleine Gott die Erstarrung der Ägypter und Tajarim aufheben, und die Katastrophe nähme ihren Lauf. Und er stünde zu allem Übel genau zwischen den Fronten.

»Verzeih mir. Das wusste ich nicht. Das Wirken der Götter ist mir noch nicht so vertraut«, entschuldigte er sich.

»Ich kann mich zwar selbst nicht größer machen, aber ich kann dich aufblasen.«

»Aufblasen? Das ist nicht dein Ernst, oder?« Seshmosis spürte eine aufkommende Panikattacke.

»Beruhige dich. Nein, nicht körperlich aufblasen, sondern deine Aura. Ich werde eine Psycho-Vergrößerung von dir machen. Pass auf!«

Seshmosis bemerkte ein leichtes Kribbeln am ganzen Körper, der von sich mehr und mehr ausdehnenden roten Wirbeln umgeben war. Ansonsten fühlte er keine Veränderung.

»Und jetzt soll ich größer sein?«

»Du solltest dich sehen«, erwiderte GON sichtlich stolz.

»Du siehst gigantisch aus! Achtung, ich werde den Zeitfluss jetzt wieder fließen lassen.«

Die Waffen der Soldaten erhoben sich weiter, die Tajarim stürmten auf sie zu, nur um im selben Augenblick abrupt anzuhalten. Die Ägypter dagegen erstarrten vor Schreck.

Zwischen den beiden Gruppen ragte eine Furcht erregende, rote Gestalt auf.

Ismail, der zwergenhafte Hirte, fühlte sich entfernt an Seshmosis erinnert. Doch er verwarf den Gedanken gleich wieder. Seshmosis war viel kleiner und außerdem nicht rot.

Der rote Gigant deutete mit einem Finger, der so groß wie der Arm eines Mannes war, auf den Kommandanten der Soldaten. »Es ist nichts geschehen. Sag deinen Männern, sie sollen die Waffen senken. Diese eifrigen Hirten wollen nur ein paar entlaufene Ziegen einfangen.«

Dann wandte er sich an die Tajarim: »Los, holt die Ziegen zurück. Aber ganz schnell!«

Ismail begriff, dass dies seine Chance war. »Folgt mir, Männer!«, brüllte der Zwerg und lief durch die Schneise, die vorher die Ziegen in die ägyptische Reihe geschlagen hatten.

Während sich die Tajarim der fremden Karawane näherten, verharrte der rote Gigant, besser gesagt Seshmosis, vor den Soldaten. Er hoffte bloß, die Wirkung von GONs Wirken werde nicht plötzlich nachlassen.

Doch der kleine Gott hielt durch, und bald schon trieben die Tajarim ihr Vieh an Seshmosis vorbei zurück ins Lager. Sogar Ahab hatten sie von einer Ziege losreißen können.

Seshmosis wandte sich als roter Riese noch einmal an den Kommandanten: »Seht, es ist nichts geschehen. Sie wollten wirklich nur ihr Vieh zurück. Nun ist alles wieder in Ordnung. Ihr habt eure Sache gut gemacht. Der Pharao kann stolz auf euch sein!«

Dann ging auch Seshmosis mit GONs Schrein unter dem Arm Richtung Lager. Dabei wurde er mit jedem Schritt kleiner und etwas weniger rot.

Nach diesem Ereignis war Seshmosis froh, dass die Soldaten am Timsah-See zurückblieben, während die Tajarim nach Osten weiterzogen. Der Ausbruch des Ziegenbocks hatte ihm gezeigt, wie schnell durch eine Kleinigkeit ein blutiger Zwischenfall ausgelöst werden konnte.

Die Nomaden folgten einer nördlichen Route durch den Sinai, nicht weit von der Mittelmeerküste entfernt. Hier war gewährleistet, dass das Vieh genug Futter fand, und auch für die Menschen sorgte die Küstennähe für erträgliche Verhältnisse.

Bald erreichte die Karawane den Jebel Helal, auch Berg Sinai genannt. Nun, er war nicht der einzige Berg, den man als Berg Sinai bezeichnete. Auch den Jebel Musa tief im Süden, inmitten der Steinwüste, nannten einige so, andere hießen ihn dagegen Berg Horeb.

Aber Seshmosis interessierte sich überhaupt nicht für

die Geografie der Halbinsel, außer sie betraf die Tajarim und ihre Reiseroute.

Nun lagerten sie am Fuß des Bergs Helal und wollten sich und den Tieren drei Tage Ruhe gönnen. Die Stimmung war verhältnismäßig gut, wie Seshmosis bei seinem Gang durch das Lager feststellen konnte. Die meisten Tajarim zeigten sich zuversichtlich, es gab genug Vorräte, und selbst Raffim lamentierte nicht mehr über sein verlorenes Vermögen. Zufrieden kehrte der Schreiber in sein Zelt zurück.

Kaum hatte er auf seinem Lieblingskissen Platz genommen, materialisierte GON, diesmal als Kälbchen. Seshmosis versuchte hinter den verschiedenen Erscheinungen, die GON annahm, ein System zu erkennen. Welche Gestalt wählte er für welche Situation? Aber er kam zu keinem Ergebnis.

»Große Ereignisse stehen bevor«, sagte GON ohne jede Einleitung.

»Nicht schon wieder! Für meinen Teil reichen die Ereignisse, die ich bisher erlebt habe. Ich hätte nichts dagegen, den Rest meines Lebens in Langeweile zu verbringen.«

»Du hattest schon genug Langeweile in deinem Leben, wenn ich recht informiert bin. Du solltest glücklich sein, dies alles erleben zu dürfen!« Das Kälbchen hob scheltend den rechten Vorderhuf.

»Was droht uns jetzt schon wieder? Sind die Ägypter hinter uns her?«

Resignation klang in Seshmosis' Stimme.

»Nein, nicht die Ägypter. Aber nicht weit von uns entfernt nähert sich die Vorhut einer großen Hyksos-Gruppe. Ich denke, du weißt, was ich meine.«

»Du meinst, er kommt mit seinen Leuten, dieser Moses?«

»Genau der. Der Pharao hat sie auch rausgeworfen. Sie sind sehr verärgert. Und sie sind viele, und hungrig sind sie auch.«

»Das hört sich nicht gut an. Was sollen wir tun?« Der Kampfgeist in Seshmosis erwachte.

»Ihr werdet göttlichen Beistand nötig haben.« GON klang, als hätte er eine Überraschung in der Hinterhand, respektive im Hinterhuf.

»Du meinst, du wirst uns retten?«, fragte Seshmosis irritiert. »Bisher hast du doch immer größten Wert auf deine überaus bescheidenen Kräfte gelegt.«

»Natürlich werde ich euch retten. Mithilfe einer Koalition aus euch wohl gesonnenen Göttern.«

Seshmosis begriff gar nichts mehr. »Wer außer dir sollte uns schon helfen wollen?«

»Starke Verbündete sind bei euch. Du kennst doch den ungeheuer großen Stier von Melmak, der ganz plötzlich in seiner Herde auftauchte und den er Apis nannte?«

»Natürlich kenne ich ihn. Er ist der größte und schönste Stier, den man je gesehen hat. Was ist mit ihm?«

»Er ist wirklich Apis!«

»Du meinst …?« Der Schreiber begann zu zittern.

»Genau, der Stier, den Melmak Apis genannt hat, ist der Gott Apis höchstpersönlich! Er schloss sich euch an, um zu beobachten, was mit Raffims Ankh geschieht. Und später kam dann Methyer dazu.«

»Die große, wunderschöne Kuh?«

»Ja. Ständig waren zwei Götter, außer mir, bei euch. Und bald werden es drei sein.«

»Mein lieber GON, du weißt, ich verehre dich über alles. Aber warum musst du immer in Rätseln zu mir sprechen? Kannst du mir nicht ganz einfach klipp und klar sagen, was los ist?« Seshmosis ärgerte sich, dass er GON selbst die wichtigsten Dinge aus der Nase ziehen musste.

»Natürlich kann ich es dir einfacher erklären. Aber dann macht es mir nicht so viel Spaß. Nun, es ist so, dass Methyer schwanger, besser wohl trächtig ist. Von Apis. Heute Nacht wird das göttliche Kind geboren. Du kannst stolz sein, denn nicht vielen Menschen ist es vergönnt, der Geburt eines Gottes beizuwohnen.«

»Ja, wirklich toll. Aber was nützt uns das? Ich meine, wie hilft uns dieses göttliche Ereignis in unserer Situation?«

»Sehr viel, mein lieber Prophet! In aller Bescheidenheit kann ich dir berichten, dass es vor kurzem eine Götter-Konferenz gab, bei der ich mit Apis, Methyer und Sopdu, dem falkenköpfigen Gott der Fremdländer, gesprochen habe. Außerdem vermute ich, dass Apophis auch da war, obwohl er sich nicht blicken ließ. Aber er hält sich mit Sicherheit ebenfalls in der Nähe auf.«

»Und was war das Ergebnis eurer Konferenz?«

»Wir werden euch helfen! Ich meine, ich helfe euch ja sowieso und immer, aber ich konnte meine Kollegen überzeugen, dass ihr es verdient habt, mit heiler Haut aus der Sache herauszukommen.«

»Was müssen wir tun? Und vor allem, was muss ich tun?«, fragte Seshmosis misstrauisch.

»Im Prinzip nicht viel. Ihr müsst nur morgen früh aufbrechen und den Stier, die Kuh und das neugeborene Kalb zurücklassen. Den Rest regeln sie.«

»Wirst du weiter mit uns ziehen?« Auf einmal fürchtete sich Seshmosis. Er hatte Angst, GON zu verlieren.

»Natürlich. Ich habe doch nur euch. Mich werdet ihr so schnell nicht wieder los!«

Seshmosis kam es vor, als lächle das GON-Kalb immer noch ironisch, als es bereits verschwunden war.

Die Tajarim murrten zwar, als Seshmosis ihnen sagte, dass die längere Rast leider verschoben werden müsse, fügten sich aber angesichts der bevorstehenden Bedrohung. Die meisten Schwierigkeiten machte erwartungsgemäß Melmak, der partout nicht einsehen wollte, warum er auf den prächtigsten Stier und die makelloseste Kuh von ganz Ober- und Unterägypten einschließlich Sinai verzichten sollte.

Seshmosis musste ihm die wahre Identität der beiden »Tiere« offenbaren, um ihn zur Aufgabe zu überreden. Mit Tränen in den Augen gab der Viehzüchter nach.

Als die Tajarim mit all ihren Habseligkeiten aufbrachen, blickte Seshmosis noch einmal auf den Lagerplatz zurück. Dort standen Apis und Methyer und zwischen ihnen ein wunderschönes Kalb. Ein Goldenes Kalb.

Einige Tage später, die Sonne stand gerade im Zenit, erreichte eine Gruppe von ungefähr dreißig bewaffneten Männern den ehemaligen Lagerplatz der Tajarim.

Misstrauisch beäugten sie die Überreste von mehreren Feuern, kamen aber zu dem Schluss, dass der Platz schon länger verlassen war, und wähnten sich unbeobachtet. Womit sie völlig falsch lagen.

Drei göttliche Augenpaare verfolgten jede Bewegung der Männer, und ein weiteres, dämonisches Augenpaar verfolgte Menschen und Götter.

Apophis genoss sichtlich die Abwechslung in seiner Einsamkeit.

So kam es, dass acht Augen aus einer für Menschen unzugänglichen Sphäre auf das Geschehen blickten.

Nur das Goldene Kalb interessierte sich für nichts und niemanden und döste in der Sonne. Es fühlte sich satt und wohl und spürte seine Eltern in der Nähe, obwohl diese in einer anderen Dimension weilten.

In dieser Situation entdeckten die Männer das Goldene Kalb.

Apis sah, wie sie erschraken und dann miteinander flüsterten. Langsam und vorsichtig näherten sie sich dem neugeborenen Gott, beäugten ihn von allen Seiten.

Dann fielen sie, wie auf Kommando, alle auf die Knie.

Apis und Methyer schnaubten zufrieden, doch war dieses Geräusch in der Menschenwelt unhörbar. Genauso wenig wie das Krächzen von Sopdu und das Zischeln von Apophis.

Die Götter aber konnten die Menschen sehr wohl hören. Und so vernahmen sie die Worte: »Dieses Goldene Kalb soll vor uns hergehen und uns ins Gelobte Land führen. Lasst uns schnell die anderen unseres Volkes holen, auf dass sie das Goldene Kalb anbeten und ihm folgen.«

Nach wenigen Tagen erreichte der von den Kundschaftern informierte Hyksos-Tross unter Aaron – Moses meditierte wieder einmal in den Bergen – das Goldene Kalb. Die Menge staunte, und man beschloss ein Fest zu feiern, zu spielen und zu tanzen. Endlich hatten sie wieder ein greifbares göttliches Zeichen.

Und so geschah es. Das göttliche Kalb folgte brav den Anweisungen seiner göttlichen Eltern und führte die Hyksos-Gruppe, die ihm willig folgte. Es führte sie nach Südwesten, weit weg von den Tajarim, bis hin zu den Kupferminen von Timna.

Hier kam es zu einem Wiedersehen mit ihrem Anführer Moses und seinem Schwiegervater, dem Priester Jethro. Gemeinsam errichteten sie für das Goldene Kalb, das sie irrtümlich für Hathor hielten, ein Zeltheiligtum. Dazu stellten sie vorsichtshalber noch eine Schlangenstatue auf, weil ihnen auf dem Weg hierher ständig riesige Exemplare dieser Reptilien begegnet waren. Sie hatten schlicht Angst und wollten sich so schützen.

Apis und Methyer nickten zufrieden. Genau so hatten sie sich das vorgestellt. Die beiden Gruppen waren nun nicht nur viele Kilometer, sondern auch viele Jahre voneinander entfernt. Der kleine Gott GON konnte sich wirklich auf seine Kollegen verlassen.

Von alledem wussten die Tajarim nichts, als sie Gaza erreichten. Die Stadt beherbergte als Vorposten des Pharaonenreichs eine kleine ägyptische Garnison, die vor allem die Handelsstraße nach Norden zu den Phöniziern und Hethitern schützen sollte. Die Einwohner waren freundlich, und so beschlossen die Tajarim einen längeren Aufenthalt zur Erholung von Mensch und Tier.

Seshmosis schlenderte entspannt durch die Gassen und freute sich, als er eine Schreibstube entdeckte. Er musste einfach hineingehen. Genussvoll sog er die Gerüche ein – das Aroma der Tuschen, der Duft des Papyrus. Hinten im Raum stand ein Regal, ganz genau so eines wie in seiner Schreibstube in Theben. Ein angenehmes Prickeln durchströmte seinen Körper, und er fühlte sich wie zu Hause. Während er noch nostalgisch die Blicke schweifen ließ, betrat ein Mann durch eine kleine Tür neben dem Regal den Raum. Er war zweifellos ein Schreiber.

Ein Bruder!, jubilierte es in Seshmosis. Die beiden Männer musterten sich gegenseitig, dann sagte Seshmosis: »Entschuldigt mein Eindringen. Mein Name ist Seshmosis, ich bin ein Schreiber aus Theben.«

»Willkommen, verehrter Kollege. Ich bin Barak, der Schreiber von Gaza. Fühlt Euch wie zu Hause.«

»Es ist wunderbar hier. Ihr müsst wissen, ich habe seit vielen Monaten keine Schreibstube mehr gesehen. Es tut gut, hier zu sein«, bedankte sich Seshmosis.

»Ihr habt einen weiten Weg hinter Euch. Darf ich fragen, was Euch nach Gaza führt?«

Seshmosis war dankbar, dass ihm jemand zuhören wollte, und es sprudelte nur so aus ihm heraus. Zwischendurch servierte Barak kühles Quellwasser und einen Kuchen aus zerstampften, in heißem Fett gebackenen »Erdmandeln«, wie die Wurzelknollen eines Zyperngrasgewächses genannt wurden. Der Kuchen war mit Honig gesüßt und hatte einen feinen, nussartigen Geschmack. Er mundete einfach köstlich.

Aufmerksam hörte Barak zu und stellte nur manchmal eine Zwischenfrage, wenn die Geschichte gar zu verworren klang.

»Und nun wollt Ihr in die Heimat Eurer Väter zurück?«, fragte Barak, als Seshmosis geendet hatte.

»Nicht unbedingt. Zum einen weiß ich gar nicht genau, wo unsere Väter einst lebten, zum anderen befürchte ich, dass dort inzwischen andere Leute wohnen. Wir wollen keinen Streit, sondern dorthin gehen, wo wir willkommen sind.«

»Eine vernünftige Einstellung«, lobte Barak. »Aber was die Heimat Eurer Väter betrifft, kann ich Euch vielleicht helfen. Ich habe in meinem Archiv viele Aufzeichnungen von Stämmen, die während der Hungerszeiten nach Ägypten ausgewandert sind.«

»Wie wunderbar!«, freute sich Seshmosis. »Ich liebe Archive.«

Barak ging zu seinem großen Regal und kam bereits nach wenigen Augenblicken mit mehreren Papyrusbogen zurück. Er kannte sich in seinen Unterlagen wirklich gut aus.

Seshmosis seinerseits holte die »Tafel der Väter« aus seinem Leinenbeutel, den er bei sich trug. Er war voll in seinem Element, und mit Barak fand sich für ihn ein Zwilling im Geiste.

»Also, lasst hören, was in Euren Aufzeichnungen steht! Aber bitte nur den Anfang, ich hasse diese endlosen Geschlechterlitaneien«, forderte Barak Seshmosis auf, der den Papyrus entrollte.

»Bevor ich aus der Rolle lese, muss ich Euch noch sagen, dass alle Namen, die darin vorkommen, bei uns sehr beliebt sind. Die Eltern nehmen gern diese Namen, weil sie das für ein gutes Omen halten. Außer dem Namen des Gründervaters Tiglat, der ist tabu. Niemand würde es wagen, sein Kind Tiglat zu nennen.«

Seshmosis räusperte sich, trank noch einmal einen Schluck Wasser und begann.

»Es begab sich aber, dass Tiglat Esther, Tochter des Samil, zur Frau nahm. Sie gebar ihm drei Söhne, Habak, Hiram und Mani. Es kam aber eine Seuche über ihr Vieh und eine Hungersnot über sie, sodass sie am Land darbten und nach Ägypten zogen.« Seshmosis zuckte mit den Achseln. »Leider kein Hinweis, von wo aus sie aufbrachen.«

»Hm«, machte Barak und kratzte sich am Kinn, »die meisten Stämme sind südlich nie über das Nildelta hinausgekommen. Bis nach Theben zu ziehen, war sehr ungewöhnlich. Lasst mich nachdenken.« Er blätterte in seinen Papyrusbogen, als suche er etwas ganz Bestimmtes.

»Hier! Wusste ich es doch!« Freudig schwenkte Barak einen kleinen Fetzen. »Dieses Stück Papyrus ist das Fragment einer größeren Liebesgeschichte, und ich hoffe schon seit Jahren, weitere dazu passende Teile zu finden. Ich denke, das Stück hier kann uns weiterhelfen.«

Seshmosis' Aufregung nahm zu, er fühlte sich wie ein Bluthund auf der Spur seiner Ahnen. »Lasst hören, mein Freund!«

»Hier steht: Gar krank vor Liebe sehnte er sich zurück. Auch unter den fremden Sternen von Theben konnte er sie nicht vergessen. Umarmen wollte er sie, Rachel, die er in der Stadt seiner Väter Jericho zurücklassen musste. So durchschritt er den Weg vom Nil zum Jordan um seiner Liebe willen.«

»Wer ist er?«

»Keine Ahnung, sein Name fehlt auf dem Papyrus. Aber immerhin wissen wir, dass Leute aus Jericho bis nach Theben gezogen sind.«

»Und du sagst, es gab nicht viele Stämme, die nach Theben gingen?«

»Ziemlich sicher nur einen. Bei allen Auswanderungsberichten bin ich nur einmal auf Theben gestoßen. Nur hier, auf diesem Fetzen.« Barak wedelte wieder mit dem Papyrus in der Luft.

»Dann stammen wir wohl wirklich aus Jericho.«

»Ja. Was habt Ihr nun vor? Wollt Ihr nach Jericho gehen?«

»Ich weiß nicht. Es wäre sicher nicht gut, mit der ganzen Karawane dort aufzutauchen. Man könnte das falsch verstehen«, sagte Seshmosis nachdenklich.

»Vor den Leuten in Jericho hätte ich an Eurer Stelle weniger Angst als vor den Leuten in der näheren Umgebung dort. Sie sollen von der übelsten Sorte sein. Eine schlecht bewaffnete Karawane wäre ein gefundenes Fressen für die.«

»Danke für den Hinweis, werter Kollege. Ich werde mit meinen Leuten über die Sache reden. Ich denke, dass schon einige die Heimat ihrer Väter sehen möchten. Vielleicht reisen wir als kleine Gruppe, während die anderen in Gaza auf unsere Rückkehr warten. Doch nun habt Dank, lieber Barak, für Eure große Hilfe und die freundliche Aufnahme. Wenn ich aus Jericho zurückkehre, werde ich Euch sicher berichten.«

»Gern geschehen, lieber Seshmosis. Es war mir eine Freude, einen Kollegen zu treffen und ihm behilflich sein zu können. Ich freue mich auf ein Wiedersehen und Euren Bericht.«

Mit einer herzlichen Umarmung verabschiedeten sich die beiden Schreiber voneinander, und Seshmosis ging beschwingt zum Lager der Tajarim.

Alte Heimat, neue Heimat

Als Seshmosis von seinen neuen Erkenntnissen berichtete, brach Begeisterung unter den Tajarim aus. Viele hatten schon von der legendären Stadt Jericho gehört, und nun war man sichtlich stolz, aus dieser uralten Stadt zu stammen. Es kostete Seshmosis viel Mühe, die Euphorie zu bremsen und seine Leute davon zu überzeugen, dass es ein Fehler wäre, mit der ganzen Karawane nach Jericho aufzubrechen. Endlich stimmten sie zu, dass nur ein paar Männer die Stadt besuchen sollten.

Angesichts der Warnung von Barak, dass Räuber die Gegend unsicher machten, wählte Seshmosis die stärksten Tajarim als Begleiter aus: Elihofni, Hiram, Melmak, Mumal und Schedrach. Gerne hätte er Jabul, Jebul und Jubul mitgenommen, doch Raffim bestand darauf, dass seine Leibwächter zu seinem Schutz in Gaza blieben.

Nachdem er seine Gruppe zusammengestellt hatte, begab er sich zur Nachtruhe in sein Zelt. Gewohnheitsmäßig verneigte er sich vor dem Schrein von GON und wollte sich schon wieder abwenden, als sich der Gott materialisierte. Auf dem Schrein erschien die Miniaturausführung einer bärtigen Männergestalt.

Seit der Sache mit dem Goldenen Kalb war Seshmosis

klar, dass GON ihm mit der Gestalt, die er jeweils annahm, einen Hinweis geben wollte. So vermutete er jedenfalls.

»Wen stellst du diesmal dar?«, wollte der Schreiber wissen.

»Etwas mehr Respekt bitte, Herr Prophet!« GON klang ungehalten.

»Tut mir Leid. Ich bin müde. Außerdem fühle ich mich immer noch mehr als Schreiber denn als Prophet«, entschuldigte sich Seshmosis.

»Du siehst vor dir das Abbild von Tiglat, Patriarch von Jericho, Stammvater der Tajarim!«, verkündete GON.

»Soll das heißen, du hast die ganze Zeit gewusst, dass wir aus Jericho stammen?« Seshmosis rang mit der Fassung.

»Wenn ich ja sage, bist du sauer. Wenn ich nein sage, zweifelst du an meiner göttlichen Macht. Welche Antwort ist dir lieber?«

»Die richtige. Die Wahrheit wäre mir wirklich am liebsten.«

»Gut gewählt, Seshmosis! Ich wusste es nicht. Du weißt, ich habe mit euren anderen Heiligen Rollen nichts zu tun. ›Die Schöpfungsgeschichte‹, ›Die Tafel der Väter‹, ›Das Goldene Zeitalter‹ und ›Die Große Flut‹ stammen nicht von mir. Mein Werk ist ›Die Kleine Karawane‹. Meines, mit der dir bekannten Hilfe.«

Seshmosis nickte und musste an einen Käfer denken, der über Papyrus kroch und mit seinem Hinterteil die Schrift hinterließ.

»Ich habe nie behauptet, der Gott eurer Väter zu sein. Ich war auch noch nie in diesem Land. Aber ich habe mit deiner Hilfe die morphologischen Resonanzen von Tiglat aufgespürt, und daher weiß ich jetzt, wie er aussah«, erklärte GON resolut.

»Was sind morphologische Resonanzen?«, fragte Seshmosis staunend.

»Schwingungen. Feinstoffliche Energien. Jeder Mensch, ja sogar jedes Ding hat sie. Und selbst wenn der Mensch gestorben oder das Ding zerstört ist, bleiben immer Schwingungen übrig. Ich kann sie aufspüren und lesen. Und zu Bildern werden lassen.« GON klang sehr stolz. Anscheinend konnten das nicht alle Götter.

»Du hast wirklich diese Morphodings von Tiglat gefunden?« Seshmosis war tief beeindruckt.

»Ja. Wenn ich erst einmal einen Ansatzpunkt habe, ist es gar nicht so schwer für mich. Es tut mir Leid, es sagen zu müssen, aber euer Tiglat war ein ziemlich unfreundlicher Zeitgenosse. Übellaunig, gewalttätig und auch nicht sonderlich gottesfürchtig. Wenn es gar nicht anders ging, brachte er Baal ein Opfer. Doch nur um seine Leute zu beruhigen und nicht, weil er an ihn glaubte. Also, ich hätte den Kerl nicht gemocht!«

Seshmosis wirkte enttäuscht. »Dabei haben wir ihn alle so verehrt, dass sogar sein Name tabu war.«

»Sei doch froh. Wer möchte schon den gleichen Namen haben wie dieser Unsympath?«

»Lebte er wirklich in Jericho?«, wollte Seshmosis wissen.

»Ja. Damals herrschte wohl eine große Dürre im Jordantal. Tiglat, der sture Bock, wollte aber keineswegs nach Ägypten ziehen. Erst als seine Söhne drohten, ihn dem einsamen Hungertod zu überlassen, ging er murrend und schimpfend mit. Übrigens war sein ältester Sohn Habak der Vater von dem bewussten Shamir, der wegen seiner Liebe zu Rachel nach Jericho zurückkehrte. Die beiden sind ziemlich glücklich geworden. Das kannst du deinem Freund Barak gelegentlich erzählen. Er interessiert sich doch für diese Liebesgeschichte.«

»Werde ich tun. Doch zuerst muss ich heil nach Jericho und zurückkommen.«

»Deshalb will ich dich begleiten!«

»Ich soll deinen Schrein mitnehmen?«

»Ja, anders kann ich nicht reisen. Deine Leute sind hier sicher. Im Gegensatz zu dir, wenn du unterwegs bist. Ich möchte dich nicht verlieren.« Nach einer kurzen Pause setzte er hinzu: »Ich habe nur einen Propheten.«

Skeptisch beäugte Seshmosis den Maulesel, der ihn nach Jericho tragen sollte. Er verließ sich lieber auf seine eigenen Füße, aber angeblich sollte die Reise auf dem Rücken eines solchen Tieres weniger mühsam sein. Seshmosis bezweifelte das.

So trotteten die sechs Tajarim auf ihren Mauleseln der Sonne entgegen Richtung Lachisch, ihrem ersten Etappenziel. Lachisch war eine für hiesige Verhältnisse stark befestigte Stadt, aber das entsprach auch ihrer Wichtigkeit. Immerhin lag sie genau auf dem Kreuzungspunkt der Nordsüd- und der Ostwesthandelsstraße. Bei der Quartiersuche fiel Seshmosis die starke ägyptische Präsenz auf. Der Pharao schien größten Wert auf diese Stadt zu legen.

Als sich der Schreiber in der Herberge auf die Pritsche legte und verzweifelt versuchte, eine Position zu finden, die sein geschundenes Gesäß entlastete, war ihm klar, dass sie Jericho niemals in den geplanten vier Tagen erreichen konnten. Ihre Tiere waren viel zu langsam und vor allem viel zu stur. Ächzend fügte sich Seshmosis in die Gegebenheiten und versuchte zu vergessen, dass er ein Hinterteil besaß.

Während sie durch die karge Steppe Richtung Totes Meer ritten, versuchte Seshmosis nachzudenken. Aber er konnte keinen klaren Gedanken fassen. Irgendwie war es seinem Hintern gelungen, die Kontrolle über sein Gehirn zu übernehmen. Und der Hintern sandte den ganzen Tag nur eine einzige Botschaft: Schmerz!

Seshmosis konnte nicht verstehen, dass seine Gefährten nicht ebenso litten wie er. Sie machten im Sattel Scherze, lachten, und manchmal sangen Elihofni und Hiram sogar irgendein ihm unbekanntes Steinmetzlied.

Mit großer Erleichterung registrierte Seshmosis einen satten grünen Streifen am Horizont, auf dem sich die Silhouetten einiger Häuser abzeichneten. Das musste Bethlehem sein, des Wanderers Labsal am Wüstenrand.

Es dämmerte schon, als sie den Ort endlich erreichten. Viele Händler rasteten hier, aber es waren keine ägyptischen Soldaten zu sehen.

Die Herbergssuche in Bethlehem erwies sich als äußerst mühsam, denn der Ort war von Händlern und Reisenden total überlaufen. Nach vielen vergeblichen Versuchen fanden die sechs Tajarim mit ihren Tieren schließlich Unterkunft in einer der vielen Höhlen am Ortsrand, die geschäftstüchtige Einwohner gegen ein saftiges Entgelt vermieteten. Die Leute hier wussten wirklich die Not quartiersuchender Fremder auszunutzen.

Die Tajarim saßen um ein Lagerfeuer vor ihrer Höhle. Zwei Reisende gesellten sich hinzu; es waren Brüder aus einem kleinen Dorf am See Gennesaret, die unterwegs nach Gaza waren, um dort für ihren ältesten Bruder um die Hand einer Frau anzuhalten. Die beiden waren Fischer und das erste Mal in ihrem Leben auf einer Reise. Seshmosis beneidete sie um ihre schlichte Vorstellung von der Welt.

Während ihrer Erzählungen begann er zu dösen, nahm ihre Stimmen nur noch als Singsang wahr, der ihn mehr und mehr einschläferte. Es waren die typischen Erzählungen von Leuten, die bisher noch nie ihr Dorf verlassen hatten und nach einigen Reisetagen meinten, sie hätten nun schon die große Welt gesehen.

Bis er wie elektrisiert aufschreckte.

»Was habt ihr eben gesagt?«, fragte er aufgeregt.

»Meidet Gilgal«, antwortete der eine Fischer.

»Was ist damit?«

»Es ist ein übles Nest, bewohnt von noch übleren Leuten. Wir sind ihnen nur mit knapper Not entkommen. Sie versuchten, uns des Nachts auszurauben.«

»Wo ist dieses Gilgal?« Seshmosis wollte es nun genau wissen.

»Ganz nah an Jericho, man hat von dort einen guten Blick auf die Stadt. Aber ihr solltet lieber einen Bogen um dieses Dorf machen.«

Seshmosis nickte. »Danke, das werden wir tun.«

Das also war Jericho, die Palmenstadt, die Stadt seiner Ahnen. Als sie die Stadtmauer erreichten, stieg Seshmosis steif von seinem Maulesel und klopfte sich den Staub aus den Kleidern.

Stundenlang waren sie von den Höhen hinabgeritten, immer tiefer in das fruchtbare, wunderbar grüne Tal des Jordan. Seshmosis konnte sich nicht vorstellen, dass jemals eine Hungersnot die Menschen aus dieser ihrer Heimat vertrieben hatte. Die Luft war ganz anders als überall sonst, wo er bisher gewesen war. Er erklärte sich das mit seinen heimatlichen Gefühlen, weil er nicht wusste, dass er sich hier mehr als zweihundertfünfzig Meter unter dem Meeresspiegel befand.

Anders als Bethlehem war Jericho stark gesichert, das Tor wurde von mindestens sechs Männern bewacht. Die fragten die Tajarim misstrauisch, was sie in der Stadt wollten, denn es war bei ihrem kleinen Gepäck eindeutig, dass sie keine Händler waren. Seshmosis erklärte, dass er nach alten Verwandten suche und man auch nur kurz bleiben wolle. Der Anführer beäugte die Tajarim ganz genau, überzeugte sich davon, dass sie nur die landesüblichen Waffen zur Selbstverteidigung trugen, und winkte sie dann durchs Tor.

Seshmosis wagte es, ihn zu fragen, an wen er sich auf der Suche nach seinen Verwandten wenden könne, und der Mann verwies ihn zum Haus des Patriarchen.

Die Tajarim beschlossen, sich vorher noch nach einer Herberge umzuschauen und sich zu säubern. Seshmosis überlegte, dass es nicht gut wäre, mit sechs Mann beim Patriarchen vorstellig zu werden, und so nahm er lediglich den Karrenbauer Schedrach mit. Die anderen sollten sich in der Zwischenzeit in der Stadt umhören.

Das Haus des Patriarchen lag direkt neben einem hohen Turm, der steinalt aussah. Vor dem Stadthaus standen wieder einige Wachen, doch da die Tajarim nur zu zweit und offensichtlich unbewaffnet waren, ließ man sie problemlos ein. In einer schlichten kleinen Eingangshalle stand ein älterer Mann an einem Pult.

Da Seshmosis nicht wusste, wie der Mann auf Ägypter zu sprechen war, beschloss er seinen wahren Namen nicht zu nennen. Man konnte nie wissen.

»Guten Tag. Ich bin Raffim, und das ist mein Freund Schedrach«, sagte er, und Schedrach neben ihm bekam einen Hustenanfall. »Ich bin Schreiber und komme aus Gaza.«

Der Mann lächelte ihn freundlich an. »Ich bin Elias, der Pförtner. Hat Barak die Feder aus der Hand gelegt?«

Seshmosis schluckte. »Nein, keineswegs. Es geht ihm gut. Er ist ein Freund von mir. Er hat mir sogar geraten, hierher zu kommen, um nach meinen Vorfahren zu suchen.«

»Ahnenforschung also. Ja, ja, das war schon immer das Spezialgebiet von Barak. Nun, ich will Euch gern helfen, wenn ich kann.« Mit diesen Worten bedeutete er ihnen, weiter hinten in der Halle Platz zu nehmen, wo etliche Sitzkissen um einen flachen Tisch gruppiert waren. Seshmosis und Schedrach nahmen die Einladung dankend an.

Ein junges Mädchen erschien und reichte ihnen frisches Wasser und kleine Kuchenstücke. »Ich danke dir, Rachel«, sagte Elias.

Anscheinend waren alle Frauen dieser Erde, die den Namen Rachel trugen, bezaubernde Geschöpfe, dachte sich Seshmosis und sah ihr verträumt nach.

»Meine Tochter«, erklärte der Pförtner.

»Sie ist wunderschön. Wie Eure Stadt«, beeilte sich Seshmosis hinzuzufügen.

»Ja, ja, unser schönes Jericho. Schön und alt, uralt. Wusstet Ihr, dass der Turm nebenan fünftausend Jahre älter ist als die großen Pyramiden?«

Sie wussten es nicht.

»Nach wem genau sucht Ihr, werter Raffim?«

»Äh, nach einem Urahn, werter Elias, sein Name war Tiglat. Viele, viele Generationen zurück. Er soll Jericho bei einer großen Hungersnot verlassen haben. Und er hatte mindestens drei Söhne, Habak, Hiram und Mani.«

»Oh! Euer Vorfahr ist Tiglat? Der schrecklichste Patriarch in der Geschichte von Jericho?«

Seshmosis zuckte zusammen. Er hatte nicht damit gerechnet, dass er so schlimm war.

»Ihr erinnert Euch? Ich meine, einfach so, ohne irgendwo nachzusehen?«, wunderte sich der Schreiber.

»Für die Namen der Patriarchen brauche ich keine Aufzeichnungen. Ihr müsst wissen, ich bin nicht nur Pförtner, sondern auch Großarchivar.«

»Es tut mir Leid, dass mein Urahn so schrecklich war.«

»Es muss Euch nicht Leid tun, Ihr könnt ja nichts dafür. Außerdem ist das schon sehr lange her.«

»Was war eigentlich so schrecklich an ihm?«, wollte Seshmosis wissen. Wenn schon die Wahrheit, dann die volle, dachte er sich.

»Alles. Schlicht alles. Er war hart, ungerecht, verschwenderisch und brutal. An seinen Händen klebte mehr Blut als an der Schürze eines Schlachters. Kein Wunder, dass sein Stamm die Geschichte von der Hungersnot erfand.«

»Die Hungersnot war erfunden?«, staunte Seshmosis.

»Aber ja doch. Sehr geschickt gemacht. Ohne die Hilfe seiner Söhne hätte es nie geklappt. Aber die konnten es auch nicht mehr mit ansehen. Also sorgten sie dafür, dass immer weniger Lebensmittel öffentlich angeboten wurden und noch weniger in den Palast kamen. Die Leute gewöhnten sich an, heimlich zu essen. Sie brieten sogar das Fleisch außerhalb der Stadtmauern, das Brot wurde in den umliegenden Dörfern gebacken, und ihre Herden versteckten sie in den Bergen. So täuschten sie dem Tyrannen Tiglat vor, dass es nichts zu essen gebe. Jeden Tag zogen keifende Weiber zum Palast und jammerten, wie schlecht es ihnen gehe. Und als eingefleischter Egoist war er natürlich so blind und borniert, dass er die Wahrheit nicht sah.« Elias lachte. »Die Leute von Jericho wussten sich schon immer zu helfen.«

»Aber wenn sie mit ihm wegzogen, hatten sie doch auch nichts davon«, wandte Seshmosis ein.

»Wer sagt denn, dass sie mit ihm gingen?«

»Nun, ich dachte, weil doch viele damals Jericho verließen.«

»Mein junger Freund, ich glaube, langsam durchschaue ich Euch.«

Seshmosis errötete, doch bevor er etwas sagen konnte, fuhr Elias fort.

»Ihr seid wirklich ein Nachkomme von Tiglat und seinen Söhnen, aber Ihr kommt nicht aus Gaza, sondern aus Ägypten, habe ich Recht?«

»Ja, Ihr habt Recht. Und ich heiße auch nicht Raffim, das ist ein anderer Mann meines Stammes, sondern Seshmosis. Aber ich bin wirklich ein Schreiber. Es tut mir Leid, dass ich versuchte, Euch zu täuschen. Ich hatte Angst, Ihr würdet Ägyptern gegenüber vielleicht nicht wohlgesonnen sein.«

»Schon gut, junger Freund. Ihr wisst nicht, was man hier von Rückkehrern aus Ägypten hält, und wart deshalb vorsichtig. Das kann ich gut verstehen, denn wir halten wirklich nicht viel von denen. Zumindest von den meisten. Aber dazu später. Zuerst will ich Euch noch die Geschichte von Tiglat zu Ende erzählen. Es war nämlich keineswegs eine große Auswanderung, ganz im Gegenteil. Tiglat war ein alter Egoist, und er wollte seine Leute einfach im Stich lassen. Sollten sie doch verhungern, Hauptsache, er hatte zu essen. So befahl er seinen Söhnen und Enkeln, alle Häuser nach Nahrungsmitteln und verstecktem Vieh zu durchsuchen und das Gefundene zu beschlagnahmen.

Die Söhne spielten das Theater mit, denn sie waren anständige Männer und hassten ihren Vater. Die Bewohner von Jericho standen stumm mit gesenkten Köpfen am Straßenrand, als die Familie des Patriarchen nach Ägypten aufbrach. Erst als sie außer Hörweite waren, brach der Jubel los. Nach einigen Wochen kehrte der älteste Enkel des Tyrannen, Shamir, zurück – der Liebe zu seiner Rachel wegen. Die beiden heirateten, und Shamir wurde bald darauf der neue Patriarch von Jericho. Er war einer der gütigsten und weisesten Herrscher unserer Stadt. Noch heute spricht man mit großem Respekt von Shamir. So, nun kennt Ihr die wahre Geschichte.«

Seshmosis war gerührt und wischte sich eine kleine Träne aus dem Augenwinkel.

»Danke, edler Elias, vielen, vielen Dank!«

»Ihr braucht Euch also Eurer Vorfahren keineswegs zu schämen. Wie Ihr gehört habt, haben die Söhne von Tiglat ihre Heimat und ihr Zuhause geopfert, um dem Volk von Jericho zu helfen. Dafür werden sie bis heute verehrt. Und auch Eurer Rührung müsst Ihr Euch nicht schämen, sie zeigt mir, dass Ihr ein guter Mensch seid.«

Seshmosis war dankbar für so viel Güte, und Schedrach war dankbar für so viel Kuchen. Er hatte während der Erzählung das ganze Tablett geleert. Lächelnd winkte Elias mit der Hand, und schon erschien Rachel mit Nachschub.

Wieder konnte Seshmosis die Augen nicht von ihr wenden, doch die Stimme Elias' verlangte leider wieder seine ganze Aufmerksamkeit.

»Ihr wolltet noch wissen, warum Rückkehrer aus Ägypten hier nicht gern gesehen sind. Dafür gibt es mehrere Gründe. Die Aktionen von Pharao Kamose und seinem Nachfolger Ahmose haben nicht nur rechtschaffene Menschen aus Ägypten vertrieben, sondern leider auch viel zwielichtiges Gesindel. Einige kommen hierher und erheben Anspruch auf die Häuser und Felder ihrer Vorfahren. Spielen sich ganz ungeniert als die rechtmäßigen Besitzer auf und beschimpfen ehrbare Einwohner auf das Übelste. Andere sind noch schlimmer und streifen durch die Gegend und stehlen alles, was sie in die Finger bekommen. Sie sind eine echte Landplage, und keiner geht mehr unbewaffnet vor die Tore der Stadt, und keiner lässt seine Herden unbewacht.

Das ist eine Bande von Gesetzlosen, die vor nichts und niemandem Respekt haben. Abend für Abend und Nacht für Nacht feiern sie drüben in Gilgal Gelage. Sie brüllen und schreien und blasen ihre Shofarhörner, dass einem schier das Trommelfell platzt. Man könnte meinen, die Mauern stürzten bald ein. Das ewige Getröte geht uns allen seit Wochen auf die Nerven.«

Seshmosis schüttelte sich angewidert. Mit solchen Leuten wollte er wirklich nicht verwechselt werden.

»Wir haben nicht vor, nach Jericho zurückzukehren. Wir möchten unser Glück in Byblos versuchen«, sagte Seshmosis.

»Im Prinzip wäre überhaupt nichts dagegen einzuwenden, wenn sich der eine oder andere von Euch hier niederlassen würde. Einen guten Schreiber zum Beispiel könnte ich wirklich gebrauchen.«

Das Angebot war verlockend. Schreiber des freundlichen Großarchivars von Jericho, umgeben von einem der ältesten Archive der Menschheit. Dazu die Aussicht, stets in der Nähe seiner bezaubernden Tochter Rachel zu sein. Seshmosis überlegte. Doch dann besiegte er die Verlockung.

»Vielen Dank, edler Elias, Ihr beschämt mich. Gerne würde ich Euer Schreiber sein, aber ich habe meinen Leuten versprochen, sie nach Byblos zu führen. Sie vertrauen mir, ich möchte sie nicht enttäuschen. Darf ich, wenn es mir in Byblos nicht gefällt, auf Euer Angebot zurückkommen?«

Elias nickte. »Natürlich, junger Freund. Eure Einstellung ehrt Euch und qualifiziert Euch noch mehr für den Posten hier. Es wäre mir eine große Freude, wenn Ihr Euch doch noch entschließen könntet, wieder in der Stadt Eurer Väter heimisch zu werden.«

Dann verabschiedeten sie sich mit großer Herzlichkeit, und Seshmosis verließ das Stadthaus mit dem Gefühl, einen Freund gefunden zu haben.

In der Herberge wurden sie bereits von Elihofni, Hiram, Melmak und Mumal erwartet.

Sie tauschten sich kurz darüber aus, was man in Erfahrung gebracht hatte. Dabei erfuhr Seshmosis, dass die Hyksos von Gilgal das Thema Nummer eins in der Stadt waren und wirklich alle Bewohner von Jericho und Umgebung nervten.

Später, in der Einsamkeit der Nacht, kroch eine winzig kleine Katze auf Seshmosis' Decke und kitzelte ihn mit den Schnurrhaaren. »Das war wirklich anständig von dir, die Stellung abzulehnen. Und das bei dieser Tochter!«, gurrte die Katze und verschwand.

Bald darauf begannen irgendwo außerhalb der Mauern von Jericho Shofarhörner zu erschallen. Quälende, monotone, lang gezogene Töne, die von einem fernen Grauen kündeten.

Kurz nach Sonnenaufgang brachen die sechs Tajarim mit ihren Mauleseln Richtung Gaza auf. Der Anstieg zum Hochland war mühsam, und die Tiere gaben sich sturer denn je.

Plötzlich wurden sie von einer Horde bärtiger, zerlumpter Männer umringt.

»Die Herren reisen ganz allein?«, sprach sie einer von ihnen an, woraufhin die anderen in grölendes Gelächter ausbrachen. »Das ist aber sehr gefährlich. Man hört, dass es hier ganz böse Menschen geben soll. Möchtet ihr nicht, dass wir euch ein wenig beschützen?«

Die Bande grölte noch mehr. Anscheinend fanden sie ihren Anführer überaus witzig.

»Eure Sicherheit ist euch bestimmt ein paar Goldstücke wert, oder?«, fragte der Wortführer drohend.

Seshmosis schickte ein stummes Stoßgebet zu GON und ging in die Offensive.

»Wenn wir Gold hätten, würden wir euch welches geben, sicherlich. Aber wir sind nur arme Pilger, und der einzige Schutz, den wir uns leisten können, ist der Schutz unseres Gottes.«

»So, so, euer Gott schützt euch. Dann wollen wir mal sehen, was er dazu sagt, wenn wir euch die Maulesel abnehmen. Los, Männer, schmeißt sie von den Tieren!«

»Das würde mir aber gar nicht gefallen!«, erklang eine tiefe Stimme ungefähr zehn Meter über ihnen.

Die Räuber hielten inne und sahen nach oben. Ebenso die Tajarim.

Dort war ein schwarzes Loch im sonst blauen Himmel. Es maß ungefähr einen Meter im Durchmesser, und seinen Rand bildeten kleine zuckende Blitze. Seshmosis war beeindruckt. Und nicht nur er.

Einige der Banditen rieben sich die Augen und sahen nochmals hinauf. Aber die blitzende Öffnung veränderte sich nicht.

»Ein kleines Gewitter, Männer, nichts Besonderes. Macht weiter!«, befahl der Anführer, doch seine Stimme klang erstaunlich leise und schwach.

Die tiefe Stimme aus der Höhe sprach erneut: »Nur ein Gewitter also? Nichts Besonderes, meinst du? Hast du Landstreicher jemals ein Gewitter sprechen hören?«

Der Anführer schüttelte zaghaft den Kopf. Dann erwachte sein Trotz, der nur aus größter Dummheit gespeist werden konnte. »Du bist ihr Gott, nicht meiner! Du hast mir gar nichts zu sagen. Lass mich in Frieden, ich glaube nicht an dich!«

Der Rest der Horde nickte begeistert, ihr Anführer war wirklich ein schlauer Bursche.

»So, so, du glaubst nicht an mich. Aber stell dir vor, das ist mir völlig egal!«

Die Worte waren noch nicht verklungen, als ein Blitzstrahl herniederfuhr und den Räuberhauptmann einäscherte. Seine Banditen warfen sich in den Staub. Dann sprach es aus der Öffnung im Himmel weiter.

»Verschwindet, bevor ich mit euch das Gleiche mache! Und noch eines: Blast nie mehr des Nachts Shofarhörner!«

Die Räuber verschwanden schneller, als sie erschienen waren. Die Tajarim würdigten sie keines Blicks und stiegen von ihren Tieren, knieten nieder und dankten GON für ihre Rettung.

Die kleinen Blitze im Himmel hörten auf zu zucken, und der Rand des Lochs färbte sich in ein angenehmes Blau, bevor es sich mehr und mehr zusammenzog und verschwand.

Seshmosis saß in Gaza in der heimeligen Schreibstube von Barak, dem er die Grüße von Elias überbrachte und die Geschichte von der erfundenen Hungersnot und der Liebe von Shamir und Rachel erzählte.

Barak zeigte sich hocherfreut und plante, die Liebesgeschichte in einem Lied zu verewigen, auf dass sie der Nachwelt erhalten bliebe.

Dann machte sich Seshmosis auf in das Lager der Tajarim.

Staunend und gebannt hörten die Nomaden die Geschichte ihrer Vorfahren, und als der Schreiber geendet hatte, herrschte erst einmal Schweigen. Dann ergriff Raffim das Wort:

»Damit ist ja wohl das Ziel unserer Reise klar: Jericho!«

»Hast du denn überhaupt nichts begriffen?«

Seshmosis wollte fortfahren, doch Raffim unterbrach ihn barsch. »Ich gehe davon aus, dass meine Vorfahren mir in Sachen Geschäftstüchtigkeit in nichts nachstanden. Sicher gibt es in Jericho etliche Immobilien, die von Rechts wegen meiner Familie gehören und damit jetzt mir zustehen.«

»Und ich dachte, die Erfahrung mit dem Ankh hätte dich etwas einsichtiger gemacht«, sagte Seshmosis enttäuscht.

»Es hat mich grün gemacht und mir den Appetit verdorben!«, zürnte Raffim.

»Dann müssen wir wohl über unser Ziel abstimmen«, schlug Seshmosis vor.

»Aber gerne doch. Allerdings möchte ich dich darauf aufmerksam machen, dass fast jeder Hyksos bei mir Schulden hat. Unsere Reise verlief nämlich im Großen und Ganzen für die Leute ohne Einnahmen, und so habe ich, großzügig wie ich bin, etwas ausgeholfen. Zu moderaten Zinsen und mit der Auflage, bei Abstimmungen meiner Meinung zu sein. Andernfalls wird die geliehene Summe samt Zinsen sofort fällig. Meinetwegen kannst du also gerne eine Abstimmung durchführen.«

Siegessicher rieb sich Raffim die Hände.

»Du bist und bleibst ein raffgieriger Idiot! Rund um Jericho lungern Dutzende von Hyksos, die genauso dumm im Schädel sind wie du. Die denken auch nur daran, sich der Stadt und ihrer Reichtümer zu bemächtigen. Mit den gleichen schwachsinnigen Argumenten wie du. Von wegen, das Land unserer Väter, das eigentlich uns gehört.« Seshmosis war endgültig der Geduldsfaden gerissen.

»Ich will doch nur, was mir zusteht«, erwiderte Raffim trotzig.

»Nichts steht dir zu, gar nichts! Als deine und meine Vorfahren Jericho verließen, haben sie all ihren Besitz denen überlassen, die zurückblieben. Und wenn du jetzt nicht sofort nachgibst, rufe ich GON zu Hilfe!«

Raffim zuckte zusammen. Einen weiteren göttlichen Eingriff in sein leibliches Wohl wollte er keinesfalls riskieren. Mit Schaudern erinnerte er sich an den nicht enden wollenden Brechreiz bei Abydos. Zähneknirschend willigte er ein, nun doch mit den anderen nach Byblos zu ziehen – ohne vorherige Abstimmung.

Der Abschied von Gaza fiel den Tajarim nicht leicht. Seit ihrer Flucht aus Theben hatten sie sich nicht mehr so wohl und sicher gefühlt wie hier. Schweren Herzens, aber mit viel Hoffnung brachen sie nach Norden auf.

Byblos – die Phönizierstadt, die Handelsmetropole am Mittelmeer, Tor zur Welt, Sehnsucht und Ziel der Tajarim. Diese Stadt war ein pulsierender Schmelztiegel unterschiedlichster Nationen und Religionen, die alle friedlich nebeneinander existierten. Genau das war der Grund, warum Seshmosis Byblos ausgewählt hatte; hier würden die Tajarim nicht als Fremdkörper auffallen, weil es so viele Fremde gab.

Die Stadt stand seit vielen Jahrhunderten auch in engem Kontakt mit Ägypten.

Von Byblos wurde vor allem Holz nach Ägypten exportiert, wie etwa Weißtannen, Schwarzkiefern und Zedernholz, da das ägyptische Holz aus Palmen und Akazien von minderwertiger Qualität war, gerade für die Herstellung von Schiffen, Möbeln und, ganz wichtig für die Pharaonen, für die prachtvollen Särge, die mindestens eine Ewigkeit halten sollten.

Der Legende nach strandete einst der Sarg von Osiris, in den Seth ihn gesteckt hatte, hier in Byblos unter einem schönen Baum. Dieser zierte noch heute den Palast des Stadtkönigs. Auch wenn es nur eine Sage war, ein Symbol für die Macht des Königs war dieser Baum allemal.

Früher hieß die Stadt Gubla, doch das war fast vergessen, selbst bei den Einwohnern. Byblos ist nur ein anderes Wort für Papyrus, genauso wie Phönizien in unserer Sprache schlicht »Purpurfarbe« bedeutet. Die Griechen waren es, die damals alles umbenannten, wie es ihnen in ihr egozentrisches Weltbild passte. So verwandelten sie zum Beispiel auch die wundervollen, schlanken heiligen Steinstelen, ägyptisch »Benben«, grausamst in profane »Obelisken«, was nichts anderes als »Bratspieße« bedeutet.

Byblos war die unumstrittene »Hauptstadt des Papyrus«, des Werkstoffs, den sie im Gegenzug für ihre Holzlieferungen von den Ägyptern bekam. Kein Wunder, dass diese Stadt zur Geburtsstätte des Alphabets wurde.

Aber Byblos beherbergte noch eine andere Quelle für stetig sprudelnden Reichtum – Färbereien. An der Küste sammelten jeden Tag Hunderte von Frauen und Kinder riesige Mengen von Purpurschnecken vom Meeresgrund und brachten sie in die Werkstätten, wo sich das Sekret von zehntausend Schnecken in ein Gramm Farbstoff verwandelte. Und in was für einen! Könige und Priester in der ganzen Welt waren frohen Herzens bereit, das Geld ihrer Untertanen und Gläubigen dafür auszugeben, um sich selbst mit diesen edlen Purpurstoffen zu schmücken.

Wie immer lagerten die Tajarim gewohnheitsmäßig etwas außerhalb der Stadt, versteckt zwischen großen und kleinen Karawanen und Märkten für Rinder, Esel, Pferde, Schafe und Ziegen. Sogar einen Markt für Gazellen und Antilopen gab es hier.

Von hier aus wollten sie die Stadt erkunden und nach beruflichen Möglichkeiten Ausschau halten. Seshmosis' erster Weg führte aber nicht zum legendären Königspalast, sondern zum Hafen. Er wollte wissen, ob die *Windsbraut* schon eingetroffen war.

Sie war es! Sie schaukelte im Hafenbecken neben Schiffen aus aller Welt. Dort lagen Segler aus Ägypten, Troja,

Milet, Zypern und Kreta, natürlich die einheimischen aus Phönizien, aber auch fremd anmutende Boote mit Drachenhälsen und bizarre Gebilde, die mehr wie ein Haus als ein Schiff aussahen.

Seshmosis trat möglichst nahe an die Hafenmauer und versuchte sich durch Winken bei den Leuten auf der *Windsbraut* bemerkbar zu machen. Der Erfolg war überwältigend. Von mindestens fünfzehn Schiffen wurde zurückgewunken.

»Suchst du jemanden?«, fragte eine Stimme hinter ihm.

Seshmosis drehte sich um und blickte in das grinsende Gesicht von Zerberuh. Glücklich fielen sie sich in die Arme.

Die beiden setzten sich auf die Kaimauer, und Zerberuh berichtete freudestrahlend, wie gut die Reise verlaufen war und dass man bereits seit vier Wochen hier sei.

»Kalala hat ein Haus gekauft. Ein etwas größeres mit einigen Nebengebäuden, dort wohnen wir. Lass uns hingehen!«, forderte er Seshmosis auf.

Mit wachen Augen ging Seshmosis durch die Stadt und versuchte, so viele Eindrücke wie möglich in sich aufzusaugen. Sie kamen durch Stadtviertel mit beeindruckenden Tempeln, prächtigen Handelshäusern und reich verzierten Palästen, zwängten sich durch die mit Menschen gefüllten Gassen der Basare und sahen die großen Lagerhäuser und Färbereien, die der Stadt ihren Reichtum gaben.

Inzwischen hatten sie ein höher gelegenes Viertel mit Wohnhäusern und Villen erreicht, und wenn sie sich umdrehten, konnten sie den Hafen und das Meer sehen.

Vor einer lang gestreckten Mauer mit einem hohen Doppeltor blieb Zerberuh stehen.

»Hier ist es«, sagte er schlicht, öffnete die rechte Tür und ging hinein.

Seshmosis folgte ihm und sah das Haus. Aber von wegen Haus, das war ein Palast!

Kalala besaß nicht nur in Bezug auf Musik und Männer einen exzellenten Geschmack.

Der Weg zum Palast bestand aus großen Steinplatten und war so breit, dass zwei Fuhrwerke bequem nebeneinander fahren konnten. Gesäumt wurde er von einer Sphingenallee. Wesen mit Löwenkörpern und Widderköpfen beäugten scheinbar misstrauisch jeden Besucher. Sie wirkten so lebendig, als könnten sie sich jeden Augenblick erheben. Seshmosis schob diesen beängstigenden Gedanken beiseite und konzentrierte sich auf den Palast.

Links und rechts vom Hauptgebäude sah er etliche schmucke Häuser. Davor saßen viele Leute. Als er und Zerberuh sich näherten, bewegten sich einige von ihnen auf sie zu – es waren die Tajarim!

Das Wiedersehen war mehr als herzlich, und Seshmosis versprach, die anderen im Lager sofort zu informieren. Am Abend wollten sie alle zusammen im Park des Palasts ein großes Fest feiern.

Kalala, die Prinzessin von Gebel Abjad, schwarze Perle Nubiens und Stern der Oase Salima, strahlte, als sie Hand in Hand mit El Vis von der Terrasse das ausgelassene Treiben der Tajarim beobachtete. Auch Seshmosis, der bei ihnen stand, konnte sein Glück kaum fassen: Sie waren wirklich angekommen!

Grazil erhob Kalala ihren Becher und sagte: »Auf Kamoses, den Statthalter von Theben, der dies alles hier finanziert. Allerdings ohne davon zu wissen.« Sie nahm einen kleinen Schluck und lachte. Dann trat El Vis an die Brüstung, schlug seine Harfe an und ließ die Stimme erklingen. Nach und nach verstummte das Geschnatter im Park, und die Menschen lauschten dem Lied, das von einer langen Reise und einer neuen Heimat erzählte.

Nachdem der letzte Ton in die Nacht entschwunden war, sagte Seshmosis zu Kalala: »Es ist wunderschön hier. Werdet Ihr bleiben?«

»Eine Weile sicher. Aber wir werden auch viel reisen, denke ich. El Vis sollte in allen Städten entlang des großen Meeres singen. Und auf den Inseln natürlich auch. Alle sollen seine wunderbare Stimme kennen lernen. Und Ihr selbst, Seshmosis? Was habt Ihr vor?«

»Ich werde mir wohl eine Schreibstube einrichten. So eine kleine, feine, wie mein Freund Barak in Gaza. In einer Handelsstadt wie Byblos bringen meine Talente sicher Geld. Immerhin kann ich Hieroglyphen in das phönizische Alphabet übertragen.« Er grinste. »Und in meiner Freizeit werde ich unsere Abenteuer aufschreiben. Es wird ein großes Werk mit vielen Geschichten. So etwas nennen sie hier *Bybel*. Sollte es mir dann zu langweilig werden, habe ich immer noch ein sehr attraktives Angebot als Schreiber in Jericho.« Vor seinem inneren Auge formte sich die Figur von Rachel.

»Und was ist mit den anderen?«, wollte Kalala wissen.

»Ich denke, sie werden keine Probleme haben. Sie werden ihren Geschäften nachgehen wie in Theben. Amanan wird mit Wein und Bier handeln, Melmak seine Rinder züchten, Barsil findet sicher gebrauchte Waren unbekannter Herkunft, die er mit Gewinn verkaufen kann. Raffim hat kein Problem damit, sich den Devotionalien anderer Götter zu widmen. Er sagte zu mir, die hiesige Fruchtbarkeitsgöttin Astarte passe hervorragend zu seiner eigenen Figur.«

»Dann ist ja alles gut«, lächelte die Prinzessin.

»Ja«, sagte Seshmosis, »alles ist gut.«

Dann ging er in das Innere des Palasts, wo ihm Kalala ein komfortables Zimmer hatte zuweisen lassen. Auf seinem Bett lag eine kleine, rot getigerte Katze, die sich behaglich putzte.

Seshmosis schaute sie liebevoll an und sagte leise: »Danke, kleiner Gott.«

Die Katze sah zu ihm auf, und es schien ihm, als lächle sie, während sie antwortete: »Glaub ja nicht, dass es damit zu Ende ist.«

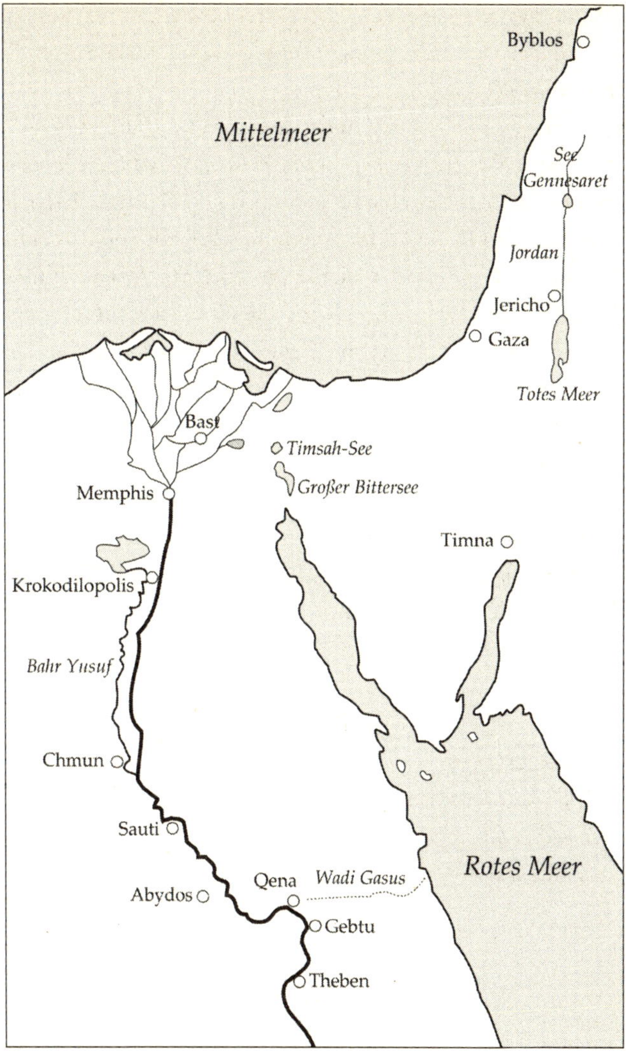

Übersichtskarte Ägypten, Sinai und Kanaan

Glossar

Die im Roman verwendete »Große Unschuldsbeteuerung« entstammt dem »Papyrus des Hunefer« (ca. 1300 v. Chr.). Die Ortsnamen der ursprünglichen Übersetzung waren eine Mischung aus alten ägyptischen, klassisch antiken und arabischen Namen. Ich habe, wenn möglich und bekannt, bei den Ortsangaben den alten ägyptischen Namen eingesetzt. Bei den Städten Theben (altägyptisch Waset) und Memphis (Mennefer) habe ich aus Konzeptionsgründen im gesamten Manuskript den späteren Namen verwendet.

Die »Magischen Worte der Wiedererweckung« entstammen dem »Papyrus des Ani« (ca. 1420 v. Chr.). Beide Papyri gehören zu den sog. »Ägyptischen Totenbüchern«, die ursprünglich wörtlich »Sprüche für das Herausgehen bei Tage« hießen.

Verzeichnis der Menschen

Tajarim

Almak, großnasiger Türsteher eines Geheimbundes, Ochsentreiber.

Amanan, Wein- und Bierhändler, Shofarbläser.

Aram, Bademeister in Theben.

Aruel, Wasserträger.

Barsil, Händler für alles, das schon einen Vorbesitzer hatte, manche nennen ihn auch einen Hehler.

Ben Mani, Sohn des Stoffhändlers Mani.

Elihofni, Steinbrucharbeiter.

Elimas, Schaf- und Ziegenhirt, Shofarbläser.

Esther, Kosmetikerin im Palast des Statthalters Kamoses.

Gomer, junge Frau, die Männern mit viel Geld zugeneigt ist.

Habak, genannt »der Irre«, neigt zu prophetischen Träumen bzw. Behauptungen, die er als Träume tarnt. Ein Mann gleichen Namens zählt zu den Stammvätern.

Hataha, alte Frau, die manche für schwachsinnig, andere für weise halten.

Hiram, Steinmetz. Ein Mann gleichen Namens zählt zu den Stammvätern.

Ismail, zwergenwüchsiger Ziegenhirte.

Isbel, Hirtin.

Jabul, Jebul und Jubul, Diener Raffims.

Mani, Stoffhändler. Ein Mann gleichen Namens zählt zu den Stammvätern.

Melmak, Viehzüchter.

Miriam, Magd bei Melmak.

Mumal, Typ »junger Held« – groß, stark und beschränkt.

Pinhas, Weber.

Punhas, Schneider.

Rachel, Handtuchhalterin im Badehaus zu Theben.

Raffim, reicher Devotionalienhändler, vor allem auf den Krokodilgott Suchos spezialisiert. Einer der Wortführer der Opposition innerhalb der Tajarim.

Samil, Sandalenmacher.

Sarah, Tochter von Samil.

Schedrach, Karrenbauer.

Seshmosis, »Sohn des Schreibers«, selbst Schreiber, später Prophet und einer der Führer der Hyksosgruppe, die sich Tajarim nennt.

Shamir, Bäcker, Romantiker.

Tabut, Fleischer.

Tiglat, legendärer Stammvater der Tajarim.

Zerberuh, Schiffseigner der *Windsbraut*, Nilsegler mit Hang zur Mystik.

Ägypter

Ahmose, Pharao, Begründer der 18. Dynastie.

El Vis, Sänger aus Memphis.

Kaf'nkhter, Denunziant mit Schlafstörungen.

Kamoses, Statthalter von Theben.

K'nofer, Kommandant der Tempelwache von Theben.

Nostr'tut-Amus, Seher.

Menpehti, Kommandant der Palastwache von Theben.

Menpuhti, Kommandant der Stadtwache von Theben, Bruder von Menpehti.

Mesmoses, Diener von Raffim, Mitglied des theologischen Papyruskreises.

Neferura, Kammerdienerin des Pharaos, Schwester von Senmut.

Psuta, ehemalige Lieblingsgemahlin von Kamoses.

Senmut, Nilsegler, Bruder von Neferura.

Shifnu, 1. Kapitän von Warn'keter.

Skorpion, legendärer erster König von Ägypten.

Snafur, Hafenmeister in Sauti.

Snofur, stellvertretender Hafenmeister in Sauti, Bruder von Snafur.

Warn'keter, Schiffseigner, Nilsegler, Flaggschiff *Ölzweig*.

Sonstige

Aaron, Halbbruder von Moses.

Barak, Schreiber in Gaza.

Elias, Großarchivar und Pförtner des Stadthauses von Jericho.

Jethro, auch **Jitro**, midianitischer Priester, Schwiegervater von Moses.

Kalala, Prinzessin von Gebel Abjad, schwarze Perle Nubiens, Stern der Oase Salima und Nebenfrau von Kamoses, Statthalter von Theben.

Moses, Priester und Führer der Hyksos im Nildelta.

Rachel, Tochter des Elias von Jericho.

Tafa, hünenhafter Nubier, Lieblingssklave und Leibwächter von Kalala.

Verzeichnis der Götter und göttlichen Wesen

Aker, Erd- und Totengott, Herr des Labyrinths von Gizeh. Häufig löwengestaltig abgebildet, manchmal auch mit zwei Köpfen, die in die entgegengesetzte Richtung blicken (Diesseits und Jenseits).

Ammit, Göttin des Jenseitsgerichts, »Große Fresserin«; Krokodilkopf, Raubkatzenleib, Nilpferdhinterteil.

Amun, Schöpfergott, wird auch als König der Götter bezeichnet. Er ist von hellblauer Farbe und wird häufig mit einem Widderkopf abgebildet.

Anubis, Menschengestalt mit Schakalkopf, oft auch als reiner Schakal dargestellt. Er gilt als der Erfinder der ägyptischen Begräbnisriten. Er ist einer der Totenrichter.

Apis, einer der tiergestaltigen Götter, der als schwarzer Stier dargestellt wird. Fruchtbarkeitsgott.

Apophis, Schlangendämon und der Feind der Götter, vor allem von Ra.

Aton, der Gott der Sonnenstrahlen.

Atum, der Herr der Abendsonne.

Babi, zahnbewehrter Dämon der Finsternis, der beim Totengericht den Toten verspeisen will.

Bastet, katzengestaltige Göttin der Fruchtbarkeit, Liebe und Sexualität.

Bes, zwergenhafter Schutzgott der Schwangeren und des Wochenbetts.

Chnum, »Herr des kühlen Wassers«. Widderköpfiger Schöpfer- und Nilgott. Stellte den Himmel auf vier feste Säulen. Formte die Menschen auf der Töpferscheibe.

Chepre, Manifestation der aufgehenden Sonne, er wird als Skarabäus (Käfer) dargestellt.

Chons, »der Wanderer«, falkenköpfiger Mondgott, Sohn des Amun und der Mut. Wird mit einer Mondscheibe auf dem Kopf dargestellt.

Hapi, androgyne Gottheit, die den Nil verkörpert.

Harachte, Gott der Morgensonne.

Harsaphes, ein Fruchtbarkeitsgott und ein Urgott, der aus dem Ursee aufgetaucht ist und dessen Augen die Sonne und der Mond sind. Dargestellt wird er als Widder.

Hathor, Himmelsgöttin, Göttin der Freude, des Tanzes und der Musik. Sie wird in Kuhgestalt dargestellt.

Horus, Sohn von Osiris und Isis, häufig als Falke dargestellt, Schutzgott der Pharaonen.

Imhotep, vergöttlichter Ratgeber des Königs Djoser in der 3. Dynastie, 2800 v. Chr. Er war Baumeister der Stufenpyramiden von Sakkara. Wurde auch als Gott der Schreiber und der Heilkunst verehrt.

Ipet, nilpferdgestaltige Geburtsgöttin.

Isis, eine der bedeutendsten Göttinnen Ägyptens, Muttergottheit, Gemahlin von Osiris.

Kadesch, Göttin des Liebeslebens.

Maat, Göttin der Gerechtigkeit und der Weltordnung. Sie wird durch ihre Feder symbolisiert.

Mafdet, Göttin der rächenden Strafgewalt. Sie wird als katzenartiges Raubtier dargestellt, das einen Pfahl hinaufklettert.

Mahes, der löwenköpfige bzw. löwengestaltige Sohn der Bastet, trägt auch den Titel »Herr des Gemetzels«. Er verkörpert die verzehrenden Kräfte der untergehenden Sonne und des niederfahrenden Blitzes bei einem Unwetter.

Meresger, die Herrscherin des Westens (Totenreich). Schutzgöttin der Toten. Als Ringelschlange oder als Fee mit einem Schlangenkopf dargestellt.

Methyer, kuhgestaltige Göttin des Urgewässers.

Min, der Schutzherr der Ostwüste und regionaler Gott von Gebtu und Qena.

m'm-Tier, namenlose Spitzmaus, die unterirdisch jede Nacht die Sonne restauriert und zu neuem Glanz bringt.

Month, falkenköpfiger Schutzgott.

Mut, Urgöttin, Gemahlin des Amun und Mutter der Sonne. Geierköpfig oder als Geier dargestellt.

Nehebkau, ein Schlangendämon, den man auch »Herr der Zeit« nennt.

Nut, Göttin des Himmelsgewölbes.

Osiris, mumiengestaltiger Fruchtbarkeitsgott mit Königskrone, Gatte seiner Schwester Isis, Vater von Horus und Bruder von Seth, der ihn ermordete, in vierzehn Stücke teilte und über ganz Ägypten verstreute. Isis gelingt es, Osiris wieder zum Leben zu erwecken.

Ptah, Schöpfergott von Memphis und Schutzherr der Künstler und Handwerker.

Ra, auch Re, Sonnengott, einer der wichtigsten Götter im ägyptischen Pantheon.

Renenutet, die »Nährschlange«, Göttin der Kinder (Geburtsgöttin und Schicksalsgöttin) in Schlangengestalt.

Sachmet, löwengestaltige Kriegsgöttin.

Schai, Schicksalsgott, der bei der Geburt und beim Totengericht anwesend ist.

Seth, ägyptisch »der/die Dürre«, Sturm- und Chaosgott, Bruder und Feind des Osiris, den er tötete und zerstückelte. Er manifestiert sich auch in einem Fabeltier mit langer Schnauze und aufrecht stehenden, abgestumpften Ohren, mit dessen Kopf er meistens dargestellt wird.

Sopdu, Falkengott und Herr der Fremdländer.

Suchos, auch **Sobek** genannt, wird als Krokodil oder als Mensch mit einem Krokodilkopf dargestellt.

Thoëris, auch Taweret, flusspferdgestaltige Göttin der Geburt.

Toth, Gott der Weisheit, Wissenschaft, Schrift und der Magie. Dargestellt wird er als Pavian oder als Ibis bzw. ibisköpfig.

Unut, Unterweltsdämonin in Hasengestalt.

Ziegenbock Ba-neb-dêdet, Symbol der Zeugungskraft und Fruchtbarkeit. Frauen beten zu ihm um Kindersegen.

Einige menschliche und göttliche Dinge

Amduat, das Unterweltsbuch, in dem jedes einzelne Leben, ob Mensch, ob Tier, aufgezeichnet ist.

Ankh, auch »Henkelkreuz« genannt, Symbol der Göttlichkeit und des Lebens.

Henket, mit Dattelsaft gesüßtes Bier.

Ka, das »Herz«, die Seele eines Verstorbenen, die nach dem Tod gegen Maat, symbolisiert durch eine Straußenfeder, aufgewogen wird.

Mesektet, Nachtbarke des Ra.

Ölzweig, Nilsegler des Ägypters Warn'keter, Konkurrent von Zerberuh.

Uschebti, Jenseitsdiener, die man den Verstorbenen als mehr oder minder kunstvoll gefertigte Figuren mit ins Grab gab.

Windsbraut, Nilsegler des Tajarim Zerberuh, Konkurrent von Warn'keter.

A.R.R.R. Roberts

Die einzigartigen Parodien auf J.R.R. Tolkiens Millionen-Bestseller!

Mit *Der kleine Hobbit* und *Das Silmarillion* schuf J.R.R. Tolkien die Anfänge des größten Fantasy-Epos aller Zeiten: »Der Herr der Ringe«. Doch wie die nun vorliegenden Schriften beweisen, hat uns Tolkien offenbar einige wesentliche Informationen vorenthalten – Informationen, die darauf hindeuten, dass in Wirklichkeit alles ganz anders war …

3-453-87947-3

3-453-53062-4

HEYNE

Douglas Adams

Die mittlerweile weltberühmten Anhalter sind immer noch auf dem Weg durch das Universum.

Einmal Rupert und zurück
3-453-08230-3

Per Anhalter durch die Galaxis
3-453-14697-2

Das Restaurant am Ende des Universums
3-453-14698-0

3-453-40045-3

Das Leben, Universum und der ganze Rest
3-453-14605-0

Macht's gut und danke für den Fisch
3-453-14606-9

Der Elektrische Mönch
3-453-19908-1

Der lange dunkle Fünfuhrtee der Seele
3-453-21072-7

Der tiefere Sinn des Labenz
3-453-87960-0

Lachs im Zweifel
3-453-40045-3

HEYNE